J. R. Ward

Nachtjagd

Ein BLACK DAGGER-Roman

WILHELM HEYNE VERLAG
MÜNCHEN

Titel der Originalausgabe
DARK LOVER (PART 1)

Aus dem Amerikanischen übersetzt von Astrid Finke

Umwelthinweis:
Dieses Buch wurde auf chlor- und
säurefreiem Papier gedruckt

Deutsche Erstausgabe 6/07
Redaktion: Natalja Schmidt

www.heyne.de
Printed in Germany 2007
Umschlagbild: Dirk Schulz
Umschlaggestaltung: Animagic, Bielefeld
Autorenfoto © by John Rott
Satz: Buch-Werkstatt GmbH, Bad Aibling
Druck und Bindung: GGP Media GmbH, Pößneck

ISBN 978-3-453-53271-7

Gewidmet:
Dir, in Ehrfurcht und Liebe –
Danke, dass du kamst und mich gefunden hast.
Und dafür, dass du mir den Weg gezeigt hast.
Es war die Reise meines Lebens,
die beste, die ich je hatte.

Danksagung

Ich danke euch so sehr: Karen Solem, Kara Cesare, Claire Zion, Kara Welsh, Rose Hilliard.

Mein Exekutivausschuss: Sue Grafton, Dr. Jessica Andersen, Betsey Vaughan. Mit euch allen das Internet, die Telefonleitungen und die Wege um den Hutchins and Seneca Park herum zum Kochen zu bringen, hat mir wache Gedanken, die geistige Gesundheit und das Lächeln bewahrt.

In Liebe zu meiner Familie.

Glossar der Begriffe und Eigennamen

Die Bruderschaft der Black Dagger – Die Brüder des Schwarzen Dolches. Speziell ausgebildete Vampirkrieger, die ihre Spezies vor der Gesellschaft der *Lesser* beschützen. Infolge selektiver Züchtung innerhalb der Rasse besitzen die Brüder ungeheure physische und mentale Stärke sowie die Fähigkeit zur extrem raschen Heilung. Die meisten von ihnen sind keine leiblichen Geschwister; neue Anwärter werden von den anderen Brüdern vorgeschlagen und daraufhin in die Bruderschaft aufgenommen. Die Mitglieder der Bruderschaft sind Einzelgänger, aggressiv und verschlossen. Sie pflegen wenig Kontakt zu Menschen und anderen Vampiren, außer um Blut zu trinken. Viele Legenden ranken sich um diese Krieger, und sie werden von ihresgleichen mit höchster Ehrfurcht behandelt. Sie können getötet werden, aber nur durch sehr schwere Wunden wie zum Beispiel eine Kugel oder einen Messerstich ins Herz.

Blutsklave – Männlicher oder weiblicher Vampir, der unterworfen wurde, um das Blutbedürfnis eines anderen zu stillen. Die Haltung von Blutsklaven ist heute zwar nicht mehr üblich, aber nicht ungesetzlich.

Die Auserwählten – Vampirinnen, deren Aufgabe es ist, der Jungfrau der Schrift zu dienen. Sie werden als Angehörige der Aristokratie betrachtet, obwohl sie eher spirituell als weltlich orientiert sind. Normalerweise pflegen sie wenig bis gar keinen Kontakt zu männlichen Vampiren; auf Weisung der Jungfrau der Schrift können sie sich aber mit einem Krieger vereinigen, um den Fortbestand ihrer Klasse zu sichern. Sie besitzen die Fähigkeit zur Prophezeiung. In der Vergangenheit dienten sie allein stehenden Brüdern zum Stillen ihres Blutbedürfnisses, aber diese Praxis wurde von den Brüdern aufgegeben.

Doggen – Angehörige(r)der Dienerklasse innerhalb der Vampirwelt. *Doggen* pflegen im Dienst an ihrer Herrschaft altertümliche, konservative Sitten und folgen einem formellen Bekleidungs- und Verhaltenskodex. Sie können tagsüber aus dem Haus gehen, altern aber relativ rasch. Die Lebenserwartung liegt bei etwa fünfhundert Jahren.

Gesellschaft der *Lesser* – Orden von Vampirjägern, der von Omega zum Zwecke der Auslöschung der Vampirspezies gegründet wurde.

Gruft – Heiliges Gewölbe der Bruderschaft der Black Dagger. Sowohl Ort für zeremonielle Handlungen wie auch Aufbewahrungsort für die erbeuteten Kanopen der *Lesser*. Hier werden unter anderem Aufnahmerituale, Begräbnisse und Disziplinarmaßnahmen gegen Brüder durchgeführt. Niemand außer Angehörigen der Bruderschaft, der Jungfrau der Schrift und Aspiranten hat Zutritt zur Gruft.

Hellren – Männlicher Vampir, der eine Partnerschaft mit einer Vampirin eingegangen ist. Männliche Vampire können mehr als eine Vampirin als Partnerin nehmen.

Hohe Familie – König und Königin der Vampire sowie all ihre Kinder.

Lielan – Ein Kosewort, frei übersetzt in etwa »mein Liebstes«.

Jungfrau der Schrift – Mystische Macht, die dem König als Beraterin dient sowie die Vampirarchive hütet und Privilegien erteilt. Existiert in einer jenseitigen Sphäre und besitzt umfangreiche Kräfte. Hatte die Befähigung zu einem einzigen Schöpfungsakt, den sie zur Erschaffung der Vampire nutzte.

Lesser – Ein seiner Seele beraubter Mensch, der als Mitglied der Gesellschaft der *Lesser* Jagd auf Vampire macht, um sie auszurotten. Die *Lesser* müssen durch einen Stich in die Brust getötet werden. Sie altern nicht, essen und trinken nicht und sind impotent. Im Laufe der Jahre verlieren ihre Haare, Haut und Iris ihre Pigmentierung, bis sie blond, bleich und weißäugig sind. Sie riechen nach Talkum. Aufgenommen in die Gesellschaft werden sie durch Omega. Daraufhin erhalten sie ihre Kanope, ein Keramikgefäß, in dem sie ihr aus der Brust entferntes Herz aufbewahren.

Omega – Unheilvolle mystische Gestalt, die sich aus Groll gegen die Jungfrau der Schrift die Ausrottung der Vampire zum Ziel gesetzt hat. Existiert in einer jenseitigen Sphäre und hat weitreichende Kräfte, wenn auch nicht die Kraft zur Schöpfung.

Princeps – Höchste Stufe der Vampiraristokratie, untergeben nur den Mitgliedern der Hohen Familie und den Auserwählten der Jungfrau der Schrift. Dieser Titel wird vererbt; er kann nicht verliehen werden.

Pyrokant – Bezeichnet die entscheidende Schwachstelle eines Individuums, sozusagen seine Achillesferse. Diese Schwachstelle kann innerlich sein, wie zum Beispiel eine Sucht, oder äußerlich, wie ein geliebter Mensch.

Rythos – Rituelle Prozedur, um verlorene Ehre wiederherzustellen. Der Rythos wird von dem Vampir gewährt, der einen anderen beleidigt hat. Wird er angenommen, wählt der Gekränkte eine Waffe und tritt damit dem unbewaffneten Beleidiger entgegen.

Schleier – Jenseitige Sphäre, in der die Toten wieder mit ihrer Familie und ihren Freunden zusammentreffen und die Ewigkeit verbringen.

Shellan – Vampirin, die eine Partnerschaft mit einem Vampir eingegangen ist. Vampirinnen nehmen sich in der Regel nicht mehr als einen Partner, da gebundene männliche Vampire ein ausgeprägtes Revierverhalten zeigen.

Transition – Entscheidender Moment im Leben eines Vampirs, wenn er oder sie ins Erwachsenenleben eintritt. Ab diesem Punkt müssen sie das Blut des jeweils anderen Geschlechts trinken, um zu überleben und vertragen kein Sonnenlicht mehr. Findet normalerweise mit etwa Mitte Zwanzig statt. Manche Vampire überleben ihre Transition nicht, vor allem männliche Vampire. Vor ihrem Transition sind Vampire von schwächlicher Konstitution und sexuell unreif und desinteressiert. Außerdem können sie sich noch nicht dematerialisieren.

Triebigkeit – Fruchtbare Phase einer Vampirin. Üblicherweise dauert sie zwei Tage und wird von heftigem sexuellem Verlangen begleitet. Zum ersten Mal tritt sie etwa fünf Jahre nach der Transition eines weiblichen Vampirs auf, danach im Abstand von etwa zehn Jahren. Alle männlichen Vampire reagieren bis zu einem gewissen Grad auf eine triebige Vampirin, deshalb ist dies eine gefährliche Zeit. Zwischen konkurrierenden männlichen Vampiren können Konflikte und Kämpfe ausbrechen, besonders wenn die Vampirin keinen Partner hat.

Vampir – Angehöriger einer gesonderten Spezies neben dem Homo sapiens. Vampire sind darauf angewiesen, das Blut des jeweils anderen Geschlechts zu trinken. Menschliches Blut kann ihnen zwar auch das Überleben sichern, aber die daraus gewonnene Kraft hält nicht lange vor. Nach ihrer Transition, die üblicherweise etwa mit Mitte Zwanzig stattfindet, dürfen sie sich nicht mehr dem Sonnenlicht aussetzen und müssen sich in regelmäßigen Abständen aus der Vene ernähren. Entgegen einer weit verbreiteten Annahme können Vampire Menschen nicht durch einen Biss oder eine Blutübertragung »verwandeln«; in seltenen Fällen aber können sich die beiden Spezies zusammen fortpflanzen. Vampire können sich nach Belieben dematerialisieren, dazu müssen sie aber ganz ruhig werden und sich konzentrieren; außerdem dürfen sie nichts Schweres bei sich tragen. Sie können Menschen ihre Erinnerung nehmen, allerdings nur, solange diese Erinnerungen im Kurzzeitgedächtnis abgespeichert sind. Manche Vampire können auch Gedanken lesen. Die Lebenserwartung liegt bei über eintausend Jahren, in manchen Fällen auch höher.

1

Darius sah sich im Club um und betrachtete das Gewimmel halbnackter Menschen auf der Tanzfläche. Das *Screamer's* war heute Abend gerammelt voll, überall saßen und standen in Leder gekleidete Frauen und Männer, die willentlich so aussahen wie Experten auf dem Gebiet diverser Gewaltverbrechen.

Darius und sein Begleiter passten perfekt hierher.

Nur, dass sie tatsächlich Killer waren.

»Du willst das also wirklich durchziehen?«, fragte Tohrment.

Darius sah dem anderen Vampir über den niedrigen Tisch hinweg in die Augen. »Ja. Will ich.«

Tohrment ließ seinen Scotch im Glas kreisen und verzog den Mund zu einem grimmigen Lächeln. Nur die äußersten Spitzen seiner Eckzähne blitzten dabei hervor. »Du bist verrückt, D.«

»Das wusstest du doch schon vorher.«

Tohrment hob achtungsvoll sein Glas wie zum Toast.

»Schon, aber diesmal hängst du die Messlatte wirklich hoch. Du willst die Transition eines unschuldigen Mädchens, das keinen blassen Schimmer hat, worauf zum Teufel es sich einlässt, in die Hände eines Mannes wie Wrath legen. Das ist total kaputt.«

»Er ist nicht *schlecht*. Auch wenn er so aussieht.« Darius leerte sein Bier. »Außerdem solltest du ihm etwas mehr Respekt entgegen bringen.«

»Ich respektiere ihn wie die Hölle. Aber es ist trotzdem eine schlechte Idee.«

»Ich brauche ihn.«

»Bist du dir da ganz sicher?«

Eine Frau in einem ultrakurzen Minirock, Stiefeln bis zu den Oberschenkeln und einer Korsage aus Münzen schlenderte am Tisch vorbei. Ihre Augen funkelten hinter großzügig aufgetragener Wimperntusche, und sie ließ die Hüften kreisen, als hätte sie ein extra Gelenk darin.

Darius schenkte ihr keine Beachtung. Ihm war heute nicht nach Sex.

»Sie ist meine *Tochter*, Tohr.«

»Sie ist ein Mischling, D. Und du weißt, was Wrath von Menschen hält.« Tohrment schüttelte den Kopf. »Meine Ur-Urgroßmutter war auch ein Mensch. Und, quatsche ich in seiner Gegenwart darüber? Nein.«

Darius hob die Hand, um die Aufmerksamkeit der Kellnerin zu erregen. Er zeigte auf seine leere Flasche und Tohrments fast leeres Glas. »Ich werde nicht noch eines meiner Kinder sterben lassen. Nicht, wenn eine Chance besteht, sie zu retten. Abgesehen davon kann niemand sagen, ob sie überhaupt jemals die Wandlung vollziehen wird. Sie könnte genauso gut ein glückliches Leben führen, und nie etwas von dem Erbe erfahren, dass ich ihr mitgegeben habe. So was hat es schon gegeben.«

Und er hoffte wirklich inständig, dass seine Tochter verschont bliebe. Denn *wenn* sie die Transition durchmachen müsste, und *wenn* sie daraus lebendig und als Vampir hervorginge, würde sie gejagt werden. Wie sie alle.

»Darius, wenn er es überhaupt tut, dann nur, weil er dir was schuldig ist. Nicht, weil er es will.«

»Hauptsache, er macht es.«

»Aber tust du ihr einen Gefallen damit? Der Mann ist ungefähr so fürsorglich wie eine Schrotflinte, und das erste Mal kann wirklich hart sein, selbst wenn man vorbereitet wurde. Was bei ihr nicht der Fall ist.«

»Ich werde vorher mit ihr sprechen.«

»Und wie soll das bitte ablaufen? Willst du einfach zu ihr hingehen und sagen: ›Hey, du hast mich zwar noch nie gesehen, aber ich bin dein Papa. Und übrigens, wo wir uns gerade so nett unterhalten: Du hast im Evolutionslotto gewonnen. Du bist ein Vampir! Bring die Wandlung rasch hinter dich und dann fahren wir zusammen nach Disneyland!‹«

»Das ist nicht komisch.«

Tohrment beugte sich vor, und seine massigen Schultern zeichneten sich unter dem schwarzen Leder ab. »Du weißt, ich stehe hinter dir. Ich finde nur, du solltest es dir noch mal überlegen.« Eine lange Pause entstand. »Vielleicht könnte ich es tun.«

Darius warf ihm einen ironischen Blick zu. »Und wie willst du nach der Sache wieder in dein Haus kommen? Wellsie würde dir einen Pfahl durchs Herz rammen und dich in der Sonne verbrutzeln lassen, mein Freund.«

Tohrment zuckte zusammen. »Da könntest du allerdings recht haben.«

»Und danach würde sie sich mich vorknöpfen.«

Beide Männer schauderten.

»Außerdem ...« Darius lehnte sich zurück, als die Kellnerin die Getränke vor ihnen abstellte. Er wartete, bis sie wieder weg war, obwohl sie bei dem dröhnend lauten

Hardcore-Rap vermutlich ohnehin kein Wort verstanden hätte. »Außerdem leben wir in gefährlichen Zeiten. Wenn mir etwas zustößt –«

»Dann kümmere ich mich um sie.«

Darius schlug seinem Freund auf die Schulter. »Das weiß ich.«

»Aber Wrath ist besser.« In der Bemerkung lag keinerlei Eifersucht. Es war einfach eine Feststellung.

»Keiner ist wie er.«

»Gott sei Dank«, sagte Tohrment mit einem halben Lächeln.

Ihre Bruderschaft, ein enger Zirkel aufrechter Krieger, die Informationen austauschten und gemeinsam kämpften, war diesbezüglich derselben Meinung. Wenn es um Vergeltung ging, war Wrath nicht zu stoppen, er jagte ihre Feinde mit einer Zielstrebigkeit, die schon an Wahnsinn grenzte. Er war der Letzte seines Geschlechts, der einzig verbliebene reinrassige Vampir des Planeten; und wenngleich seine Rasse ihn als König verehrte, verachtete er selbst seinen Status.

Es war beinahe tragisch, dass ausgerechnet er Darius' Mischlingstochter die besten Aussichten bot, zu überleben. Wraths Blut – so stark, so unbefleckt – würde ihre Chancen, die Transition zu überstehen, erheblich erhöhen. Doch Tohrment lag völlig richtig: Darius hatte dennoch das Gefühl, Casanova eine Jungfrau anzubieten.

Urplötzlich geriet die Menge in Aufruhr, hektisch schubsten sich die Leute gegenseitig zur Seite. Sie machten Platz für etwas. Oder jemanden.

»Scheiße. Er kommt«, murmelte Tohrment. Er kippte seinen Scotch in einem Schluck hinunter. »Nimm's mir nicht übel, aber ich verziehe mich. Bei eurem Gespräch habe ich nichts verloren.«

Darius sah zu, wie das Meer von Menschen sich teilte,

um einen imposanten dunklen Schatten durchzulassen, der über ihnen allen aufragte. Der Fluchtreflex ist eindeutig einer der vernünftigeren menschlichen Instinkte.

Zwei Meter purer Terror in schwarzem Leder. Das war Wrath. Sein Haar war lang und schwarz und fiel von einem spitz zulaufenden Haaransatz gerade herunter. Eine große, gewölbte Sonnenbrille verbarg seine Augen, die er niemals zeigte. Die Schultern waren doppelt so breit wie die der meisten anderen Männer. Sein Gesicht wirkte aristokratisch und brutal zugleich. Er war ein König per Geburtsrecht, aber das Schicksal hatte ihn zu einem Soldaten gemacht.

Und diese Welle der Bedrohung, die stets vor ihm herflutete, war seine Visitenkarte.

Als der kühle Hass Darius traf, setzte er die neue Bierflasche an und nahm einen langen Zug.

Er hoffte bei Gott, dass er das Richtige tat.

Beth Randall sah auf, als ihr Redakteur sich auf ihre Schreibtischkante setzte. Sein Blick wanderte ohne Umwege zum V-Ausschnitt ihres T-Shirts.

»Schon wieder so spät noch im Büro«, murmelte er.

»Hallo Dick.«

Solltest du nicht zu Hause bei deiner Frau und den zwei Kindern sein?, fügte sie im Geist hinzu.

»Was machst du denn da?«

»Ich überarbeite einen Artikel für Tony.«

»Weißt du, es gibt noch andere Wege, mich zu beeindrucken.«

Ach was. Das konnte sie sich lebhaft vorstellen.

»Hast du meine E-Mail gelesen, Dick? Ich war heute Nachmittag auf dem Revier und habe mit José und Ricky gesprochen. Sie sind sich absolut sicher, dass ein Waffenhändler in die Stadt gezogen ist. Sie haben frisierte Magnums bei ein paar Drogendealern gefunden.«

Dick tätschelte ihr die Schulter und strich dann wie zufällig über ihren Arm. »Bleib du mal schön bei deinen Polizeiregistern und überlass den großen Jungs die Gewaltverbrechen. Wir wollen doch nicht, dass deinem hübschen Gesicht was zustößt.«

Er lächelte, und seine Augen bekamen einen träumerischen Ausdruck, als sein Blick an ihren Lippen hängen blieb.

Diese Schmachtnummer war schon vor drei Jahren langweilig gewesen, dachte sie entnervt. Ungefähr seitdem sie angefangen hatte, für ihn zu arbeiten.

Eine Papiertüte. Sie bräuchte eine Papiertüte, um sie sich über den Kopf zu ziehen, wenn sie mit ihm sprach. Vielleicht mit einem Bild von Mrs Dick darauf.

»Soll ich dich nach Hause fahren?«, fragte er.

Nur wenn es Frösche und Kröten regnet, du Schleimbeutel.

»Nein, danke.« Beth wandte sich wieder dem Computerbildschirm zu und hoffte, er würde den Wink mit dem Zaunpfahl verstehen.

Endlich trollte er sich, vermutlich in die Bar gegenüber, die von den meisten Reportern auf dem Heimweg noch aufgesucht wurde. Caldwell, New York, war nicht gerade ein Karrieresprungbrett für Journalisten, doch Dicks große Jungs gaben sich gern den Anschein, als trügen sie eine schwere gesellschaftliche Last auf den Schultern. Genüsslich machten sie es sich an der Theke im *Charlie's* bequem und schwelgten in Erinnerungen an die guten alten Zeiten, als sie noch für größere, bedeutendere Zeitungen gearbeitet hatten. Der überwiegende Teil von ihnen war genau wie Dick selbst: mäßig konservative Männer im mittleren Alter, die zwar kompetent, aber nicht wirklich außergewöhnlich in dem waren, was sie taten. Caldwell war immerhin eine Großstadt und nahe genug an New York City, um seinen Anteil am organisierten Verbrechen, an Drogenhandel und

Prostitution zu beanspruchen; so hatten sie ausreichend zu tun. Doch das *Caldwell Courier Journal* war nicht die *Times,* und sie alle wussten, dass keiner von ihnen jemals den Pulitzerpreis gewinnen würde.

Es war ziemlich traurig.

Aber bitte, schau doch mal in den Spiegel, dachte Beth. Sie war nur eine Lokalreporterin und hatte noch nie für eine überregionale Zeitung gearbeitet. Wenn sich bis dahin nichts änderte, würde sie mit fünfzig die Kleinanzeigen für ein Käseblatt schreiben und an ihre glorreichen Tage beim *Caldwell Courier Journal* zurückdenken.

Sie griff in die M&Ms-Tüte vor sich. Leer. Schon wieder.

Auf dem Weg aus der Nachrichtenredaktion, einem offenen Großraumbüro mit wackligen grauen Trennwänden zwischen den Schreibtischen, machte sie einen Umweg über das Schokoriegeldepot ihres Kumpels Tony. Tony aß ununterbrochen. Für ihn gab es kein Frühstück, Mittag- und Abendessen: Nahrungsaufnahme war eine Grundkonstante. Solange er wach war, wanderte ununterbrochen etwas in seinen Mund, und um eine kontinuierliche Versorgung zu gewährleisten, stellte sein Schreibtisch eine Schatzkammer von Kalorienlieferanten dar.

Beth nahm sich einen Schokoriegel, wickelte ihn aus und genoss die künstlichen Aromastoffe. Noch während sie kaute, trabte sie die Treppe hinunter zur Trade Street. Draußen baute sich die Julihitze vor ihr auf wie eine Mauer; zwölf drückende, schwüle Blocks lagen zwischen ihr und ihrer Wohnung. Gott sei Dank lag das chinesische Schnellrestaurant auf halber Strecke und verfügte über eine hervorragend funktionierende Klimaanlage. Mit ein bisschen Glück würde dort heute die Hölle los sein, und sie könnte ein Weilchen im Kühlen warten.

Nach dem letzten Bissen Schokoriegel klappte sie das Handy auf, drückte die Kurzwahltaste und bestellte sich eine Portion Rindfleisch mit Brokkoli. Halb unbewusst nahm sie im Weitergehen die vertraute, trostlose Umgebung wahr. Auf diesem Teil der Trade Street gab es nur Nachtclubs, Striplokale und hier und da mal einen Tattooladen. Der Chinese und ein Tex-Mex-Stehimbiss waren die einzigen Restaurants in der Gegend. Die übrigen Gebäude hatten noch in den Zwanzigerjahren Büros beherbergt, als die Innenstadt noch geboomt hatte. Heute standen sie leer. Beth kannte jeden Riss im Asphalt; die Ampelschaltung war ihr in Fleisch und Blut übergegangen. Jedes einzelne Geräusch des vielstimmigen Gemurmels, das aus den offenen Türen und Fenstern drang, hätte sie mitbeten können.

In *McGrinder's Bar* lief Blues, aus dem *Zero Sum* dröhnte Techno durch die Glastüren und im *Ruben's* hatte jemand die Karaokeanlage auf volle Lautstärke gedreht. Die meisten Kneipen hier waren einigermaßen anständig, aber es gab ein paar, von denen sie sich prinzipiell fernhielt. Vor allem das *Screamer's* bediente eine schauerliche Klientel. Diese Schwelle würde sie definitiv nur mit einer Polizeieskorte überschreiten.

Eine Welle der Erschöpfung überrollte sie. Mein Gott, war das schwül. Die Luft war so schwer, dass es sich anfühlte, als atme sie Wasser ein.

Doch sie wurde das Gefühl nicht los, dass ihre Kraftlosigkeit nicht nur am Wetter lag. Schon seit Wochen war sie vollkommen fertig, ein Anflug von Depression war nicht mehr zu leugnen. Ihr Job hatte keine Zukunft. Die Stadt, in der sie lebte, war ihr gleichgültig. Sie hatte kaum Freunde, keinen Geliebten, noch nicht einmal einen Flirt vorzuweisen. Vor ihrem geistigen Auge sah sie sich selbst in zehn Jahren: Immer noch in Caldwell mit Dick und den großen Jungs, immer noch Tag für Tag in derselben alten Mühle. Aufstehen, zur Arbeit gehen, versuchen etwas zu verändern, scheitern, allein nach Hause gehen.

Vielleicht musste sie einfach mal hier raus. Raus aus Caldwell. Raus aus dem *Caldwell Courier Journal*. Raus aus ihrer elektronischen Familie, bestehend aus Wecker, Telefon und dem Fernseher, der sie vor ihren Träumen beschützte.

Nichts hielt sie hier außer der Gewohnheit. Mit ihren Pflegeeltern hatte sie seit Jahren nicht mehr gesprochen, die würden sie nicht vermissen. Und die wenigen Freunde, die sie besaß, waren mit ihren eigenen Familien beschäftigt.

Als sie ein Pfeifen hinter sich hörte, verdrehte sie die Augen. Das war das Problem, wenn man in so einer Gegend arbeitete. Manchmal wurde man blöd angemacht.

Einige anzügliche Sprüche folgten und schon kamen zwei Typen im Laufschritt über die Straße und hefteten sich an ihre Fersen. Sie sah sich um. Die Kneipenzone endete hier und vor ihr lag ein langes Stück Straße, das nur von leeren Häusern gesäumt war. Die Nacht war dicht und dunkel, aber wenigstens gab es Straßenlaternen, und ab und zu fuhr ein Auto vorbei.

»Tolle schwarze Haare«, sagte der Größere der beiden, als er sie eingeholt hatte. »Was dagegen, wenn ich sie anfasse?«

Beth war nicht so dumm, stehen zu bleiben. Die beiden sahen zwar aus wie College-Jungs in den Sommerferien, was bedeutete, dass sie vermutlich nur nervig, aber nicht wirklich gefährlich sein würden. Trotzdem wollte sie es nicht darauf ankommen lassen. Außerdem waren es nur noch fünf Blocks bis zu dem chinesischen Restaurant.

Für alle Fälle wühlte sie schon mal in ihrer Handtasche nach dem Pfefferspray.

»Sollen wir dich irgendwo hinfahren?«, fragte der Große. »Mein Auto steht ganz in der Nähe. Im Ernst, wie wär's, wenn du mitkommst? Wir könnten einen netten kleinen Ausflug machen.«

Er grinste und zwinkerte seinem Kumpel zu, als würde er mit dieser total lässigen Tour auf jeden Fall bei ihr landen. Sein Kumpan lachte, sein dünnes blondes Haar wippte, als er um sie herum hüpfte.

»Besorgen wir's ihr doch auf der Rückbank!«, schlug der Blonde vor.

Scheiße, wo war das verdammte Spray?

Als der Große die Hand ausstreckte und ihr Haar berührte, sah sie ihn durchdringend an. Mit seinem Polohemd und den Khakishorts sah er auf eine smarte Collegeboy-Art gut aus. Der Traum jeder Schwiegermutter.

Er lächelte sie an, und sie beschleunigte ihre Schritte und konzentrierte sich nur auf das schwache Neonlicht des chinesischen Restaurants. Sie betete, dass jemand vorbeikäme, doch die Hitze hatte jegliche Passanten vertrieben. Es war keine Menschenseele zu sehen.

»Willst du uns nicht deinen Namen sagen?«, fragte der Schwiegermuttertraum.

Ihr Herz klopfte heftig. Das Spray musste in der anderen Handtasche sein.

Noch vier Blocks.

»Oder ich such mir einfach einen Namen für dich aus. Mal überlegen … wie wär's mit Muschi?«

Der Blonde kicherte.

Beth schluckte und holte ihr Handy heraus, nur für den Fall, dass sie die Polizei rufen müsste.

Ganz ruhig. Reiß dich zusammen.

Sie stellte sich vor, wie angenehm die kühle klimatisierte Luft in dem Restaurant sein würde, wenn sie durch die Tür trat. Vielleicht würde sie sich von dort aus ein Taxi rufen, nur zur Sicherheit.

»Na komm schon, Muschi«, säuselte der Collegeboy. »Ich weiß, dass du mich mögen wirst.«

Noch drei Blocks …

Genau als sie vom Bürgersteig stieg, um die Tenth Street zu überqueren, packte er sie um die Taille. Ihre Füße lösten sich widerstrebend vom Boden und seine schwere Handfläche bedeckte ihren Mund, als er sie rückwärts zog. Sie wehrte sich wie eine Verrückte, trat und zappelte, dann verpasste sie ihm einen Schlag aufs Auge und sein Griff lockerte sich. Blitzschnell entwand sie sich seinem Arm und rannte los, ihre Sohlen schlugen hart aufs Pflaster, der Atem brannte ihr im Hals. Ein Auto fuhr auf der Trade Street vorbei, und sie schrie, als die Scheinwerfer aufblitzten.

Doch da hatte er sie schon wieder eingefangen.

»Du wirst noch darum betteln, du Schlampe«, raunte der Schwiegermuttertraum ihr ins Ohr, während er sie im Würgegriff hielt. Er riss an ihrem Genick, bis sie dachte, es würde brechen, und zog sie weiter in die Häuserschatten. Sie roch seinen Schweiß und sein Studenten-Aftershave, sie hörte das Gelächter seines Freundes.

Eine Seitenstraße. Sie zerrten sie in eine Seitenstraße.

Ihr Magen rebellierte, Galle stieg ihre Kehle hinauf. Wütend versuchte sie, frei zu kommen. Die Angst machte sie stark. Doch er war stärker.

Er schob sie hinter einen Müllcontainer und presste seinen Körper an ihren. Immer noch trat sie um sich, hieb den Ellbogen zwischen seine Rippen.

»Verflucht noch mal, halt ihre Arme fest!«

Sie erwischte den Blonden noch ordentlich mit dem Absatz am Schienbein, bevor er ihre Handgelenke zu fassen bekam und sie über ihrem Kopf festhielt.

»Komm schon, du Schlampe, das wird dir gefallen«, knurrte der Dunkelhaarige, während er versuchte, ihr ein Knie zwischen die Beine zu schieben.

Er drückte Beths Rücken gegen die Backsteinwand, mit der einen Hand hielt er sie am Hals fest. Mit der anderen riss er ihr das T-Shirt herunter; sobald ihr Mund wieder frei war, schrie sie laut auf. Brutal ohrfeigte er sie, sie konnte spüren, wie die Lippe aufplatzte. Das Blut lief ihr über die Zunge, der Schmerz machte sie benommen.

»Mach das noch mal, und ich schneide dir die Zunge raus.« Die Augen des Collegeboys funkelten vor Hass und Lust, als er ihren weißen Spitzen-BH hochschob und ihre Brüste entblößte. »Gute Idee eigentlich. Das mach ich auf jeden Fall.«

»Hey, sind die echt?«, fragte der Blonde, als erwarte er eine Antwort.

Sein Kumpel kniff in eine ihrer Brustwarzen und zog daran. Beth krümmte sich, Tränen verschleierten ihren Blick. Oder vielleicht schwanden ihr auch die Sinne, weil sie hyperventilierte.

Der Große lachte. »Ich glaube, an der ist alles echt. Aber das kannst du ja selbst rausfinden, wenn ich fertig bin.«

Als der Blonde hämisch kicherte, machte es irgendwo in den Tiefen ihres Gehirns Klick. Sie weigerte sich, das hier geschehen zu lassen. Mit aller Gewalt zwang sie sich, den Abwehrreflex zu unterdrücken, und erinnerte sich an ihren Selbstverteidigungskurs. Nur ihr Atem ging noch schwer, der Rest ihres Körpers wurde vollkommen reglos. Ihr Peiniger brauchte eine Minute, um es überhaupt zu bemerken.

»Willst du doch lieber mitspielen?« Er beäugte sie misstrauisch.

Sie nickte langsam.

»Sehr schön.« Er beugte sich so weit zu ihr, dass sie seinen Atem riechen konnte. Sie musste sich zwingen, bei dem Gestank nach Zigaretten und Bier nicht zurückzuzucken. »Aber wenn du noch ein Mal schreist, steche ich dich ab. Klar?«

Sie nickte wieder.

»Lass sie los.«

Der Blonde ließ ihre Handgelenke fallen und kicherte wieder. Dann trat er zurück, wohl um einen besseren Blickwinkel zu haben.

Die Hände des Schwiegermuttertraums fühlten sich auf ihrer Haut rau an, sie konnte den Schokoriegel nur durch reine Willenskraft bei sich behalten, so stark war der Würgereflex in ihrem Hals. Obwohl sie das Gefühl seiner Hände, die ihre Brüste kneteten, kaum ertragen konnte, tastete sie nach dem Reißverschluss seiner Hose. Immer noch hielt er sie am Hals fest, sie bekam kaum Luft, doch sobald sie sein Geschlecht berührte, stöhnte er auf und lockerte den Griff.

Sie legte die Hand um seine Eier. Dann drückte sie zu und drehte sie mit einem Ruck herum; als er vornüber sackte, rammte sie ihm das Knie gegen die Nase. Adrenalin schoss durch ihren Körper und für den Bruchteil einer Sekunde hoffte sie, sein Kumpel würde angreifen, anstatt sie nur dümmlich anzustarren.

»Ihr dreckigen Arschlöcher!«, brüllte sie.

Dann stürzte Beth aus der kleinen Straße. Im Laufen hielt sie ihr T-Shirt zusammen, und sie blieb erst stehen, als sie vor der Tür ihrer Wohnung stand. Ihre Hände zitterten so stark, dass sie kaum den Schlüssel ins Schloss bekam. Erst in ihrem Badezimmer vor dem Spiegel bemerkte sie die Tränen, die ihr über das Gesicht strömten.

Butch O'Neal hob den Kopf, als das Funkgerät am Armaturenbrett seines zivilen Dienstwagens loskrächzte. Opfer männlich, schwer verletzt, aber noch am Leben, in einer Nebenstraße ganz in der Nähe.

Butch sah auf die Uhr. Kurz nach zehn, der Spaß ging also gerade erst richtig los. Es war ein Freitagabend Anfang Juli, die Tölpel aus dem College hatten gerade erst Sommerferien bekommen und konnten es wieder mal kaum erwarten, sich an der Idioten-Olympiade zu beteiligen. Entweder war der Kerl überfallen worden oder jemand hatte ihm eine Lektion erteilt.

Butch hoffte, dass Letzteres der Fall wäre.

Er schnappte sich das Funkgerät und teilte der Zentrale mit, dass er den Fall übernehmen würde. Obwohl er eigentlich bei der Mordkommission und kein Streifenpolizist war. Im Moment arbeitete er an zwei Fällen, einer Wasserleiche aus dem Hudson River und einem Unfall mit Fahrerflucht, aber einer mehr oder weniger machte ihm nichts aus. Je weniger er zu Hause war, umso besser. Das schmutzige Geschirr im Spülbecken und die verknitterten Bettlaken würden ihn sicher nicht vermissen.

Er schaltete sein Blaulicht ein und dachte: *Na, dann kann die Party ja losgehen.*

2

Wrath verzog spöttisch die Mundwinkel, als die Menge im *Screamer's* sich gegenseitig auf die Füße trat, um ihm Platz zu machen. Furcht und eine morbide, lustvolle Neugierde atmete aus den Poren der Anwesenden. Er sog den eigenwilligen Geruch genussvoll ein.

Vieh. Sie alle.

Hinter den dunklen Brillengläsern blickten seine Augen angestrengt durch das trübe Licht, und er schloss die Lider. Seine Augen waren so schlecht, dass er sich in absoluter Dunkelheit genauso sicher bewegte wie in dem fahlen Licht des Clubs. Nun nur noch auf seinen Gehörsinn konzentriert, bahnte er sich einen Weg durch die Bar, trennte im Geiste das Rascheln der Füße von den HipHop-Beats und den geflüsterten Worten, vom Geräusch eines zu Boden fallenden Glases. Wenn er gegen etwas stoßen würde, wäre es ihm allerdings auch egal. Ob Stuhl, Tisch, Mensch – er würde einfach über das verdammte Ding hinüber laufen.

Darius erkannte er schlicht und einfach daran, dass er der Einzige im ganzen Raum war, der nicht nach Panik stank.

Wenn auch heute Nacht selbst der Krieger angespannt war.

Wrath öffnete die Augen, als er vor dem anderen Vampir stand. Darius war ein verschwommener Umriss, sein dunkles Gesicht und die schwarzen Klamotten waren die einzige Information, mit der Wraths Gehirn ihn versorgte.

»Wo ist Tohrment?«, fragte er, als er einen Hauch von Scotch aufschnappte.

»Frische Luft schnappen. Danke, dass du gekommen bist.«

Wrath ließ sich auf einem Stuhl nieder. Er blickte starr geradeaus und beobachtete, wie die Menge nach und nach den Durchgang wieder schloss, den sie vorher für ihn gebildet hatte.

Er wartete.

Der harte Beat von Ludacris ging in die frühen Cypress Hill über.

Das hier würde interessant werden. Darius war ein Typ, der normalerweise schnell zur Sache kam, und der wusste, dass Wrath es hasste, wenn ihm jemand die Zeit stahl. Wenn er schwieg, bedeutete das etwas Ernstes.

Darius trank sein Bier in einem Zug aus, dann stieß er vernehmlich die Luft aus. »Herr -«

»Wenn du etwas von mir willst, fang lieber nicht so an«, unterbrach ihn Wrath seelenruhig. Er spürte, dass sich eine Kellnerin näherte. Eine Ahnung von großen Brüsten und ein Streifen nacktes Fleisch zwischen dem engen Shirt und dem kurzen Rock streifte ihn.

»Darf's was zu trinken sein?«, fragte sie einladend.

Er war kurz in Versuchung, sie auf den Tisch zu legen und sich über ihre Halsschlagader herzumachen. Menschliches Blut hielt bei ihm zwar nicht besonders lange vor, aber es schmeckte verflucht noch mal besser als verdünnter Alkohol.

»Im Moment nicht«, sagte er. Sein schmales Lächeln machte sie gleichzeitig nervös und sandte ihr einen lustvollen Schauer über den Körper. Er atmete ihren Duft tief ein.

Kein Interesse, dachte er.

Die Kellnerin nickte, rührte sich aber nicht vom Fleck. Immer noch starrte sie ihn unverwandt an, das kurze blonde Haar leuchtete in der Dunkelheit wie ein Halo um ihr Gesicht. Wie gebannt schien sie nicht nur ihren Job, sondern auch ihren eigenen Namen vergessen zu haben.

Wie unglaublich nervig.

Darius verlagerte ungeduldig sein Gewicht auf dem Stuhl.

»Das wär's dann«, murmelte er. »Wir sind wunschlos glücklich.«

Als sie sich in die Menge zurückzog, hörte Wrath wie Darius sich räusperte. »Danke, dass du gekommen bist.«

»Das hast du schon gesagt.«

»Klar. Richtig. Also, du und ich, wir kennen uns schon eine ganze Weile.«

»Stimmt.«

»Wir haben ein paar verdammt gute Kämpfe zusammen ausgetragen. Eine ganze Menge *Lesser* ausgeschaltet.«

Wrath nickte. Die Bruderschaft der Black Dagger beschützte ihre Rasse seit Generationen vor der Gesellschaft der *Lesser.* Darius. Tohrment. Die vier anderen. Gegenüber den *Lessern* – seelenlosen Menschen, die einem bösartigen Meister namens Omega dienten – waren die Brüder deutlich in der Unterzahl. Doch Wrath und seine Krieger schafften es, sich dennoch zu behaupten.

Und weit mehr als das.

Darius räusperte sich erneut. »Nach all den Jahren –«

»D, fass dich kurz. Marissa muss heute Nacht noch etwas erledigen.«

»Willst du wieder dein Zimmer bei mir benutzen? Du weißt, dass ich sonst niemanden da reinlasse.« Darius lachte verlegen. »Ihrem Bruder wäre es bestimmt lieber, wenn du nicht bei ihm auftauchst.«

Wrath verschränkte die Arme vor der Brust und schob den Tisch mit seinem Stiefel etwas weg, um sich mehr Platz zu verschaffen.

Es war ihm scheißegal, ob Marissas Bruder irgendwelche Abneigungen pflegte oder Wraths Art zu leben ablehnte. Havers war ein Snob und ein vollkommen unfähiger Dilettant. Er kapierte einfach nicht, was für Feinde ihre Rasse hatte, und was es bedeutete, die Vampire gegen sie zu verteidigen.

Und nur, weil es diesem Jüngelchen nicht passte, würde Wrath ganz bestimmt nicht tatenlos zusehen, wie Zivilisten abgeschlachtet wurden. Er gehörte aufs Schlachtfeld, zu seinen Kriegern, nicht auf irgendeinen albernen Thron. Havers Ansichten dazu interessierten ihn nicht.

Trotzdem sollte Marissa sich nicht mit den arroganten Anwandlungen ihres Bruders herumschlagen müssen.

»Vielleicht komme ich auf dein Angebot zurück.«

»Gut.«

»Und jetzt spuck's aus.«

»Ich habe eine Tochter.«

Wrath drehte langsam den Kopf. »Seit wann?«

»Schon eine ganze Weile.«

»Wer ist die Mutter?«

»Kennst du nicht. Und sie … sie ist tot.«

Darius' Kummer umwölkte ihn, der beißende Geruch von altem Schmerz schnitt durch den Odeur von menschlichem Schweiß, Alkohol und Sex um sie herum.

»Wie alt ist sie?«, wollte Wrath wissen. Er hatte so eine Ahnung, wohin das Gespräch führen würde.

»Fünfundzwanzig.«

Wrath fluchte unterdrückt. »Frag nicht, Darius. Bitte mich nicht darum.«

»Ich muss. Herr, dein Blut ist –«

»Wenn du mich noch einmal so nennst, sorge ich dafür, dass du an dem Wort erstickst.«

»Du verstehst nicht, sie ist –«

Wrath stand langsam auf. Darius' Hand legte sich auf seinen Unterarm und wurde sofort wieder entfernt.

»Sie ist ein halber Mensch.«

»Herrgott –«

»Deshalb wird sie die Transition vielleicht nicht überleben, wenn es soweit kommen sollte. Aber wenn du ihr hilfst, hat sie eine Chance. Dein Blut ist so stark, dass es ihr durch die Wandlung helfen kann, obwohl sie ein Mischling ist. Ich bitte dich ja gar nicht, sie als *Shellan* zu nehmen. Oder sie zu beschützen. Das kann ich selbst. Ich versuche doch nur ... *Bitte.* Meine Söhne sind tot. Sie ist vielleicht alles, was eines Tages von mir bleibt. Und ich ... Ich habe ihre Mutter geliebt.«

Jedem anderen hätte Wrath daraufhin seine beiden Lieblingsworte entgegengeschleudert: *Leck* und *mich.* Soweit es ihn betraf, gab es nur zwei akzeptable Positionen für Menschen. Eine Frau: auf dem Rücken. Ein Mann: mit dem Gesicht nach unten und ohne Herzschlag.

Doch Darius war beinahe ein Freund. Beziehungsweise hätte er einer sein können, wenn Wrath ihn nah genug an sich heran gelassen hätte.

Er schloss die Augen. Hass spülte durch seinen Körper, floss in seiner Brust zusammen. Er verachtete sich selbst dafür, dass er einfach aufstand und ging, doch er war nun mal nicht der Typ Mann, der einem armen Mischlingskind durch eine so schmerzhafte und gefährliche Zeit helfen konnte. Milde und Barmherzigkeit lagen einfach nicht in seinem Wesen.

»Ich kann das nicht tun. Nicht einmal für dich.«

Darius' Kummer und Enttäuschung trafen ihn frontal, Wrath geriet buchstäblich ins Schwanken unter der Wucht der Emotionen. Er drückte die Schulter des anderen Vampirs.

»Wenn du sie wirklich liebst, tu ihr einen Gefallen. Frag einen anderen.«

Wrath drehte sich um und verließ steif den Club. Auf dem Weg zur Tür löschte er die Erinnerung an sich von der Großhirnrinde jedes der anwesenden Menschen. Die Starken würden glauben, sie hätten nur von ihm geträumt. Die Schwachen würden sich überhaupt nicht an ihn erinnern.

Draußen auf der Straße suchte er sich eine dunkle Ecke, in der er sich dematerialisieren konnte. Er kam an einer Frau vorbei, die im Schatten eines Gebäudes einem Kerl einen blies; an einem Penner, der sich ins Koma gesoffen hatte; an einem Drogendealer, der sich per Handy über den aktuellen Crackpreis stritt.

Sofort spürte er, dass ihm jemand folgte. Und wer das war. Der süßliche Geruch von Talkum war untrüglich.

Wrath lächelte breit, öffnete seine Lederjacke und nahm einen seiner Hira-Shuriken heraus. Der Wurfstern aus Edelstahl lag gut in der Hand. 100 Gramm Tod warteten nur darauf, auf die Reise geschickt zu werden.

Wrath änderte sein Schritttempo nicht, obwohl er am liebsten in den Schatten gerannt wäre. Zur Hölle, nach der Absage an Darius lechzte er nach einem Kampf, und dieser verfluchte *Lesser* da hinter ihm kam ihm wie gerufen.

Diesen seelenlosen Menschen zu töten, war genau das Richtige, um wieder auf den Boden zu kommen.

Während er den *Lesser* tiefer in die Dunkelheit lockte, bereitete sich Wraths Körper auf den Kampf vor; sein Herz schlug gleichmäßig, die Muskeln in Armen und Oberschenkeln zuckten erwartungsvoll. Seine Ohren nahmen das Geräusch eines gespannten Abzugshahns auf, und er triangulierte das Ziel der Waffe. Sie zeigte genau auf seinen Hinterkopf.

In einer einzigen fließenden Bewegung wirbelte er in genau dem Augenblick herum, als die Kugel sich explosionsartig aus der Mündung löste. Er duckte sich und warf den Stern; silbern blitzte der Shuriken auf und beschrieb einen tödlichen Bogen. Das Geschoss traf den *Lesser* genau am Hals und schlitzte ihm die Kehle auf, bevor es seine Reise in die Dunkelheit fortsetzte. Die Pistole des Angreifers fiel zu Boden und rutschte scheppernd über den Asphalt.

Fassungslos griff sich der *Lesser* an die Kehle und fiel auf die Knie.

Wrath trat seelenruhig an ihn heran und durchwühlte seine Taschen. Brieftasche und Handy nahm er an sich und steckte sie in seine Jacke.

Und dann zog er einen langen Dolch mit schwarzer Klinge aus seinem Brusthalfter. Er war enttäuscht, dass der Kampf nicht länger gedauert hatte, doch dem dunklen, lockigen Haar und relativ ungeschickten Angriff nach zu urteilen, war dieser *Lesser* ein neuer Rekrut. Mit einer schnellen Bewegung warf er den *Lesser* auf den Rücken, der Dolch wirbelte hoch in die Luft und landete genau mit dem Schaft in seiner Handfläche. Tief stieß er die Klinge in das Fleisch der Brust, durchschnitt den Knochen und fand das schwarze Loch, an dessen Stelle einst das Herz gewesen war.

Mit einem erstickten Geräusch löste sich der *Lesser* in einem Lichtblitz in nichts auf.

Wrath wischte den Dolch an seiner Lederhose ab, steckte

ihn wieder an seinen Platz und stand auf. Er sah sich um. Und dann dematerialisierte er sich.

Darius trank noch ein drittes Bier. Einige HipHop-Schönheiten kamen vorbei und wollten seine düsteren Gedanken vertreiben, doch er schlug ihre Einladungen aus.

Dann verließ er die Bar und ging zu seinem BMW 650i, der in einer dunklen Nebenstraße hinter dem *Screamer's* im Parkverbot stand. Wie jeder Vampir konnte er sich jederzeit dematerialisieren und damit große Distanzen überbrücken, doch das war gar nicht so einfach, wenn man etwas Schweres mit sich herumtrug. Und die meisten von ihnen lösten sich nicht gern in der Öffentlichkeit augenscheinlich in Luft auf.

Außerdem war ein schickes Auto zweifellos ein schöner Anblick.

Darius stieg in den BMW und zog die Autotür zu. Aus dem Himmel fielen die ersten, dicken Regentropfen auf die Windschutzscheibe.

Eventuell gab es noch eine andere Möglichkeit. Das Gespräch über Marissas Bruder hatte ihn auf eine Idee gebracht. Havers war Arzt, ein hingebungsvoller Heiler unter den Vampiren. Vielleicht konnte er ihm helfen. Einen Versuch war es sicher wert.

Von seinen Überlegungen abgelenkt, steckte Darius den Zündschlüssel ins Schloss und drehte ihn herum. Der Anlasser stotterte. Noch einmal drehte er den Schlüssel, und plötzlich hatte er eine schreckliche Vorahnung, als er ein rhythmisches Klicken hörte.

Die Bombe, die am Fahrgestell des Autos befestigt und mit der Elektrik verkabelt worden war, ging hoch.

Sein letzter Gedanke, als er durch eine Explosion weißer Glut eingeäschert wurde, galt der Tochter, die ihn nie kennen gelernt hatte. Und es nun auch nie würde.

3

Beth duschte fünfundvierzig Minuten lang, verbrauchte eine halbe Flasche Duschgel und dämpfte beinahe die billige Tapete von der Badezimmerwand, weil sie das Wasser so heiß stellte. Dann trocknete sie sich ab, schlüpfte in den Bademantel und versuchte, ihrem Spiegelbild auszuweichen. Ihre Lippe sah furchtbar aus.

Ihr Einzimmerappartement war viel zu eng. Die Klimaanlage hatte vor ein paar Wochen ihren Geist aufgegeben, deshalb war der Raum beinahe so stickig wie das Badezimmer. Beth warf einen Blick auf die beiden Fenster und die Glasschiebetür, die in einen ausgedörrten Garten führte. Am liebsten hätte sie alles weit aufgerissen, doch stattdessen vergewisserte sie sich, dass Tür und Fenster abgeschlossen waren.

Wenn auch ihre Nerven völlig blank lagen, erholte sich doch immerhin ihr Körper schnell. Mit Macht war ihr Appetit zurückgekehrt, als wäre er stinksauer über das verschobene Abendessen. Hungrig suchte sie in ihrer winzigen

Einbauküche nach etwas Essbarem. Die Reste des Hühnchens von vor vier Tagen sahen einladend aus, doch als sie die Folie abzog, riet ihre Nase ihr dringend von dem Plan ab. Dann eben nicht. Stattdessen schob sie sich eine Fertigmahlzeit in die Mikrowelle. Sie aß die Käsemakkaroni gierig im Stehen, direkt aus der Plastikschale. Es war nicht annähernd genug, ihr Magen protestierte immer noch, also machte sie sich noch eine Portion warm.

Die Vorstellung, in einer einzigen Nacht zehn Kilo zuzunehmen, hatte etwas Ansprechendes, wirklich. An ihrem Gesicht konnte sie nicht viel ändern, aber sie mochte wetten, dass diese frauenfeindlichen Neandertaler von vorhin hauptsächlich von einem knackigen Hintern angezogen wurden.

Sie blinzelte, versuchte, sein Gesicht vor ihrem inneren Auge weg zu schieben. Mein Gott, sie konnte immer noch seine Hände spüren, diese ekelhaften, schweren Finger, die ihre Brüste brutal befummelt hatten.

Sie musste Anzeige erstatten. Sie sollte zur Polizei gehen. Aber sie wollte ihre Wohnung nicht verlassen. Wenigstens nicht vor morgen früh.

Einigermaßen gesättigt ging sie zu ihrem Futon, der gleichzeitig als Bett und als Couch diente, setzte sich hin und zog die Füße an. Gemächlich verarbeitete ihr Magen die Nudeln, Wellen von Übelkeit wechselten sich mit eiskalten Schauern ab, die über ihre Haut jagten.

Ein leises Miauen ließ sie den Kopf heben.

»Hey, Boo.« Teilnahmslos flocht sie ihre Finger ineinander. Der arme kleine Kerl war in Deckung gegangen, als sie durch die Tür gestürmt war, sich die Kleider vom Leib gerissen und quer durch den Raum geschleudert hatte.

Immer noch miauend schlich der schwarze Kater auf sie zu. Seine grünen Augen wirkten besorgt, als er grazil auf ihren Schoß sprang.

»Tut mir leid wegen vorhin«, murmelte sie und machte etwas Platz für ihn.

Er rieb seinen Kopf an ihrer Schulter und schnurrte. Sein Körper war warm und beruhigend. Wie lange sie so dasaß und sein feines, weiches Fell streichelte, wusste sie nicht, doch als das Telefon klingelte, zuckte sie zusammen.

Sie nahm den Hörer ab und schaffte es, dabei den Kater im gleichen Rhythmus weiterzutätscheln. Jahre des Zusammenlebens mit Boo hatten ihre Kater-Telefon-Koordination vervollkommnet.

»Hallo?« Da es inzwischen nach Mitternacht war, konnte das kaum einer dieser nervigen Telefonverkäufer sein. Entweder war der Anruf also beruflich oder irgendein kranker Spinner hatte zufällig ihre Nummer gewählt.

»Hi, B-Lady. Zieh deine Tanzschühchen an. Vor dem *Screamer's* ist ein Auto in die Luft geflogen. Mitsamt Besitzer.«

Beth schloss die Augen und wollte weinen. José de la Cruz war ein Cop, aber er war auch so etwas wie ein Freund.

Wie die meisten Männer und Frauen in Uniform, wenn sie mal drüber nachdachte. Sie verbrachte so viel Zeit auf der Wache, dass sie fast alle, die dort arbeiteten, inzwischen ziemlich gut kennen gelernt hatte. José mochte sie allerdings ganz besonders gern.

»Hey, bist du noch dran?«

Erzähl es ihm. Erzähl ihm, was passiert ist. Mach einfach den Mund auf.

Scham und furchtbare Erinnerungen schnürten ihr den Hals zu.

»Ja, ich bin noch dran, José.« Sie schob sich das dunkle Haar aus dem Gesicht und räusperte sich. »Ich kann heute nicht.«

»Ach was. Wann hast du denn schon mal einen guten Tipp abgelehnt?« Er lachte gern. »Aber bleib locker. Der Ironman hat den Fall übernommen.«

»Ironman« war der Spitzname von Detective Brian O'Neal von der Mordkommission, besser bekannt unter dem Namen Butch. Oder schlicht und einfach *Sir.*

»Ich … schaffe es heute wirklich nicht.«

»Hast du jemanden kennen gelernt?« Neugier klang durch den Telefonhörer. José war verheiratet. Glücklich. Aber sie wusste, dass alle auf der Polizeistation sich so ihre Gedanken über sie machten. Eine Frau wie sie ohne Mann? Da musste doch was faul sein. »Und? Hast du?«

»Um Himmels Willen, nein. Nein.«

Ein kurzes Schweigen entstand, bis sich ganz offensichtlich der Polizeiradar ihres Freundes einschaltete. »Was ist los?«

»Nichts. Ich bin nur müde. Ich komme morgen vorbei.«

Und dann würde sie auch die Anzeige erstatten. Morgen wäre sie stark genug, alles noch einmal durchzugehen, ohne dabei zusammenzubrechen.

»Soll ich vorbeikommen?«

»Nein, aber vielen Dank. Es ist alles okay.«

Sie legte auf.

Fünfzehn Minuten später steckte sie in einer frisch gewaschenen Jeans und einem riesigen, ausgebeulten T-Shirt, das ihr bis über den Hintern reichte. Sie rief ein Taxi. Bevor sie die Wohnung verließ, wühlte sie noch im Schrank nach der anderen Handtasche, schnappte sich das Pfefferspray und hielt es fest umklammert auf Augenhöhe, als sie die Wohnung verließ.

Auf den drei Kilometern zwischen ihrer Wohnungstür und dem Schauplatz des Attentats würde sie ihre Stimme wieder finden. Und sie würde José alles erzählen.

So unerträglich die Vorstellung auch war, alles noch einmal zu durchleben, sie würde auf keinen Fall dieses Arschloch frei herumlaufen und dasselbe noch einmal tun lassen. Und selbst wenn man ihn nie fassen würde, dann hätte sie wenigstens ihr Möglichstes getan, um ihn festzunageln.

Wrath materialisierte sich in Darius' Salon. Verflucht, er hatte ganz vergessen, wie stilvoll der Vampir wohnte.

D mochte ein Krieger sein, aber er hatte den Geschmack eines Aristokraten. Was nicht überraschend war. Denn er war von edler Herkunft und hatte sein Leben als Princeps begonnen; ein vornehmer Lebensstil bedeutete ihm nach wie vor sehr viel. Sein gepflegtes Herrenhaus aus dem 19. Jahrhundert war voller Antiquitäten und Kunstwerke. Es war außerdem so sicher wie ein Schweizer Tresor.

Doch die zartgelben Wände des Salons schmerzten Wrath in den Augen.

»Welch angenehme Überraschung, Herr.«

Fritz, der Butler, kam aus der Eingangshalle herein und vollführte eine tiefe Verbeugung, während er gleichzeitig das Licht dämpfte, um Wraths Blinzeln zu mildern. Wie üblich war der alte Mann in eine schwarze Livree gekleidet. Er arbeitete bereits seit etwa einhundert Jahren bei Darius und war ein *Doggen;* was bedeutete, dass er zwar tagsüber ausgehen konnte, und einige andere Vorzüge besaß, aber auch schneller alterte als ein Vampir. Seit Jahrtausenden diente seine Subspezies Aristokraten und Kriegern.

»Bleibt Ihr länger bei uns, Herr?«

Wrath schüttelte den Kopf. Nicht, wenn es sich vermeiden ließ. »Eine Stunde, maximal.«

»Euer Zimmer ist bereit. Wenn Ihr mich brauchen solltet, ich stehe jederzeit zur Verfügung.« Wieder verneigte sich Fritz beinahe bis zum Boden, schritt rückwärts aus dem Zimmer und schloss die Doppeltüren hinter sich.

Wrath trat vor das zwei Meter hohe Porträt eines – wie man ihm erzählt hatte – französischen Königs. Er legte die Hand auf die rechte Seite des schweren Goldrahmens und sofort schwenkte die Leinwand zur Seite und gab einen dunklen, nur von Gaslampen beleuchteten Steindurchgang frei.

Dahinter lag eine Treppe, die tief unter die Erde führte und an deren Fuß zwei Türen abgingen. Hinter der einen befand sich Darius' luxuriöses Quartier. Durch die andere trat Wrath in einen Raum, der für ihn eine Art zweites Zuhause darstellte. Die meisten Tage schlief er in einem Lagerhaus in New York City, in einem fensterlosen Raum aus Stahl, der mit einem Sicherheitssystem ausgestattet war, das sich ungefähr auf dem Standard von Fort Knox befand.

Doch dorthin würde er Marissa niemals einladen. Nicht einmal einen der Brüder. Seine Privatsphäre war ihm heilig.

Er trat ein und ließ durch einen kurzen Gedanken die Kerzen an den Wänden aufflackern. Ihr goldener Schimmer konnte sich kaum gegen die Dunkelheit durchsetzen. Aus Rücksicht auf Wraths schwache Sehkraft hatte Darius die Wände und die sieben Meter hohe Decke schwarz streichen lassen. In einer Ecke stand ein massives Bett mit schwarzen Satinlaken und etlichen weichen Kissen. An der gegenüberliegenden Wand befanden sich ein Ledersofa, ein Flachbildfernseher und eine Tür, die in ein schwarzes Marmorbad führte. Zusätzlich gab es noch einen Schrank voller Kleider und Waffen.

Aus irgendeinem seltsamen Grund bot Darius ihm immer wieder an, in sein Haus zu kommen. Wrath war der Grund dafür ein Rätsel. Es war keine Frage der Sicherheit, denn Darius konnte auf sich selbst aufpassen. Und die Vorstellung, dass ein Vampir wie D einsam sein könnte, war einfach grotesk.

Wrath spürte Marissa, noch bevor sie in den Raum kam. Er konnte es kaum erwarten, wieder auf der Straße zu sein. Er hatte vorhin nur den Vorgeschmack auf einen Kampf erhalten, und heute Nacht wollte er kopfüber in den Krieg eintauchen.

Er drehte sich um.

Als Marissa ihren schlanken Körper vor ihm verneigte, spürte er eine Mischung aus Hingabe und Beklemmung in ihrer Aura.

»Herr«, sagte sie.

Soweit er erkennen konnte, trug sie eine Art fließendes weißes Chiffonkleid, das lange blonde Haar ergoss sich über ihre Schultern und den Rücken. Er wusste, sie wollte ihm gefallen, und er wünschte sich flehentlich, sie würde sich nicht die Mühe machen.

Ruhig zog er die Lederjacke und das Brusthalfter aus, in dem er seine Dolche aufbewahrte.

Innerlich verfluchte er seine Eltern. Warum hatten sie ihm so eine Frau gegeben? So … zart. So zerbrechlich.

Andererseits, wenn er daran dachte, in welchem Zustand er vor seiner Transition gewesen war, hatten sie vielleicht gefürchtet, dass eine kräftigere Frau ihm wehtun würde.

Wrath reckte seine Arme, sein Bizeps trat hervor, eine Schulter knackte bei der kraftvollen Bewegung.

Wenn sie ihn nur jetzt sehen könnten. Ihr kleiner Junge hatte sich in einen selbstgerechten, eiskalten Killer verwandelt.

Wahrscheinlich ist es besser, dass sie tot sind, dachte er. Sie wären mit seiner Entwicklung nicht einverstanden gewesen.

Wenn sie hätten alt werden dürfen, wäre allerdings aus ihm vermutlich ein anderer geworden.

Marissa trat nervös von einem Fuß auf den anderen. »Vergib mir, wenn ich störe. Aber ich kann nicht länger warten.«

Wrath ging ins Badezimmer. »Du brauchst mich, ich komme.«

Er drehte den Wasserhahn auf und krempelte die Ärmel

seines schwarzen Hemdes hoch. Mit dem dampfend heißen Wasser wusch er sich den Dreck, den Schweiß, den Tod von den Händen. Dann seifte er sich ein, schäumte die rituellen Tätowierungen auf den Innenseiten seiner Unterarme ein. Er spülte die Seife ab, trocknete sich die Hände und ging zum Sofa. Dort setzte er sich und wartete zähneknirschend.

Wie lange machten sie das nun schon? Jahrhunderte. Doch jedes Mal brauchte Marissa eine Weile, bis sie sich ihm nähern konnte. Bei jedem anderen wäre ihm innerhalb von Sekunden der Geduldsfaden gerissen, doch mit ihr war er nachsichtiger.

In Wahrheit tat sie ihm leid, weil man sie gezwungen hatte, seine *Shellan* zu werden. Wieder und wieder hatte er ihr beteuert, dass er sie aus ihrem Eid entlassen würde, dass er sie freigäbe, damit sie sich einen wahren Partner suchen könnte, einen, der nicht nur alles vernichten würde, was sie bedrohte, sondern der sie auch lieben würde.

Das Seltsame war, dass Marissa ihn einfach nicht aufgab, so zerbrechlich sie auch scheinen mochte. Vermutlich befürchtete sie, dass keine andere Frau ihn nehmen würde. Dass niemand sonst die Bestie in ihm füttern würde, und dass ihre Rasse dadurch ihr stärkstes Mitglied verlieren könnte. Ihren König. Ihren Anführer, der nicht willens war, sie zu führen.

O Mann, er war wirklich ein Wahnsinnsfang. Er hielt sich von ihr fern, außer wenn er trinken musste. Was wegen seiner Abstammung nicht besonders oft vorkam. Sie wusste nie, wo er war oder was er tat. Die langen Tage verbrachte sie allein im Haus ihres Bruders und opferte sich auf, um den letzten reinrassigen Vampir am Leben zu erhalten. Den einzigen, der keinen Tropfen menschlichen Blutes in sich trug. Ehrlich gesagt hatte er keine Ahnung, wie sie das ertrug – oder wie sie *ihn* ertrug.

Plötzlich wollte er fluchen. Diese Nacht entwickelte sich zu einer echten Ego-Party. Erst Darius. Jetzt sie.

Wraths Augen folgten Marissa durch den Raum, während sie ihn umkreiste, sich langsam näherte. Er zwang sich, seine Gesichtszüge zu entspannen, gleichmäßig zu atmen, seinen Körper ruhig zu halten. Das war der härteste Teil daran, mit ihr zusammen zu sein. Bei dem Gedanken, sich nicht frei bewegen zu können, geriet er in Panik; er wusste, wenn sie erst trank, würde das erstickende Gefühl sich noch verschlimmern.

»Du hattest viel zu tun, Herr?«, fragte sie sanft.

Er nickte und dachte, dass er mit ein bisschen Glück noch viel mehr zu tun bekäme, bevor der Morgen graute.

Endlich stand Marissa vor ihm, und er konnte fühlen, wie ihr Hunger über die Beklemmung siegte. Und auch ihr Verlangen spürte er. Sie wollte ihn, doch diese spezielle Gemütsbewegung blockte er ab.

Auf keinen Fall würde er Sex mit ihr haben. Unvorstellbar für ihn, mit Marissa die Dinge zu tun, die er mit anderen Frauen getan hatte. Und er hatte sie auch nie auf diese Art gewollt. Nicht einmal am Anfang.

»Komm her«, sagte er und winkte sie zu sich. Er legte den Arm mit dem Handgelenk nach oben auf seinen Oberschenkel. »Du bist am Verhungern. Du solltest nicht so lange warten, bis du mich rufst.«

Marissa ließ sich vor ihm auf dem Boden nieder, ihr Kleid floss geschmeidig um ihren Körper und seine Füße. Ihre Finger fühlten sich auf seiner Haut warm an, als sie sanft über seine Tätowierungen strichen und die schwarzen Zeichen nachfuhren, die in der alten Sprache von seinem Geschlecht erzählten. Sie war so nah bei ihm, dass er sehen konnte, wie sich ihr Mund öffnete und die Fänge aufblitzten, bevor sie sich in seine Vene versenkten.

Wrath schloss die Augen und lehnte den Kopf zurück,

während sie trank. Die Panik überkam ihn schnell und heftig. Mit dem freien Arm umfasste er die Sofalehne, seine Muskeln spannten sich an, als er fest zugriff, um seinen Körper ruhig zu halten. Ruhe, er musste die Ruhe bewahren. Bald würde es vorbei sein, und dann wäre er wieder frei.

Als Marissa zehn Minuten später den Kopf hob, stand er abrupt auf und lief ein paar Schritte, um sich zu lockern. Er spürte eine unbändige Erleichterung, sich wieder bewegen zu dürfen. Als er sich wieder einigermaßen zusammengerissen hatte, ging er zu ihr. Sie war gesättigt, in ihr entfaltete sich die Kraft, welche die Vermischung ihres Blutes ihr verlieh. Er ertrug es nicht, sie auf dem Boden liegen zu sehen; also hob er sie auf und überlegte, ob er Fritz rufen sollte, damit er sie zurück zum Haus ihres Bruders brachte. In diesem Moment klopfte es heftig an der Tür.

Wrath sah sich wütend im Zimmer um und legte Marissa dann auf das Bett.

»Danke, Herr«, murmelte sie. »Ich werde gleich nach Hause gehen.«

Er hielt inne. Zog dann ein Laken über ihre Beine, bevor er zur Tür ging und sie einen Spalt öffnete.

Fritz war wegen irgendetwas völlig außer sich.

Rasch schlüpfte Wrath durch die Tür und schloss sie hinter sich. Gerade wollte er fragen, was zum Teufel diese Störung sollte, da bemerkte er am Geruch des Butlers, dass etwas Furchtbares geschehen war.

Ohne zu fragen wusste er, dass der Tod den Brüdern wieder einen Besuch abgestattet hatte.

Darius war gegangen.

»Herr –«

»Wie ist es passiert?«, knurrte er. Mit dem Schmerz würde er sich später befassen. Zuerst brauchte er die Einzelheiten.

»Das Auto …« Es war deutlich zu sehen, dass der Butler

Mühe hatte, sich zu beherrschen. Seine Stimme war so dürr und hinfällig wie sein alter Körper. »Eine Bombe, Herr. Im Auto. Vor der Bar. Tohrment war da, er hat es gesehen.«

Wrath musste an den *Lesser* denken, den er vernichtet hatte. Er wünschte, er wüsste, ob er der Täter gewesen war.

Diese Bastarde hatten keine Ehre mehr im Leib. Wenigstens hatten ihre Vorgänger in den vergangenen Jahrhunderten gekämpft wie Krieger. Diese neue Rasse aber war feige und versteckte sich hinter der Technik.

»Ruf die Brüder«, stieß er aus. »Sie sollen sofort herkommen.«

»Ja, selbstverständlich. Und Herr? Darius bat mich, Euch das zu geben« – der Butler reichte ihm etwas – »falls Ihr nicht bei ihm wärt, wenn er stirbt.«

Wrath nahm den Umschlag entgegen und ging zurück in sein Zimmer. Er konnte weder Fritz noch sonst jemandem Mitgefühl zeigen. Marissa war fort, und das war gut für sie.

Er steckte sich Darius' letzten Brief in den Bund seiner Lederhose.

Und dann ließ er seiner Wut freien Lauf.

Die Kerzen explodierten und fielen zu Boden, als ein Sturm von schwarzem Zorn um ihn herum zu wirbeln begann, dichter wurde, schneller, dunkler, bis die Möbel vom Boden hochsprangen und kreisend um ihn herumflogen. Er legte den Kopf in den Nacken und brüllte.

4

Als Beths Taxi vor dem *Screamer's* hielt, wimmelte der Tatort bereits vor Menschen. Das Blaulicht der Streifenwagen, mit denen der Zugang zur Seitenstraße blockiert wurde, durchzuckte die Dunkelheit. Inzwischen war auch der gepanzerte, kastenförmige Wagen des Bombenräumkommandos eingetrudelt. Überall rannten Polizisten herum, sowohl uniformiert als auch in ziviler Kleidung. Und natürlich hatten sich die unvermeidlichen, besoffenen Gaffer am Rande der Szenerie häuslich niedergelassen, rauchend und plaudernd.

Als Reporterin hatte Beth gelernt, dass Mord in Caldwell ein gesellschaftliches Ereignis war. Na ja, zumindest für alle außer demjenigen, der den Sterbepart übernommen hatte. Für das Opfer – zumindest stellte Beth sich das so vor – war der Tod eine einsame Sache, selbst wenn er oder sie dem Mörder gegenüberstand. Über manche Brücken musste man allein gehen, egal, wer oder was einen dahin getrieben hatte.

Beth hielt sich den Ärmel vor den Mund. Der stechende, chemische Geruch von verschmortem Metall brannte beim Atmen in ihren Lungen.

»Hey, Beth!« Einer der Polizisten winkte sie zu sich herüber. »Wenn du dir das genauer ansehen willst, geh durch das *Screamer's* und nimm den Hinterausgang. Da ist so ein Flur –«

»Eigentlich suche ich José. Ist er in der Nähe?«

Der Polizist reckte den Hals und sah sich suchend in der Menge um. »Vor einer Minute war er noch da. Vielleicht ist er zurück zur Wache gefahren. Ricky! Hast du José gesehen?«

Plötzlich stand Butch O'Neil vor ihr und brachte seinen Kollegen mit einem finsteren Blick zum Schweigen. »Was für eine Überraschung.«

Beth machte einen Schritt zurück. Der Ironman war ein Riese von einem Mann. Großer Körper, tiefe Stimme, natürliche Autorität. Sie vermutete, dass viele Frauen sich zu ihm hingezogen fühlten, denn er sah wirklich gut aus, auf eine raue, harte Art. Doch bei Beth hatte es nie gefunkt.

Nicht, dass bei ihr jemals irgendetwas funkte, wenn es um Männer ging.

»Also, Randall, was treibst du so?« Er warf sich einen Kaugummi in den Mund und zerknüllte das Papier zu einem festen kleinen Ball. Sein Kiefer machte sich an die Arbeit, als wäre er frustriert; es war mehr ein Mahlen als ein Kauen.

»Ich bin wegen José hier, nicht wegen der Bombe.«

»Aber klar doch.« Sein Blick fiel auf ihr Gesicht. Mit den dunklen Augenbrauen und den tief liegenden Augen sah er immer ein bisschen wütend aus, aber seine Miene wurde unvermittelt noch finsterer. »Würdest du mal kurz mitkommen?«

»Ich möchte wirklich zu José –«

Ihr Arm wurde in einen Klammergriff genommen.

»Komm doch mal hier rüber.« Butch drängte sie in eine stille Ecke der Seitenstraße, weg von dem Gewimmel. »Was zum Teufel ist mit deinem Gesicht passiert?«

Sie legte die Hand auf die aufgesprungene Lippe. Sie musste wohl noch unter Schock stehen, denn das hatte sie völlig vergessen.

»Lass mich die Frage noch mal wiederholen: Was zum *Teufel* ist mit dir passiert?«

»Ich … äh …« Ihr Hals zog sich zu. »Ich wurde …«

Nein, sie würde *nicht* anfangen zu weinen. Nicht vor dem Ironman.

»Ich will zu José.«

»Er ist nicht da, also kannst du nicht zu ihm. Und jetzt raus damit, was ist los.« Butch hielt seine Arme seitlich ausgestreckt, als spürte er, dass sie sonst weglaufen könnte. Er war nur ein paar Zentimeter größer als sie, aber er hatte sicher 30 Kilo mehr an Muskelmasse.

Die Angst traf sie wie ein Eispickel in die Brust, aber für heute hatte sie wirklich die Schnauze voll davon, sich herumschubsen zu lassen.

»Geh weg, O'Neal.« Sie legte ihre Handflächen auf seine Brust und schob ihn von sich. Er bewegte sich. Ein bisschen zumindest.

»Beth, erzähl mir –«

»Wenn du mich nicht gehen lässt«, sie sah ihm direkt in die Augen, »schreibe ich einen Artikel über deine Befragungstechniken. Du weißt schon, die, bei denen man hinterher Röntgenbilder und jede Menge Gips braucht.«

Seine Augen verengten sich. Dann ließ er die Arme sinken und hielt die Hände hoch, als wollte er sich ergeben.

»Bitte.« Er ließ sie stehen und ging zurück zu den anderen.

Beth ließ sich gegen die Hauswand fallen, ihre Beine

fühlten sich an, als könnten sie nie wieder normal funktionieren. Sie hielt den Kopf nach unten, um wieder Kraft zu schöpfen, da sah sie etwas Metallisches aufblitzen. Langsam ging sie in die Hocke. Es war ein Wurfstern.

»Hey, Ricky!«, rief sie. Der Polizist kam mit weit ausholenden Schritten zu ihr. Sie zeigte auf den Boden. »Beweismaterial.«

Dann ließ sie ihn allein weiter seine Arbeit erledigen und winkte sich auf der Trade Street ein Taxi heran. Sie konnte sich nicht länger zusammenreißen.

Morgen würde sie bei José Anzeige erstatten. Gleich morgen früh.

Als Wrath im Salon erschien, hatte er sich wieder unter Kontrolle. Er hatte sich seine Waffen umgeschnallt, die Jacke hielt er in der Hand. Sie war reich bestückt mit den Wurfsternen und Dolchen, die er gern benutzte.

Tohrment war der erste der Brüder, der eintraf. Seine Augen brannten, Schmerz und Rachsucht ließen das dunkle Blau so hell aufleuchten, dass selbst Wrath einen Schimmer von Farbe wahrnahm.

Als Tohrment sich gerade an Darius' gelbgetünchte Wand lehnte, kam auch schon Vishous in den Raum. Sein neues Ziegenbärtchen ließ ihn noch unheimlicher aussehen als gewöhnlich, obwohl es eigentlich die Tätowierung um sein linkes Auge herum war, die ihn so bedrohlich wirken ließ. Heute Nacht hatte er sich seine Red-Sox-Baseballkappe so tief in die Stirn gezogen, dass von den komplizierten Zeichnungen an der Schläfe kaum etwas zu sehen war. Wie immer trug er seinen schwarzen Handschuh, um jeden, wenn auch nur versehentlichen Kontakt seiner linken Hand mit einem anderen Wesen zu vermeiden.

Was eine gute Sache war. Ein verdammter Dienst an der Allgemeinheit.

Rhage folgte ihm auf dem Fuße, seine sonstige Arroganz hatte er heute aus Respekt vor dem Anlass des Treffens ausnahmsweise heruntergefahren. Rhage war ein hoch gewachsener Mann, kräftig, machtvoll, stärker als alle anderen Krieger. Er war außerdem eine Sexlegende in der Welt der Vampire, schön wie ein Hollywoodstar und triebgesteuerter als ein ganzer Stall Zuchthengste. Frauen, Vampirinnen wie Menschen, würden ihre eigenen Kinder niedertrampeln um ihm nahe zu kommen.

Zumindest, bis sie einen Blick auf seine dunkle Seite erhaschten. Wenn die Bestie in Rhage zum Vorschein kam, dann rannte jeder, einschließlich der Krieger der Bruderschaft, um sein Leben und begann zu beten.

Als Letzter kam Phury. Er trat durch die Vordertür, sein Humpeln war kaum zu bemerken. Erst kürzlich hatte er sich eine neue Prothese geleistet und war jetzt stolzer Besitzer eines Beines aus einer topmodernen Titan-Karbonat-Legierung. Die Apparatur aus Stangen, Gelenken und Bolzen war mit seinem rechten Bikerstiefel verschraubt.

Seine fantastische Mähne aus unterschiedlich farbigem Haar hätte ihn eigentlich in die Oberliga der Frauenhelden einreihen müssen, aber er war seinem Zölibatschwur eisern treu geblieben. In seinem Leben war nur Platz für eine einzige Liebe, und das brachte ihn seit Jahren langsam aber sicher um.

»Wo ist dein Zwillingsbruder, Mann?«, fragte Wrath.

»Z kommt gleich.«

Dass Zsadist zu spät kam, war nicht gerade überraschend. Z war von Kopf bis Fuß ein Dreckskerl, der dem Hass – besonders gegenüber Frauen – neue Dimensionen verlieh. Gott sei Dank sah er durch sein vernarbtes Gesicht und den fast kahl geschorenen Schädel so Furcht erregend aus, wie er war, weswegen die Leute ihm normalerweise aus dem Weg gingen.

Als Säugling war er aus seiner Familie entführt und zum Blutsklaven gemacht worden. Seine Herrin hatte ihn in jeder erdenklichen Hinsicht auf brutale Art und Weise missbraucht. Phury hatte beinahe ein Jahrhundert gebraucht, um seinen Zwilling wiederzufinden, und Z wäre um ein Haar zu Tode gefoltert worden, bevor er ihn retten konnte.

Ein Sturz ins Salzwasser des Meeres hatte Zsadist auf ewig Wunden in die Haut gebrannt, und zusätzlich zu seinem Geflecht aus Narben trug er immer noch die Tätowierungen eines Sklaven. Neben diversen Piercings, die er noch selbst hinzufügt hatte.

Einfach nur, weil er gern Schmerz spürte.

Kein Zweifel, Z war der Gefährlichste aus der Bruderschaft. Nach allem, was er durchgemacht hatte, war ihm alles und jeder scheißegal. Einschließlich seines Zwillingsbruders.

Selbst Wrath war auf der Hut, wenn dieser Krieger in der Nähe war.

Ja, die Bruderschaft der Black Dagger war eine höllische Truppe. Und das Einzige, was zwischen der Zivilbevölkerung der Vampire und der Gesellschaft der *Lesser* stand.

Mit verschränkten Armen sah Wrath sich im Raum um und musterte jeden einzelnen; er sah ihre Stärke, aber vor allem ihren Fluch.

Darius' Tod führte ihm wieder vor Augen, dass seine Krieger zwar die Legionen von Schlächtern der *Lesser* immer wieder empfindlich trafen. Doch sie waren nur so wenige Brüder gegen eine unerschöpfliche, sich ständig erneuernde Armee von ihnen.

Denn Gott weiß, es gab ausreichend Menschen, die willens und fähig waren, zum Mörder zu werden.

Die Zahlenverhältnisse waren nicht zum Vorteil seiner

Spezies. Er musste der Tatsache ins Auge sehen, dass Vampire nicht ewig lebten, dass die Brüder getötet werden konnten und das Gleichgewicht von einem Moment zum anderen kippen konnte. Zugunsten ihrer Feinde.

Verflucht, eigentlich war das längst geschehen. Seit damals vor Äonen Omega die Gesellschaft der *Lesser* geschaffen hatte, war die Anzahl der Vampire immer weiter gesunken. Heute gab es nur noch einige wenige Enklaven, in denen sie lebten. Ihre Art stand kurz vor der Auslöschung. Auch wenn die Krieger der Bruderschaft in dem, was sie taten, eine tödliche Perfektion erreicht hatten.

Wäre Wrath ein anderer König gewesen, einer wie sein Vater, der bewundert und ein von allen verehrter Patron der Vampire sein wollte, vielleicht würde ihrer aller Zukunft vielversprechender aussehen. Doch der Sohn war nicht wie der Vater. Wrath war ein Krieger, kein Anführer, er stand lieber aufrecht mit einem Dolch in der Hand, als auf einem Thron herumzusitzen.

Er wandte seine Aufmerksamkeit wieder den Brüdern zu. Alle Krieger starrten ihn an, erwarteten Anweisungen von ihm. Und ihre Achtung machte ihn nervös.

»Ich verstehe Darius' Tod als persönlichen Angriff«, begann er.

Ein zustimmendes Gemurmel ertönte von den Brüdern.

Wrath holte die Brieftasche und das Handy des getöteten *Lesser* heraus. »Das hier habe ich heute Nacht einem *Lesser* hinter dem *Screamer's* abgenommen. Kümmert sich jemand darum?«

Er warf die zwei Gegenstände in die Luft. Phury fing beide auf und reichte das Handy an Vishous weiter.

Aufgebracht schritt Wrath im Zimmer auf und ab. »Es ist mal wieder höchste Zeit für einen Raubzug.«

»Verdammt richtig«, knurrte Rhage. Man hörte ein metallisches Schaben und dann das Geräusch eines Dolches, der in einen Tisch gerammt wird. »Wir müssen dahin gehen, wo sie ausgebildet werden. Wo sie *leben.*«

Was bedeutete, dass die Brüder einen Aufklärungseinsatz vor sich hatten. Die Mitglieder der Gesellschaft der *Lesser* waren nicht dumm; sie wechselten ihre Operationsstützpunkte in regelmäßigen Abständen, ihre Rekrutierungs- und Ausbildungscamps waren ständig in Bewegung. Genau deshalb war es normalerweise für die Vampire effektiver, sich selbst zur Zielscheibe zu machen und zu bekämpfen, wer immer sich an ihre Spur heftete.

Früher war die Bruderschaft gelegentlich auf Raubzüge gegangen, dann hatten sie im Rudel jeweils Dutzende *Lesser* in einer einzigen Nacht getötet. Diese offensive Taktik war aber selten geworden. Groß angelegte Angriffe waren zwar effizient, aber gleichzeitig heikle Unternehmungen. Denn große Schlachten zogen schnell die Aufmerksamkeit der menschlichen Polizei auf sich, und Unauffälligkeit lag im Interesse aller Beteiligten.

»Hier ist ein Führerschein«, murmelte Phury. »Ich werd mal die Adresse überprüfen. Scheint hier in der Nähe zu sein.«

»Welcher Name steht da?«, wollte Wrath wissen.

»Robert Strauss.«

Vishous fluchte, als er das Handy näher untersuchte. »Hier ist nicht viel drin. Ein bisschen was in der Anrufliste, paar Kurzwahlen. Ich jage es mal durch den Computer und sehe mir an, welche Anrufe ankamen und rausgingen, und zu wem die Nummern gehören.«

Wrath knirschte mit den Zähnen. Ungeduld und Wut waren ein Cocktail, der schwer zu schlucken war. »Ich muss euch wohl nicht extra sagen, dass wir nicht viel Zeit haben. Man kann unmöglich sagen, ob der *Lesser,* den ich heute Nacht von der Straße geholt habe, der Täter war. Also sollten wir am besten in der gesamten Gegend gründlich aufräumen. Bringt alle um, egal, wie schmutzig es wird.«

Die Eingangstür schwang auf, und Zsadist kam mit großen Schritten herein.

Wrath funkelte ihn zornig an. »Nett, dass du auch mal vorbeischaust, Z. Schwer beschäftigt mit den Ladys?«

»Wie wär's, wenn du mir nicht auf den Sack gehst?« Zsadist stellte sich in eine Ecke, weit weg von den anderen.

»Wo wirst du sein, Herr?«, fragte Tohrment ruhig.

Der gute alte Tohr. Immer bemüht, zu schlichten, ob durch Ablenkung, gutes Zureden oder schlichte Gewaltanwendung.

»Hier. Ich bleibe hier. Falls der *Lesser,* der Darius auf dem Gewissen hat, noch am Leben ist und weiterspielen will, möchte ich leicht zu finden sein.«

Nachdem die Krieger gegangen waren, zog Wrath seine Jacke an. Dabei stach ihn der Umschlag von Darius in die Seite, und er zog ihn aus dem Hosenbund. Auf der Vorderseite befand sich ein Streifen Tinte, vermutlich sein Name, dachte Wrath. Er riss den Umschlag auf. Als er ein cremeweißes Stück Papier herauszog, fiel ein Foto zu Boden. Er hob es auf und konnte schemenhaft langes dunkles Haar erkennen. Eine Frau.

Wrath starrte den Zettel an. Die Buchstaben flossen in einem bedeutungslosen, verschwommenen Gekritzel ineinander, das er niemals würde entziffern können, wie sehr er auch blinzelte.

»Fritz«, rief er laut.

Der Butler eilte heran.

»Lies das.«

Fritz nahm den Brief und senkte schweigend den Kopf.

»Laut«, zischte Wrath.

»O. Vergebung, Herr.« Fritz räusperte sich. »Falls ich noch nicht mit dir gesprochen habe, frag Tohrment nach den Einzelheiten. 1188 Redd Avenue, App. 1B. Ihr Name ist Elizabeth Randall. P.S.: Das Haus und Fritz gehören dir, falls sie nicht bis ins Erwachsenenalter überlebt. Tut mir leid, dass es so früh enden musste. D.«

»Du Scheißkerl«, murmelte Wrath.

5

Beth hatte sich zum Schlafen ihre üblichen Sachen – Boxershorts und ein T-Shirt – angezogen und klappte gerade ihren Futon aus, als Boo an der Glasschiebetür miaute. Der Kater zog enge Kreise vor der Scheibe und schien draußen etwas zu fixieren.

»Bist du schon wieder hinter Mrs DiGios Mieze her? Das hatten wir doch schon mal, und es ist dir nicht besonders gut bekommen. Weißt du noch?«

Ein Hämmern an ihrer Wohnungstür ließ ihren Kopf herumschnellen und brachte ihren Herzschlag aus dem Rhythmus.

Sie ging zur Tür und linste durch den Spion. Als sie sah, wer da stand, drehte sie sich vorsichtig zur Seite und drückte ihren Rücken an die billige Holzverkleidung.

Das Hämmern begann von neuem.

»Ich weiß, dass du da bist«, sagte der Ironman laut. »Und ich geh nicht weg, bis du mir aufmachst.«

Resigniert ließ sie das Schloss aufschnappen und öffnete die Tür. Noch bevor sie ihm sagen konnte, er solle zur Hölle fahren, stürmte er an ihr vorbei ins Zimmer.

Boo machten einen Buckel und fauchte.

»Sehr erfreut, kleiner Panther.« Butchs tiefe Stimme wirkte in Beths winziger Wohnung völlig fehl am Platze.

»Wie bist du in die Eingangshalle gekommen?«, fragte sie und schloss die Tür.

»Mit einem Dietrich.«

»Gibt es einen bestimmten Grund, warum Sie in dieses Gebäude eingebrochen sind, Detective?«

Er zuckte die Achseln und setzte sich in ihren abgenutzten Ohrensessel. »Ich dachte mir, ich statte einer Freundin mal einen Besuch ab.«

»Und warum gehst du dann mir auf die Nerven?«

»Nett hast du's hier«, sagte er und sah sich um.

»Du bist so ein Lügner.«

»Hey, wenigstens ist es sauber bei dir. Das ist schon mehr, als ich über meine Bruchbude sagen kann.« Seine haselnussbraunen Augen hielten ihren Blick fest. »Dann sprechen wir jetzt mal darüber, was dir heute nach der Arbeit passiert ist. Okay?«

Sie verschränkte die Arme vor der Brust.

Leise kicherte er. »Mann, was hat José, was ich nicht habe?«

»Soll ich Stift und Papier holen? Das wird eine lange Liste.«

»Aua. Du bist eiskalt, weißt du das?« Er klang amüsiert. »Sag mal, magst du nur die, die du nicht kriegen kannst?«

»Hör mal, ich bin wirklich erschöpft -«

»Stimmt, du bist ja auch erst spät aus dem Büro gegangen. Gegen neun fünfundvierzig. Ich hab mit deinem Chef gesprochen. Dick sagte, du warst immer noch an deinem Schreibtisch, als er zu *Charlie's* ging. Und dann bist du zu Fuß nach Hause gegangen, richtig? Die Trade Street entlang. Wie jeden Abend, möchte ich wetten. Und du warst allein. Eine Zeitlang.«

Beth schluckte, als ein leises Geräusch ihren Blick zur Glastür zog. Boo wanderte auf und ab und miaute, seine riesigen Augen in die Dunkelheit vor der Scheibe gerichtet.

»Willst du mir nicht endlich erzählen, was an der Kreuzung von Trade und Tenth passiert ist?« Sein Blick wurde weicher.

»Woher weißt du -«

»Rede einfach mit mir. Und ich verspreche dir dafür zu sorgen, dass das Arschloch bekommt, was er verdient.«

Wrath stand in der stillen Nacht und betrachtete die Gestalt von Darius' Tochter. Sie war groß für eine menschliche Frau, und ihr Haar war schwarz, doch mehr konnten ihm seine Augen nicht verraten. Tief sog er die Luft durch die Nase ein, konnte aber ihren Duft nicht einfangen. Türen und Fenster ihrer Wohnung waren geschlossen, und der Wind aus Westen trug den süßen Geruch von Fäulnis zu ihm.

Er konnte allerdings den Tonfall ihrer Stimme durch die Schiebetür hören. Sie redete mit jemandem, einem Mann, dem sie offenbar nicht traute oder den sie nicht mochte, denn sie sprach in knappen Worten.

»Ich will dir das so einfach wie möglich machen«, sagte der Kerl.

Wrath beobachtete, wie sie zur Glastür ging und hinaussah. Sie sah genau in seine Richtung, doch er wusste, sie konnte ihn nicht sehen. Er stand tief im Schatten.

Dann öffnete sie die Tür und steckte den Kopf hinaus, wobei sie mit dem Fuß dem Kater den Weg nach draußen versperrte.

Wrath stockte kurz der Atem, als ihr Duft zu ihm herüberwehte. Sie roch umwerfend gut. Wie eine üppige Blume.

Eine nachtblühende Rose vielleicht. Er saugte die Luft tiefer in seine Lunge und schloss die Augen. Sein Körper reagierte auf den Duft, sein Blut regte sich. Darius hatte Recht gehabt; sie näherte sich ihrer Transition. Er konnte es an ihr riechen. Mischling oder nicht, sie würde die Wandlung vollziehen.

Da schob sie die Tür wieder zu und wandte sich wieder an den Mann. Ihre Stimme war durch die nicht ganz geschlossene Tür nun viel deutlicher zu hören, und Wrath mochte ihren rauen Klang.

»Sie kamen von der anderen Straßenseite auf mich zu. Es waren zwei. Der größere hat mich in die Seitenstraße gezogen und …«

Wrath war plötzlich ganz Ohr.

»Ich hab versucht, gegen ihn anzukommen. Wirklich. Aber er war größer als ich, und dann hat sein Freund meine Arme festgehalten.« Ihre Stimme überschlug sich. »Er hat gesagt, wenn ich schreie, schneidet er mir die Zunge ab, und ich dachte, er würde mich umbringen. Dann hat er mein T-Shirt aufgerissen und meinen BH hochgeschoben. Um ein Haar hätte er mich … Aber ich konnte mich losreißen und bin weggerannt. Er hatte blaue Augen, braune Haare und einen Ohrring, einen quadratischen Diamanten im linken Ohr. Und er trug ein dunkelblaues Polohemd und Khakishorts. Die Schuhe konnte ich nicht richtig sehen. Sein Freund hatte blonde kurze Haare, keinen Ohrring und ein weißes T-Shirt mit dem Namen dieser Band hier aus der Gegend drauf, Tomato Eater.«

Der Mann stand auf und trat zu Beth. Er legte den Arm um sie und wollte sie trösten, doch sie entwand sich seinem Griff und hielt Abstand.

»Glaubst du wirklich, du kannst ihn kriegen?«, fragte sie.

Der Mann nickte. »O ja. Das werde ich.«

Butch verließ Beth Randalls Wohnung in mieser Stimmung.

Eine Frau zu sehen, der jemand ins Gesicht geschlagen hatte, gehörte nicht gerade zu seinen Lieblingsaufgaben im Job. Und im Falle von Beth fand er es besonders verstörend, weil er sie schon länger kannte und sich irgendwie zu ihr hingezogen fühlte. Die Tatsache, dass Beth eine außergewöhnlich schöne Frau war, machte die Sache zwar nicht unbedingt noch schlimmer. Aber die geschwollene Lippe und die blauen Flecken an ihrem Hals markierten gegenüber der ansonsten vollkommenen Schönheit ihrer Gesichtszüge einen besonders krassen Gegensatz.

Beth Randall war schlicht und ergreifend hinreißend. Sie hatte langes, dickes schwarzes Haar und umwerfend blaue Augen, eine Haut wie cremefarbene Seide und einen Mund wie gemacht für den Kuss eines Mannes. Und erst ihre Figur. Lange Beine, schlanke Taille, perfekt geformte Brüste.

Die Männer des Polizeireviers waren sämtlich in sie verknallt, doch das musste Butch ihr lassen: Sie benutzte ihr Aussehen niemals, um sich Insiderinformationen von den Jungs zu beschaffen. Immer bewahrte sie sich ihre Professionalität. Sie verabredete sich nie mit einem der Kollegen, obwohl die meisten von ihnen zumindest den linken Hoden geopfert hätten, um auch nur ihre Hand zu halten.

Eins war sicher: Ihr Angreifer hatte einen verflucht blöden Fehler gemacht, als er ausgerechnet sie ausgesucht hatte. Die gesamte Polizeitruppe würde ihm auf den Fersen sein, wenn herauskam, wer er war.

Und Butch konnte seine Klappe so schlecht halten.

Er stieg in seinen Wagen und fuhr quer durch die Stadt zum St. Francis Hospital. Vor der Notaufnahme parkte er und ging hinein.

Der Wachmann an der Drehtür lächelte ihn an. »Auf dem Weg ins Leichenschauhaus, Detective?«

»Nein. Ich will nur einen Freund besuchen.«

Der Mann winkte ihn durch.

Butch ging am Wartezimmer der Notaufnahme vorbei, mit ihren Plastikbäumen, zerfledderten Zeitschriften und besorgten Menschen. Er schob eine Flügeltür auf und trat in die sterile, weiße Klinikatmosphäre. Viele der Schwestern und Ärzte der Station kannte er und nickte ihnen im Vorbeigehen zu.

»Hey, Doug, erinnerst du dich an den Kerl mit der gebrochenen Nase, den wir vorhin hergebracht haben?«, fragte er am Empfang.

Der Angesprochene sah von einer Tabelle auf, die er gerade studierte. »Ja, der wird gleich entlassen. Da hinten, Zimmer achtundzwanzig.« Der Internist stieß ein kurzes Lachen aus. »Die Nase war noch das kleinste seiner Probleme, das kann ich dir flüstern. Der singt fürs Erste keine tiefen Töne mehr.«

»Danke, Kumpel. Apropos, wie geht's der werten Gattin?«

»Gut. Hat in einer Woche Termin.«

»Sag Bescheid, wenn es da ist.«

Butch ging nach hinten. Bevor er Zimmer achtundzwanzig betrat, warf er einen Blick den Gang hinunter. Alles war still. Kein medizinisches Personal zu sehen, keine Besucher, keine Patienten.

Er öffnete die Tür und steckte den Kopf hinein.

Billy Riddle sah vom Bett auf. Eine weiße Bandage hing unter seiner Nase. »Was gibt's, Officer? Haben Sie den Kerl? Ich werde gleich entlassen, und mir wäre schon wohler, wenn Sie ihn in Gewahrsam hätten.«

Butch schloss die Tür und drehte in aller Seelenruhe den Schlüssel um.

Er lächelte, während er quer durch den Raum ging, den Blick starr auf den funkelnden, quadratischen Glitzerstein in Billys Ohr gerichtet. »Was macht die Nase, Billy-Boy?«

»Die ist okay. Und die Schwester hatte vielleicht einen geilen Arsch –«

Butch packte ihn vorne an seinem Poloshirt und riss ihn auf die Füße. Dann schleuderte er Beths Peiniger so hart gegen die Wand, dass die Apparatur hinter dem Bett wackelte.

Er brachte sein Gesicht so nah an das des Jungen, dass sie sich hätten küssen können. »Hast du dich heute Abend gut amüsiert?«

Große blaue Augen blickten ihn an. »Wovon reden Sie –«

Butch schubste ihn noch mal. »Jemand hat dich identifiziert. Die Frau, die du vergewaltigen wolltest.«

»Das war ich nicht!«

»Natürlich nicht. Und wenn man noch deine kleine Drohung mit ihrer Zunge und deinem Messer dazurechnet, könnte das sogar reichen, um dich hinter Gitter zu bringen. Hast du's schon mal mit einem Kerl getrieben, Billy? Ich wette, du wirst echt beliebt sein. Ein hübsches weißes Jüngelchen wie du.«

Der Junge wurde so weiß wie die Wand, an die er gedrückt wurde. »Ich hab sie nicht angefasst!«

»Ich sag dir mal was, Billy. Wenn du ehrlich zu mir bist und mir sagst, wo dein Kumpel ist, kannst du vielleicht sogar auf deinen eigenen Füßen hier herauslaufen. Wenn nicht, bring ich dich auf einer Trage runter zur Wache.«

Billy schien kurz über den Deal nachzudenken. Dann stieß er hektisch hervor: »Sie wollte es doch! Sie hat praktisch darum gebettelt –«

Butch hob das Knie und drückte es in Billys Schritt. Ein

hohes Jaulen schwirrte durch die Luft. »Musst du deshalb die nächste Woche im Sitzen pinkeln?«

Als der kleine Mistkerl anfing, vor sich hin zu brabbeln, ließ Butch ihn los und sah zu, wie er an der Wand zu Boden glitt. Kaum sah Billy die Handschellen, wurde sein Jammern noch lauter.

Unsanft warf Butch ihn auf den Rücken und zog nicht gerade rücksichtsvoll seine Handgelenke zusammen. Die Handschellen schnappten zu. »Du bist verhaftet. Du hast das Recht, zu schweigen. Alles, was du sagst, kann und wird vor Gericht gegen dich verwendet werden. Du hast das Recht auf einen Anwalt -«

»Wissen Sie nicht, wer mein Vater ist?«, schrie Billy plötzlich hellwach. »Ihre Dienstmarke können Sie vergessen!«

»Wenn du dir keinen leisten kannst, wird dir vom Gericht einer gestellt. Hast du deine Rechte verstanden?«

»Leck mich!«

Butch legte seine Handfläche auf den Hinterkopf des Jungen und drückte die ramponierte Nase auf das Linoleum. »Hast du deine Rechte verstanden?«

Billy stöhnte und nickte. Er hinterließ eine Spur frischen Blutes auf dem Boden.

»Dann ist ja gut. Und jetzt machen wir uns an den Papierkram. Ich halte mich gern an die Vorschriften.«

6

»Boo, hörst du jetzt mal auf!« Beth schlug mit der Faust auf ihr Kissen und rollte herum.

Der Kater sah sie an und miaute. Im Schein der Küchenlampe, die sie extra angelassen hatte, sah sie, wie er immer wieder mit der Pfote an die Scheibe pochte.

»Vergiss es, kleiner Tiger. Du bist ein Hauskater. Haus-Kater. Glaub mir, die große, weite Welt ist nicht so toll, wie sie vielleicht von drinnen aussieht.«

Sie schloss die Augen, und beim nächsten klagenden Miau fluchte sie und warf das Laken von sich. Missmutig ging sie zur Glastür und sah hinaus. Genau in diesem Moment sah sie den Mann. Er lehnte an der Gartenmauer; eine dunkle Gestalt, die viel größer war als die vertrauten Schatten der Mülltonnen und des Gartentischs.

Mit zitternden Händen überprüfte sie das Schloss an der Tür und dann die Riegel der Fenster. Alles fest verschlossen. Sie zog die Vorhänge vor, schnappte sich ihr tragbares Telefon und stellte sich wieder hinter Boo.

Der Mann hatte sich bewegt.

Scheiße!

Er kam auf sie zu. Wieder tastete sie nach dem Schloss an der Schiebetür und ging dann langsam rückwärts. Dabei blieb sie mit der Ferse an ihrem Futon hängen, taumelte und fiel nach hinten. Das Telefon glitt ihr aus der Hand und hüpfte davon. Hart schlug sie auf der Matratze auf.

Unfassbar, die Tür schob sich auf, als hätte Beth nie das Schloss herumgedreht, als wäre es nicht gerade eben noch hörbar eingerastet.

Immer noch flach auf dem Rücken liegend zappelte sie wild mit den Beinen, verstrickte sich in ihrem Laken bei dem Versuch, von dem Eindringling wegzukommen. Er war riesengroß, seine Schultern so breit wie Balken. Sein Gesicht konnte sie nicht erkennen, doch die Bedrohung, die von ihm ausging, fühlte sich an wie eine auf ihre Brust gerichtete Waffe.

Wimmernd rollte sie sich auf den Boden und kroch auf Händen und Knien von ihm weg. Die Holzdielen unter ihr knirschten. Hinter sich hörte sie seine Schritte donnern, immer lauter. Sie kauerte sich zusammen wie ein Tier, blind vor Furcht; als sie gegen ihr Flurtischchen stieß, spürte sie nicht einmal Schmerz.

Die Tränen liefen ihr über die Wangen, sie bettelte um Gnade und streckte die Hand nach der Wohnungstür aus –

Da wachte Beth auf, mit offenem Mund, zu einem entsetzlichen Geräusch, das die Stille des Morgengrauens erschütterte.

Es war sie selbst. Sie schrie so laut sie konnte.

Erschrocken presste sie die Lippen zusammen und tatsächlich, ihre Ohren taten nicht mehr weh. Schwerfällig quälte sie sich aus dem Bett, schlurfte zur Glastür und begrüßte die ersten Sonnenstrahlen mit einer Erleichterung, die sie beinahe schwindlig machte. Als sich ihr Herzschlag wieder einigermaßen normalisiert hatte, holte sie tief Luft und prüfte das Türschloss.

Alles in Ordnung. Der Garten war leer. Alles war völlig normal.

Sie stieß ein kurzes, hohles Lachen aus. War ja klar, dass sie schlecht träumen würde, nach allem, was gestern Nacht passiert war. Vermutlich würde sie noch eine ganze Weile hypernervös sein.

Als sie sich umdrehte und zum Badezimmer ging, fühlte sie sich halbtot. Doch der letzte Ort auf der Welt, an dem sie jetzt sein wollte, war ihre Wohnung. Sie sehnte sich nach dem emsigen Gewimmel in der Redaktion, wollte zwischen Menschen, Telefonen und Papierbergen sein. Dort würde sie sich sicherer fühlen.

Gerade wollte sie in die Dusche steigen, als sie einen scharfen Schmerz in ihrem Fuß verspürte. Sie untersuchte ihre nackte Sohle im Stehen und zog ein Stück Porzellan aus der Ferse. Als sie sich nun auf dem Boden umsah, bemerkte sie erst die Scherben der zersprungenen Schale, die immer auf ihrem Flurtischchen gestanden hatte.

Verwundert fegte sie die Reste zusammen.

Seltsam, sie musste die Schale wohl heruntergeworfen haben, als sie gestern nach dem Überfall in die Wohnung gestürmt war.

Wrath war vollkommen erschöpft, als er in seine Kammer in Darius' Haus tief unter der Erde ging. Er verschloss die Tür hinter sich und zerrte eine ramponierte Truhe aus dem Schrank. Die schwere schwarze Marmortafel, die er herausholte, war etwa fünfzig mal fünfzig Zentimeter groß und zehn Zentimeter dick. Knurrend legte er sie mitten im Zimmer auf den Boden. Dann ging er zurück zu der Truhe, entnahm ihr einen Samtbeutel und warf ihn auf das Bett.

Er zog sich aus, duschte und rasierte sich und ging dann immer noch nackt zurück in den Raum. Erst jetzt zog er die seidene Schleife des Beutels auf und schüttete die kieselsteingroßen Rohdiamanten auf die Tafel. Der leere Samtbeutel glitt ihm aus der Hand und schwebte zu Boden.

Wrath neigte den Kopf und sprach die Worte seiner Muttersprache, sanft hoben und senkten sich die Silben mit seinem Atem, während er dem Toten die Ehre erwies. Als er die Elegie beendet hatte, kniete er sich auf die Tafel. Er spürte, wie sich die Steine in sein Fleisch bohrten. Langsam verlagerte er sein Gewicht mehr auf die Fersen, legte die Handflächen auf seine Oberschenkel und schloss die Augen.

Das Totenritual verlangte, dass er den gesamten Tag regungslos verbrachte, dass er den Schmerz ertrug, dass er in Erinnerung an seinen Freund blutete.

Vor seinem geistigen Auge sah er Darius' Tochter.

Er hätte nicht einfach so in ihre Wohnung gehen sollen. Immerhin hatte er sie halb zu Tode erschreckt, obwohl er sich doch eigentlich nur vorstellen und ihr erklären wollte, warum sie bald seine Hilfe brauchen würde. Außerdem hatte er ihr noch versichern wollen, dass er sich diesen Kerl vorknöpfen würde, der sich mit ihr angelegt hatte.

O ja, das hatte er wirklich großartig gemacht. So einfühlsam wie ein Tanklaster.

Sie war vor Schreck fast durchgedreht, als er ins Zimmer kam, und er hatte ihre Erinnerung löschen und sie in eine leichte Trance versetzen müssen, um sie wieder zu beruhigen. Nachdem er sie auf ihr Bett gelegt hatte, wollte er eigentlich wieder verschwinden, doch er konnte einfach nicht. Stattdessen hatte er sie betrachtet, den verschwommenen Gegensatz zwischen dem schwarzen Haar und dem weißen Kissen aufgenommen, ihren Duft eingeatmet.

Eine sexuelle Regung in seinen Lenden verspürt.

Bevor er ihre Wohnung endgültig verließ, hatte er noch gewissenhaft alle Türen und Fenster verschlossen. Dann hatte er noch einen letzten Blick auf sie geworfen und an ihren Vater gedacht.

Wrath konzentrierte sich auf den Schmerz, der bereits in seinen Oberschenkeln einsetzte.

Sein Blut färbte die Marmortafel rot, und darin konnte er das Gesicht des toten Kriegers sehen. Er spürte das Band, das zu Lebzeiten zwischen ihnen bestanden hatte.

Es war seine Pflicht, den letzten Wunsch seines Bruders zu erfüllen. Zumindest das schuldete er ihm nach all den Jahren, die sie zusammen der Vampirrasse gedient hatten.

Halb Mensch oder nicht, Darius' Tochter würde nie mehr ungeschützt durch die Nacht gehen müssen. Und sie würde auch ihre Wandlung nicht allein durchstehen müssen.

Gott steh uns bei.

Gegen sechs Uhr morgens war Butch mit Billy Riddles Bericht fertig. Ganz offensichtlich nahm der Kerl Anstoß an den Drogendealern und Schlägern, mit denen er vorübergehend die Zelle auf dem Revier teilen musste, weswegen Butch sich bemühte, so viele Tippfehler wie nur möglich in seinem Bericht zu machen. Und es war kaum zu fassen, aber das Computersystem gab ihm doch ständig widersprüchliche Anweisungen, welche Formulare genau denn nun ausgefüllt werden mussten.

Und dann hatten auch noch die Drucker ihren Geist aufgegeben. Alle dreiundzwanzig.

Trotz alledem würde Riddle nicht allzu lange auf der Polizei bleiben müssen. Sein Vater war tatsächlich ein mächtiger Mann, ein Senator. Sprich, irgendein gewiefter Staranwalt würde ihn in null Komma nichts hier herausholen. Wahrscheinlich innerhalb der nächsten Stunde.

Geld regiert die Welt, und es brachte auch solche Dreckskerle zurück in die Freiheit.

Nicht, dass Butch verbittert gewesen wäre, ach woher.

Als er in die Eingangshalle kam, traf er zufällig einen ihrer Stammgäste auf der Wache. Cherry Pie war offenbar gerade nach einer Nacht in der Zelle aus dem Frauentrakt entlassen worden. Eigentlich hieß sie Mary Mulcahy, und soweit Butch wusste, arbeitete sie schon seit etwa zwei Jahren auf dem Straßenstrich.

»Hallöchen, Detective«, schnurrte sie. Ihr roter Lippenstift klebte in den Mundwinkeln, und der schwarze Eyeliner war verschmiert. Sie hätte richtig hübsch sein können, stellte er fest, wenn sie die Crackpfeife wegwerfen und ungefähr einen Monat durchschlafen würde. »Willst du ganz allein nach Haus?«

»Wie immer.« Er hielt ihr die Tür auf, und sie gingen hinaus.

»Kriegst du auf die Dauer keinen Muskelkater in der linken Hand?«

Butch musste lachen. Beide sahen in den Himmel.

»Was treibst du so, Cherry?«

»Das Übliche.«

Sie steckte sich eine Zigarette zwischen die Zähne und zündete sie an, den Blick aus den Augenwinkeln auf ihn gerichtet.

»Wenn du mal die Schnauze voll hast vom Wichsen, ruf mich einfach an. Ich mach's dir kostenlos, weil du so ein gut aussehender Kerl bist. Aber kein Wort zu Big Daddy, klar?«

Sie stieß eine Rauchwolke aus und spielte abwesend an ihrem kaputten linken Ohr herum. Die obere Hälfte fehlte.

O Mann, ihr Zuhälter war eine Bestie.

Sie stiegen nebeneinander die Betonstufen hinunter.

»Hast du dir mal das Programm angesehen, von dem ich

dir erzählt habe?«, fragte Butch, als sie auf dem Bürgersteig ankamen. Er half einer Freundin dabei, eine Selbsthilfegruppe für Prostituierte ins Leben zu rufen, um Frauen beizustehen, sich von ihren Zuhältern und ihrem alten Leben zu befreien.

»Ja, klar. Super Sache.« Sie lächelte ihn an. »Bis demnächst.«

»Pass auf dich auf.«

Sie wandte sich um und schlug sich auf die rechte Pobacke. »Das wäre Ihr Preis gewesen!«

Butch sah ihr eine Weile nach, wie sie die Straße hinunter stakste. Und dann stieg er aus einem Impuls heraus in einen zivilen Streifenwagen und fuhr quer durch die Stadt zurück in die Gegend des *Screamer's*. Vor dem *McGrinder's* hielt er an. Ungefähr fünfzehn Minuten später kam eine Frau in enger Jeans und einem schwarzen bauchfreien T-Shirt heraus. Kurzsichtig blinzelte sie in das helle Tageslicht.

Als sie sein Auto entdeckte, schüttelte sie ihr rotbraunes Haar und kam auf ihn zu. Er kurbelte das Fenster runter und sie beugte sich zu ihm, um ihn auf die Lippen zu küssen.

»Dich hab ich ja schon ewig nicht mehr gesehen, Butch. Bist du einsam?«, raunte sie in sein Ohr.

Sie roch nach schalem Bier und Cocktailkirschen, wie jeder Barkeeper am Ende einer langen Nacht.

»Steig ein«, sagte er.

Ohne zu zögern, ging sie um die Motorhaube herum und glitt auf den Beifahrersitz. Während sie zum Fluss fuhren, sprachen sie über ihre Schicht in der Bar. Das Trinkgeld hatte mal wieder zu wünschen übrig gelassen, und ihre Füße brachten sie fast um nach der vielen Rennerei.

Er parkte unter dem Brückenbogen, der über den Hudson führte und die beiden Teile Caldwells miteinander verband. Sorgfältig achtete er darauf, dass sie weit genug von den Obdachlosen weg waren, die auf ihren Lumpen schliefen. Auf Publikum konnte er gut verzichten.

Und eins musste er Abbey lassen: Sie war schnell. Noch ehe der Motor abgestellt war, hatte sie schon seine Hose geöffnet und bearbeitete seine Erektion mit geübtem Griff. Er klappte den Sitz zurück, und sie setzte sich rittlings auf ihn und schmiegte sich an seinen Hals. Teilnahmslos sah er an ihrem zerzausten Haar vorbei auf den Fluss.

Das Sonnenlicht glitzerte so wunderschön auf dem Wasser.

»Liebst du mich, Baby?«, flüsterte sie ihm ins Ohr.

»Sicher.« Er strich ihr das Haar zur Seite und sah ihr in die Augen. Sie waren leer. Er hätte jeder x-beliebige Mann sein können, und genau darum funktionierte ihre Beziehung.

Sein Herz war genauso leer wie ihr Blick.

7

Als Mr X den Parkplatz vor der *Caldwell Martial Arts Academy* überquerte, wehte ihm der Geruch aus dem *Dunkin' Donuts* von gegenüber in die Nase. Dieser Duft, dieses wunderbare, dicke Aroma von Mehl und Zucker und heißem Öl, lag schwer in der Morgenluft. Er blickte über die Schulter und sah einen Mann, der mit zwei weiß-rosa Schachteln unter dem Arm und einem riesigen Kaffeebecher in der Hand aus dem Laden kam.

Das wäre mal eine angenehme Art, den Tag zu beginnen, dachte Mr X.

Er erreichte den Weg, der unter der rot-goldenen Markise der Kampfsportschule entlang führte. Kurz blieb er stehen, um einen Plastikbecher aufzuheben. Der Vorbesitzer hatte offenbar extra einen Schluck Cola darin gelassen, damit seine oder ihre Zigarettenkippen lustig darin herumschwimmen konnten. Mr X entsorgte die ekelhafte Hinterlassenschaft und schloss die Tür auf.

Die Gesellschaft der *Lesser* hatte vergangene Nacht in

ihrem Krieg ein neues Kapitel aufgeschlagen, und er war derjenige gewesen, der das vollbracht hatte. Darius war ein Gigant von einem Vampir gewesen, ein Mitglied der Black Dagger. Was für eine Trophäe.

Verflucht schade nur, dass nichts mehr von ihm übrig war, was man sich hätte an die Wand hängen können. Die Bombe von Mr X hatte ihren Zweck erfüllt, mehr als das. Er hatte zu Hause gesessen und den Polizeifunk abgehört, als die Meldung hereinkam. Die Operation war exakt so verlaufen, wie er sie geplant hatte. Absolut professionell. Absolut anonym. Und absolut tödlich.

Er versuchte, sich an das letzte Mal zu erinnern, als ein Mitglied der Bruderschaft aus dem Weg geräumt worden war. Das musste sicher mehrere Jahrzehnte her sein, lange bevor er der Gesellschaft beigetreten war. Natürlich hatte er erwartet, dass man ihm auf die Schulter klopfen würde; nicht, dass solcherlei Lob ihm besonders viel bedeutet hätte. Er hatte damit gerechnet, dass er einen Bonus bekäme, vielleicht mehr Einfluss oder ein größeres geographisches Einsatzgebiet.

Aber die tatsächliche Belohnung hatte seine Hoffnungen noch um ein Vielfaches überstiegen.

Omega hatte ihm kurz vor Morgengrauen einen Besuch abgestattet. Und ihm alle Rechte und Privilegien eines *Haupt-Lesser* verliehen.

Ein Anführer der Gesellschaft der *Lesser.*

Eine überaus große Verantwortung. Genau das, was er von Anfang an gewollt hatte.

Neue Macht war die einzige Form des Lobes, die ihn interessierte.

Mit langen Schritten eilte er zu seinem Büro. Die ersten Kurse begannen um neun Uhr, das ließ ihm genug Zeit, einige neue Regeln für seine Untergebenen in der Gesellschaft aufzustellen.

Sein erster Impuls war gewesen, eine Bekanntmachung herauszuschicken. Doch das wäre nicht klug gewesen. Ein guter Anführer ordnete erst einmal seine Gedanken, bevor er sprach; er drängte nicht aufs Podium, um sich bewundern zu lassen. Stolz war die Wurzel allen Übels.

Anstatt also wie ein Narr zu triumphieren, hatte er sich erst einmal draußen in einen Liegestuhl gesetzt und auf die Wiese hinter seinem Haus gesehen. Im jungfräulichen Leuchten der Morgendämmerung hatte er über die Stärken und Schwächen seiner Organisation nachgedacht und sich dabei von seinen Instinkten leiten lassen. Aus dem Gewirr von Bildern und Gedanken hatten sich nach und nach Muster herausgebildet, bis die Zukunft klar und deutlich vor ihm lag.

Nun, an seinem Schreibtisch, loggte er sich auf der geschützten Website der Gesellschaft ein und machte unmissverständlich klar, dass auf der Führungsebene ein Wechsel stattgefunden hatte. Er beorderte alle *Lesser* um vier Uhr nachmittags in die Academy, wohl wissend, dass zwar einige einen weiten Weg hatten, doch niemand sich weiter als eine achtstündige Autofahrt entfernt aufhielt. Jeder, der nicht auftauchte, würde aus der Gesellschaft ausgestoßen und wie ein Hund gejagt werden.

Die *Lesser* an einem Ort zu versammeln, kam selten vor. Derzeit zählten sie zwischen fünfzig und sechzig Mitglieder, je nachdem wie viele pro Nacht von den Brüdern getötet und wie viele neue Rekruten in Dienst genommen wurden. Die Mitglieder der Gesellschaft lebten alle in oder in der Nähe von Neuengland. Diese Konzentration auf die nordöstlichen Staaten der USA lag einfach daran, dass hier die meisten Vampire wohnten. Wenn sie den Wohnsitz wechselten, würde auch die Gesellschaft weiterziehen.

Wie es schon seit Generationen in diesem Krieg geschah.

Mr X war sich bewusst, dass es riskant war, die *Lesser* für eine Zusammenkunft nach Caldwell zu rufen. Aber obwohl er die meisten von ihnen kannte, und manche sogar ziemlich gut, war es doch erforderlich, dass sie ihn sahen und seine Worte hörten. Besonders, da er ihnen neue Ziele geben würde.

Ebenfalls wichtig war es, das Treffen bei Tageslicht abzuhalten. Damit stellte er sicher, dass sie nicht von der Bruderschaft überfallen werden konnten. Und er konnte gegenüber den menschlichen Angestellten des Studios behaupten, ein Seminar über Kampfsporttechniken abzuhalten. Sie würden die Zusammenkunft im großen Konferenzraum im Keller abhalten und sicherheitshalber die Türen abschließen.

Bevor er sich wieder ausloggte, schrieb er noch einen Bericht über die Eliminierung von Darius; er wollte, dass die Vampirjäger es schriftlich hatten. Detailliert beschrieb er die Art von Bombe, die er benutzt hatte, eine genaue Anleitung zum Bau dieser Bombe, und wie man den Zünder mit dem Starter eines Autos verkabelte. Es war so einfach, wenn alles ordentlich vorbereitet war. Man musste die Bombe nur noch scharf machen, und wenn das nächste Mal die Zündung des Autos gestartet wurde, verwandelten sich sämtliche Insassen zu Asche.

Für diesen Sekundenbruchteil der Genugtuung hatte er den Krieger Darius ein Jahr lang unter Beobachtung gehabt. Er hatte sich mit seinem Lebensrhythmus vertraut gemacht. Und dann, vor zwei Tagen, war Mr X in der BMW-Vertragswerkstatt der Brüder Green eingebrochen, als der Vampir seinen 6er-BMW zur Inspektion gebracht hatte. Die Bombe war darin installiert worden, und letzte Nacht hatte Mr X nur noch unauffällig am Wagen vorbeischlendern und mit einem Sender den Zünder aktivieren müssen.

Von dem langwierigen und aufwändigen Verlauf dieser

Eliminierung berichtete er nichts. Er wollte, dass seine *Lesser* glaubten, er könne so eine tadellose Aktion nach Lust und Laune durchführen. Image und Wahrnehmung spielten eine wichtige Rolle bei der Schaffung einer Machtbasis, und er wollte von Anfang an ein glaubwürdiger Befehlshaber sein.

Nachdem er sich ausgeloggt hatte, lehnte er sich zurück und legte die Hände an den Fingerkuppen dachförmig aneinander. Seit er der Gesellschaft beigetreten war, hatte der Schwerpunkt des Kampfs auf der Reduktion der Vampirpopulation durch zivile Eliminierungen gelegen. Natürlich würde das langfristig sein Ziel bleiben, doch seine erste Anordnung würde ein Strategiewechsel sein. Der Schlüssel zum Sieg lag darin, die Bruderschaft auszuschalten. Ohne diese sechs Krieger wären die übrigen Vampire den *Lessern* schutzlos ausgeliefert.

Diese Taktik war nicht neu; immer wieder war sie in den vergangenen Generationen angewendet und ebenso oft wieder verworfen worden, wenn die Mitglieder der Bruderschaft sich als zu aggressiv oder zu schwer greifbar erwiesen. Doch Darius' Tod brachte neuen Schwung in die Sache.

Und es war höchste Zeit für eine Veränderung. So wie die Dinge lagen, schaltete die Bruderschaft Jahr für Jahr Hunderte der *Lesser* aus. Neue, unerfahrene Jäger mussten angeworben werden. Rekruten bedeuteten immer Ärger. Sie waren schwer zu finden, schwer in die Gesellschaft zu integrieren und einfach nicht so effektiv wie erfahrene Kämpfer.

Diese andauernde Notwendigkeit, neue Männer anzuheuern, führte zu einer kritischen Schwächung der *Lesser*.

Trainingszentren wie die Caldwell Martial Arts Academy dienten zwar der Rekrutierung von Nachwuchs für die Gesellschaft, doch gleichzeitig waren sie sehr exponiert. Eine

Einmischung der menschlichen Polizei und gleichzeitig einen Überfall der Bruderschaft zu verhindern, erforderte beständige Wachsamkeit und häufige Standortwechsel. Das ewige Umherziehen war zwar sehr störend, doch wie sonst sollte die Gesellschaft ihre Operationszentren vor Angriffen schützen?

Mr X schüttelte den Kopf. Irgendwann würde er einen zweiten Befehlshaber brauchen, doch mit dieser Wahl würde er sich noch ein wenig Zeit lassen.

Glücklicherweise war nichts von dem, was er vorhatte, besonders kompliziert, sondern elementare Militärstrategie. Die Streitkräfte zusammenziehen. Sie koordinieren. Informationen über den Feind beschaffen. Logisch und diszipliniert vorgehen.

Heute Nachmittag zog er seine Streitkräfte zusammen.

Was die Koordination betraf, würde er sie in Eskadrons einteilen. Und er würde regelmäßige Treffen zwischen ihm selbst und kleinen Grüppchen der Jäger einführen.

Und die Informationen? Wenn sie die Bruderschaft auslöschen wollten, mussten sie ihren Aufenthaltsort kennen. Das war schwierig, aber nicht unmöglich. Die Krieger waren eine misstrauische und geheimnisvolle Bande, sie blieben unter sich. Doch die übrigen Vampire hatten hin und wieder Kontakt zu ihnen. Die Mitglieder mussten sich ja ernähren, und das ging nun einmal nicht untereinander. Sie brauchten weibliches Blut.

Und weibliche Vampire – selbst wenn die meisten von ihnen wie kostbare Schmuckstücke unter Verschluss gehalten wurden – hatten Brüder und Väter, die man zum Reden bringen konnte. Der richtige Anreiz, und die Männer würden schon preisgeben, wo ihre Frauen hingingen und mit wem sie sich trafen. Und damit die Bruderschaft ausliefern.

Das war der Kern seiner gesamten Strategie: Ein ausgeklügeltes System aus Geiselnahme und Terror würde ihn zur Bruderschaft führen. Unweigerlich. Entweder, weil die Bruderschaft wütend wurde und von selbst aus ihrem Loch gekrochen kam. Oder, weil jemand redete und ihren Aufenthaltsort verriet.

Das ideale Ergebnis wäre herauszufinden, wo die Krieger ihre Tage verbrachten. Sie bei Sonnenschein anzugreifen, wenn sie am verletzlichsten waren, verhieß die größten Chancen auf Erfolg und reduzierte das Risiko von Todesopfern auf Seiten der Gesellschaft auf ein Minimum.

Im Endeffekt war es kaum schwieriger, einen Vampir zu töten als einen stinknormalen Menschen. Sie bluteten, wenn man sie mit einem Messer verletzte, und ihr Herz hörte auf zu schlagen, wenn man sie erschoss. Und wenn man sie dem Sonnenlicht aussetzte, verbrannten sie.

Ein Mitglied der Bruderschaft zu töten war ein ganz anderer Fall. Sie waren ungeheuer stark, bestens ausgebildet, und ihre Wunden heilten extrem schnell; sie waren eben eine ganz eigene Subspezies. Bei einem Krieger hatte man genau einen Versuch. Wenn der nicht tödlich verlief, kam man selbst nie wieder nach Hause.

Mr X stand von seinem Schreibtisch auf und betrachtete sich einen Moment lang im Spiegelbild der Fensterscheibe. Blasses Haar, blasse Haut, blasse Augen. Bevor er der Gesellschaft beigetreten war, hatte er rote Haare gehabt. Nun konnte er sich nicht einmal mehr erinnern, wie er damals ausgesehen hatte.

Aber über seine Zukunft war er sich im Klaren. Und über die der Gesellschaft.

Er verschloss die Tür hinter sich, ging durch den gefliesten Flur in die Haupthalle und stellte sich neben den Eingang. Den Schülern, die zu ihrem Jiu-Jitsu-Kurs hereinströmten, nickte er zu. Das war seine Lieblingsklasse, eine Gruppe junger Männer zwischen achtzehn und vierundzwanzig, die sehr vielversprechend waren. Die Jungs in ihrem weißen Jiu-Jitsu-Gi neigten den Kopf vor ihm und nannten ihn *Sensei.* Mr X musterte jeden Einzelnen prüfend, ihre Augenbewegungen, ihre Haltung, ihre Stimmung.

Dann stellten sich die Schüler vor ihm auf, und er schritt die Reihe ab, immer Ausschau haltend nach potenziellen Rekruten für die Gesellschaft. Was er suchte, war die richtige Kombination aus Kraft, Intelligenz und ungelenktem Hass.

Als die Gesellschaft in den 1950er Jahren auf ihn zutrat, war er gerade siebzehn und saß in einer Jugendstrafanstalt ein. Ein Jahr davor hatte er seinem Vater ein Messer in die Brust gerammt, nachdem dieser Drecksack ihm einmal zu oft die Bierflasche über den Kopf gezogen hatte. Er hatte gehofft, sein Vater wäre tot, doch leider hatte er überlebt und konnte nach Hause gehen und X' Mutter töten.

Wenigstens war der gute alte Dad so schlau gewesen, sich hinterher auch den eigenen Schädel mit dem Gewehr wegzupusten. Mr X hatte die Leiche bei einem Besuch zu Hause gefunden, direkt bevor man ihn geschnappt und in den Knast gebracht hatte.

An jenem Tag, als er über den Leichnam seines Vaters gebeugt dastand, hatte Mr X gelernt, dass es nicht besonders befriedigend war, einen Toten anzubrüllen. Einem, der schon gegangen war, konnte man schließlich nichts mehr wegnehmen.

In Anbetracht seines Erzeugers war es eigentlich nicht weiter verwunderlich, dass Gewalt und Hass in Mr X' Blut flossen. Vampire zu töten, war eines der wenigen sozial akzeptablen Ventile für eine Mordlust wie die seine. Das Militär war doch scheißlangweilig. Zu viele Regeln, und immer musste man erst warten, bis irgendwo ein Krieg erklärt wurde, bevor man zur Tat schreiten konnte. Und als Serienmörder war man auf einen zu kleinen Rahmen beschränkt.

Die Gesellschaft war da etwas ganz anderes. Er hatte alles, was er sich schon immer gewünscht hatte. Unbegrenzte Mittel. Die Möglichkeit zu töten, sobald die Sonne unterging. Und natürlich die unschätzbare Gelegenheit, die nächste Generation zu prägen.

Dafür hatte er seine Seele verkaufen müssen – na und? Kein Problem für ihn. Nach allem, was sein Vater ihm angetan hatte, war davon ohnehin nicht mehr viel übrig gewesen.

In seinen Augen hatte er auf jeden Fall von dem Handel profitiert. Er würde unfehlbar jung und bei bester Gesundheit bleiben, bis zu dem Tag, an dem er seinen letzten Atemzug tat. Und sein Tod würde nicht von irgendeinem biologischen Versagen abhängen, wie Krebs oder Herzinfarkt, sondern ausschließlich von seinem eigenen Vermögen, auf sich aufzupassen.

Dank Omega war er den Menschen physisch überlegen. Seine Sehkraft war perfekt, und er durfte tun, was er am liebsten tat. Die Impotenz hatte ihn anfangs etwas gestört, doch daran hatte er sich längst gewöhnt. Und nichts zu essen oder zu trinken ... ach, er war nie ein besonderer Gourmet gewesen. Außerdem: Blut zum Fließen zu bringen, war besser als Essen oder Sex. Jederzeit.

Als die Tür zum Trainingsraum plötzlich aufschwang, warf er einen schnellen Blick über die Schulter. Es war Billy Riddle, und der Junge hatte zwei blaue Augen und eine bandagierte Nase.

Mr X zog eine Augenbraue hoch. »Pausierst du heute, Riddle?«

»Ja, Sensei.« Billy verneigte sich. »Aber ich wollte trotzdem kommen.«

»Guter Mann.« Mr X legte Riddle den Arm um die Schultern. »Deine Disziplin gefällt mir. Wie wär's, wenn du heute das Aufwärmen übernimmst?«

Billy verneigte sich noch tiefer, bis sein breites Kreuz beinahe parallel zum Boden stand. »Sensei.«

»Dann los.« Er klopfte dem Jungen auf die Schulter. »Und nimm sie ruhig hart ran.«

Billy sah auf, die Augen blitzten.

Mr X nickte. »Freut mich, dass wir uns verstehen, mein Junge.«

Als Beth aus ihrem Haus kam, runzelte sie die Stirn. Auf der gegenüberliegenden Straßenseite stand ein ziviler Streifenwagen. José stieg aus und lief zu ihr herüber.

»Ich hab gehört, was passiert ist.« Sein Blick blieb an ihrem Mund haften. »Wie geht es dir?«

»Besser.«

»Komm, ich fahr dich zur Arbeit.«

»Danke, aber ich geh lieber zu Fuß.« Josés Mund öffnete sich zum Protest, doch sie legte die Hand auf seinen Arm. »Ich werde mich von der Sache nicht so einschüchtern lassen, dass ich mein Leben nicht mehr normal führen kann. Irgendwann muss ich wieder an dieser Stelle vorbei, und dann ist es mir lieber, wenn es beim ersten Mal heller Morgen ist.«

Er nickte. »Okay. Aber am Abend rufst du dir ein Taxi oder du sagst einem von uns Bescheid, damit er dich abholt.«

»José –«

»Schön, dass wir uns einig sind.« Er lief zurück zu seinem Wagen. »Ach, und du weißt wahrscheinlich schon, was Butch O'Neal letzte Nacht getan hat?«

Sie traute sich kaum zu fragen. »Was denn?«

»Er hat diesem kleinen Scheißkerl einen Besuch abgestattet. Wenn ich das richtig verstanden habe, musste man ihm die Nase noch mal neu einrichten, als unser guter Detective mit ihm fertig war.« José öffnete die Fahrertür und ließ sich auf den Sitz fallen. »Na gut, sehen wir dich heute auf der Wache?«

»Ja. Ich würde gern noch mehr über diese Autobombe wissen.«

»Dachte ich mir schon. Bis später dann.« Er winkte und fuhr aus der Parklücke.

Es wurde drei Uhr nachmittags, und immer noch hatte sie es nicht auf die Polizeistation geschafft. Jeder im Büro hatte ihre Geschichte hören wollen, und dann hatte Tony auch noch darauf bestanden, dass sie alle zusammen zum Essen gingen. Nachdem sie wieder zurück an ihren Schreibtisch gerollt war, hatte sie den Nachmittag damit vertrödelt, Alka Seltzer zu lutschen und E-Mails zu schreiben.

Sie wusste, dass sie einiges zu erledigen hatte, aber der Artikel über die Waffenhändler wollte ihr einfach nicht von der Hand gehen. Nicht, dass sie eine Deadline gehabt hätte. Dick hatte es nicht gerade furchtbar eilig, ihr einen Platz auf der Titelseite freizuschaufeln.

Nein, er gab Beth immer nur schlichte, anspruchslose Arbeit. Die beiden letzten Texte, die auf ihrem Tisch gelandet waren, hatten die großen Jungs verfasst, und sie sollte nur noch mal die Fakten überprüfen. Dick hatte sich in seiner Zeit bei der *New York Times* an hohe Standards gewöhnt, und nach wie vor achtete er peinlich genau auf Gründlichkeit. Das war eine seiner Stärken. Leider nahm er es nicht annähernd so genau, wenn es um die Lorbeeren ging. Egal, wie viele Fehler sie korrigierte, immer noch wartete sie vergeblich darauf, dass ihr Name neben einem der großen Jungs über einem Artikel stand.

Es war schon fast sechs, als sie endlich mit dem Bearbeiten der beiden Texte fertig war und sie in Dicks Hauspostfach steckte. Am liebsten hätte sie den Gang zur Polizeiwache ausfallen lassen. Butch hatte ihre Anzeige ja schon letzte Nacht aufgenommen, für sie gab es in dem Fall nichts mehr zu tun. Im Klartext: Sie hatte ein mulmiges Gefühl dabei, im selben Gebäude wie ihr Peiniger zu sein, selbst wenn er sich in einer Zelle befand.

Außerdem war sie wirklich erschöpft.

»Beth!«

Sie zuckte beim Klang von Dicks Stimme zusammen.

»Kann jetzt nicht, ich muss zur Wache«, rief sie über die Schulter. Auf Dauer könnte sie ihn sich nicht vom Hals halten, aber wenigstens müsste sie sich heute Abend nicht mit dem Typen befassen.

Und sie wollte wirklich gern mehr über die Bombe wissen.

Hektisch stürmte sie aus dem Büro und lief sechs Blocks nach Osten. Das Gebäude der Polizeistation war ein typisches Beispiel für die städtischen Baumaßnahmen der 60er Jahre. Zwei Stockwerke hoch, weitläufig, zu seiner Zeit hochmodern, mit viel blassgrauem Zement und unzähligen schmalen Fenstern. Es alterte ohne jede Würde. Schwarze Streifen liefen über die Seitenmauern, als blute es aus einer Wunde im Dach; und auch das Innere sah unheilbar aus. Ekelhaftes grünes Linoleum deckte den Boden, Holzimitat die Wände und abgeblätterte Farbe den Rest. Nach vierzig Jahren war der hartnäckigste Schmutz in jede Ritze und jeden Spalt gedrungen und ließ sich höchstens noch mit einer Spritzpistole oder einer Zahnbürste entfernen.

Und vielleicht durch einen Räumungsbefehl vom Gericht.

Die Cops waren wirklich nett zu ihr, als sie ankam. Kaum hatte sie einen Fuß ins Gebäude gesetzt, umringten sie Beth besorgt. Sie versuchte, das Ganze etwas herunterzuspielen, ohne wieder in Tränen auszubrechen; danach ging sie zu den Jungs in der Zentrale und plauderte ein wenig mit ihnen. Ein paar Zuhälter und Dealer waren heute festgenommen worden, ansonsten war es ein ruhiger Tag gewesen. Sie wollte gerade gehen, als Butch durch die Hintertür hereinkam.

Er trug eine Jeans und ein Hemd und hatte eine rote Windjacke in der Hand. Beths Blick fiel auf das Pistolenhalfter, das quer über seine breiten Schultern lief. Der schwarze Kolben seiner Dienstwaffe blitzte bei jedem Schritt unter seinem Arm hervor. Sein dunkles Haar war noch feucht, als würde sein Tag gerade beginnen.

Was nach den Ereignissen der letzten Nacht wahrscheinlich auch der Fall war.

Er kam direkt auf sie zu. »Hast du einen Moment Zeit?«

Sie nickte. »Ja.«

Sie gingen zusammen in einen Vernehmungsraum.

»Nur damit du Bescheid weißt: die Kamera und die Mikros sind aus«, erklärte er.

»Machst du das nicht immer so?«

Er lächelte und setzte sich an den Tisch. Verflocht seine Hände ineinander. »Ich dachte, du solltest wissen, dass Billy Riddle auf Kaution freigekommen ist. Heute Morgen ganz früh haben sie ihn entlassen.«

Sie musste sich setzen. »Er heißt Billy Riddle? Das ist nicht dein Ernst.«

Butch nickte. »Er ist achtzehn. Noch keine Vorstrafen nach Erwachsenenrecht, aber ich hab ein bisschen in seinem Jugendregister gestöbert. Fleißiges Bürschchen. Sexuelle Nötigung, Stalking, kleinere Diebstähle. Sein Papi ist ein großes Tier, deshalb hat der Kerl einen Wahnsinnsanwalt, aber ich habe schon mit der Bezirksstaatsanwältin gesprochen. Sie wird versuchen, dir die Zeugenaussage zu ersparen.«

»Wenn ich muss, sage ich vor Gericht aus.«

»Tapferes Mädchen.« Butch räusperte sich. »Und, wie geht's dir?«

»Ganz gut.« Sie würde sicher keinen Gefühlsstriptease vor dem Ironman abziehen. Er hatte so eine unnahbare, harte Ausstrahlung, dass sie unbedingt vor ihm stark wirken wollte. »Noch mal zu der Autobombe. Ich hab gehört, es war wahrscheinlich Plastiksprengstoff, und der Zünder ist mit in die Luft geflogen. Klingt nach einem Profi.«

»Hast du heute Abend schon was gegessen?«

Sie runzelte die Stirn.

»Nein.«

In Anbetracht der Portion von heute Mittag sollte sie eigentlich sowohl auf das Abendessen, als auch auf das nächste Frühstück verzichten.

Butch stand auf. »Prima. Ich wollte gerade zu *Tullah's.*«

Er ging zur Tür und hielt sie auf.

Beth blieb sitzen. »Ich geh nicht mit dir essen.«

»Wie du willst. Interessiert dich offenbar nicht, was wir auf der anderen Straßenseite gefunden haben.«

Langsam fiel die Tür hinter ihm zu.

Darauf würde sie nicht hereinfallen. Darauf würde sie nicht –

Sie sprang auf und lief ihm nach.

8

Marissa stand in ihrem makellos sauberen, in Cremeweiß gehaltenen Schlafzimmer und grübelte.

Als Wraths *Shellan* konnte sie seinen Schmerz fühlen und wusste, er musste wieder einen seiner Brüder verloren haben.

Würden sie eine normale Beziehung führen, gäbe es die Frage nicht, wie sie sich nun verhalten sollte. Sie würde zu ihm gehen, um ihm Trost zu spenden. Sie würde mit ihm sprechen oder ihn im Arm halten, oder mit ihm weinen. Ihn mit ihrem Körper wärmen.

Denn das war es, was eine *Shellan* für ihren Partner tat. Und was sie gleichermaßen von ihm erwarten durfte.

Sie warf einen Blick auf die Tiffany-Uhr auf ihrem Nachttisch.

Bald würde er in die Nacht hinaus ziehen. Wenn sie ihn noch antreffen wollte, sollte sie sich besser beeilen.

Marissa zögerte. Es hatte keinen Sinn, sich etwas vorzumachen: Er würde sie nicht willkommen heißen.

Wenn es nur einfacher wäre, ihn zu unterstützen, wenn sie nur wüsste, was er von ihr erwartete. Einmal, vor langer, langer Zeit, hatte sie mit der *Shellan* seines Bruders Tohrment gesprochen, in der Hoffnung, Wellsie könne ihr einen Tipp geben. Was sie tun, wie sie sich verhalten sollte. Wie sie Wrath davon überzeugen könnte, seiner würdig zu sein.

Denn Wellsie hatte genau das, was Marissa sich wünschte: Einen wahren Partner. Einen Mann, der zu ihr nach Hause kam. Der mit ihr lachte und weinte und sein Leben mit ihr teilte. Der sie festhielt.

Einen Mann, der während dieser quälenden, glücklicherweise seltenen Zeiten bei ihr blieb, in denen sie fruchtbar war. Der ihr übergroßes Verlangen mit seinem Körper stillte, so lange die Triebigkeit andauerte.

Wrath tat nichts dergleichen für sie oder mit ihr. Besonders nicht, was den letzten Teil anging. So wie die Dinge lagen, musste Marissa zu ihrem Bruder gehen, um sich Erleichterung zu verschaffen. Havers betäubte sie ganz einfach, stellte sie ruhig, bis das drängende Bedürfnis nachließ. Beiden, Bruder und Schwester, war diese Prozedur unangenehm.

Sie hatte gehofft, Wellsie könnte ihr helfen, doch ihr Gespräch mit der anderen *Shellan* war alles andere als ein Erfolg gewesen. Die schmerzlichen Blicke der anderen Frau, und die vorsichtig formulierten Antworten, hatten ihnen beiden wehgetan, hatten noch den Finger in die Wunde gelegt.

O Gott, sie war ja so allein.

Sie schloss die Augen und spürte wieder Wraths Kummer.

Es ging nicht anders, sie musste ihn erreichen. Weil er litt. Und weil es in ihrem Leben nichts gab als ihn.

Er war in Darius' Haus, das konnte sie fühlen. Sie holte tief Luft und dematerialisierte sich.

Wrath erhob sich langsam von den Knien und stand auf. Er konnte ein deutliches Knacken hören, als seine Wirbelsäule sich wieder aufrichtete. Sorgfältig wischte er sich die Diamanten von den Schienbeinen.

Es klopfte an der Tür, und er ließ sie aufgehen, in dem Glauben, es handele sich um Fritz.

Als er erkannte, wer sein Besucher wirklich war, kniff er die Lippen zusammen.

»Was führt dich hierher, Marissa?«, fragte er, ohne sich umzudrehen. Er ging ins Badezimmer und hüllte sich in ein Handtuch.

»Lass mich dich waschen, Herr«, murmelte sie. »Ich kümmere mich um dich. Ich kann –«

»Mir geht es gut.«

Er heilte sehr schnell. Am Ende dieser Nacht würden die Wunden kaum noch zu sehen sein.

Wrath trat vor den Schrank und wühlte in seinen Kleidern. Er entschied sich für ein schwarzes, langärmeliges Hemd, eine schwarze Lederhose und – Hilfe, was war denn das, bitte? Auf keinen Fall würde er in Feinrippunterwäsche in dem Kampf ziehen. Lieber ging er ohne, als sich in so was erwischen zu lassen.

Zuallererst musste er Kontakt zu Darius' Tochter aufnehmen. Er wusste, ihm lief die Zeit davon, weil ihre Transition sehr schnell heranrückte. Und dann musste er sich mit Vishous und Phury kurzschließen und herausfinden, was sie über den toten *Lesser* erfahren hatten.

Gerade wollte er das Handtuch fallen lassen und durchstarten, als ihm wieder einfiel, dass Marissa immer noch im Zimmer war.

Er sah zu ihr hinüber.

»Geh nach Hause, Marissa.«

Ihr Kopf sank auf die Brust. »Herr, ich fühle deinen Kum–«

»Mir geht es wunderbar.«

Sie zögerte einen Moment. Und verschwand dann lautlos.

Zehn Minuten später tauchte Wrath im Salon auf.

»Fritz?«, rief er.

»Ja, Herr?« Der Butler schien sich zu freuen, dass man ihn gerufen hatte.

»Hast du ein paar Glimmstängel für mich?«

»Selbstverständlich.«

Fritz holte eine antike Mahagonikiste, öffnete den Deckel und bot ihm den Inhalt dar.

Wrath nahm ein paar der handgerollten Zigarillos heraus.

»Wenn sie Euch munden, besorge ich gern noch mehr.«

»Mach dir keine Umstände. Das reicht völlig.« Normalerweise hielt er nichts von Drogen, aber heute würde er die Zigarillos sinnvoll nutzen.

»Werdet Ihr etwas essen wollen, bevor Ihr ausgeht?«

Wrath schüttelte den Kopf.

»Vielleicht bei Eurer Rückkehr?« Fritz' Stimme wurde leiser, während er den Deckel der Kiste schloss.

Wrath wollte den alten Mann schon zum Schweigen bringen, als er an Darius denken musste. D hätte Fritz sicher besser behandelt. »Ist gut, ja. Danke.«

Die Schultern des Butlers strafften sich stolz.

Du lieber Himmel, er schien zu lächeln, dachte Wrath.

»Ich werde Euch Lammrücken zubereiten. Wie mögt Ihr Euer Fleisch?«

»Blutig.«

»Und ich werde Eure Kleider waschen. Soll ich auch neues Lederzeug bestellen?«

»Lass–« Wrath machte den Mund wieder zu. »Klar. Das wäre großartig. Und, äh, könntest du mir ein paar Boxershorts besorgen? Schwarz? XXL?«

»Mit Vergnügen.«

Wrath wandte sich ab und ging zur Tür.

Wie, zum Henker, war er plötzlich zu einem Diener gekommen?

»Herr?«

»Ja?«, murmelte er.

»Seid vorsichtig, Herr.«

Wrath blieb stehen und sah über die Schulter. Fritz hielt die Kiste beinahe fürsorglich an die Brust gepresst.

Verdammt seltsames Gefühl, wenn jemand zu Hause auf einen wartet, stellte Wrath fest.

Er verließ das Haus und ging zu Fuß die lange Auffahrt hinunter zu der von Bäumen gesäumten Straße. Blitze zuckten über den Himmel, Vorboten des Gewitters, das er von Süden her riechen konnte.

Verflucht, wo war Darius' Tochter jetzt?

Er würde es zuerst in ihrer Wohnung probieren.

Als Wrath sich im Garten hinter ihrem Haus materialisiert hatte, sah er durchs Fenster und beantwortete das Willkommensschnurren des Katers ebenfalls mit einem Schnurren. Sie war nicht da, also setzte Wrath sich an den Gartentisch. Eine Stunde wollte er ihr einräumen, dann musste er los und die Brüder finden. Er könnte ja gegen Ende der Nacht noch einmal wiederkommen; obwohl es möglicherweise nicht die beste Idee war, sie um vier Uhr morgens zu wecken. Insbesondere nach seiner letzten Begegnung mit ihr.

Er nahm die Sonnenbrille ab und rieb sich den Nasenrücken.

Wir sollte er ihr erklären, was bald mit ihr passieren würde? Und was sie tun müsste, um die Wandlung zu überleben?

Er hatte so ein Gefühl, dass sie über diese Neuigkeiten nicht gerade erfreut sein würde.

Wrath dachte an seine eigene Transition damals. Was für ein verdammtes Chaos das gewesen war. Er war ebenfalls nicht vorbereitet gewesen, weil seine Eltern ihn immer hatten beschützen wollen. Und dann waren sie gestorben, ehe sie ihm erklären konnten, was ihn erwartete.

Die Erinnerungen kamen mit erschreckender Klarheit zurück.

London im 17. Jahrhundert war ein brutaler Ort gewesen, besonders für jemanden, der ganz allein auf der Welt war. Damals waren erst zwei Jahre vergangen, seit seine Eltern vor seinen Augen abgeschlachtet worden waren, und seither hatte er seine eigene Spezies gemieden. Er dachte, seine Feigheit in dieser grauenhaften Nacht wäre eine Schande, die er allein ertragen müsste.

In der Gesellschaft der Vampire hatte man ihn als künftigen König behandelt und ihn geschützt, doch in der Welt der Menschen ging es primär um körperliche Leistungsfähigkeit, wie er bald feststellen musste. Für jemanden wie ihn bedeutete das die unterste Sprosse der sozialen Leiter. Vor seiner Wandlung war er dünn wie ein Strich gewesen, klein und schwächlich, leichte Beute für menschliche Kinder auf der Suche nach Zeitvertreib. Während seiner Jahre in Londons Slums war er so oft geschlagen worden, dass er sich an nicht funktionierende Körperteile schon richtig gewöhnt hatte. Es war nichts Besonderes, sein Bein nicht abknicken zu können, weil einem jemand einen Stein auf die Kniescheibe geworfen hatte. Oder seinen Arm nicht benutzen zu können, weil die Schulter ausgekugelt worden war, als er von einem Pferd hinterher geschleift wurde.

Er lebte von Abfall, immer kurz vor dem Verhungern, bis er endlich eine Arbeit im Stall eines Kaufmanns fand. Wrath putzte Schuhe und Sättel und Zaumzeug, bis die Haut an seinen Händen aufplatzte, aber wenigstens hatte er genug zu Essen und ein Lager auf dem Heuboden. Das war weicher als der harte Boden, auf dem er zuvor geschlafen hatte; er wusste allerdings nie, wann er von einem Tritt zwischen die Rippen geweckt werden würde, weil einer der Stallburschen mit einer oder zwei Mägden ins Heu kriechen wollte.

Damals konnte er noch draußen im Sonnenlicht leben, und das Morgengrauen war das Einzige in seinem erbarmungswürdigen Dasein, auf das er sich freute. Die Wärme auf seinem Gesicht zu spüren, den süßen Duft des Morgens einzusaugen, das Licht zu genießen – diese kleinen Freuden bedeuteten ihm alles. Seine Augen waren von Geburt an schlecht gewesen, aber damals viel, viel besser als heute. Er erinnerte sich immer noch mit schmerzlicher Deutlichkeit daran, wie die Sonne ausgesehen hatte.

Fast ein Jahr war er bei diesem Kaufmann gewesen, als plötzlich sein Leben auf den Kopf gestellt wurde.

In der Nacht, als die Wandlung ihn überfiel, war er vollkommen erschöpft auf sein Lager im Heu gefallen. Er hatte sich schon länger nicht gut gefühlt, hatte sich mühsam durch seine Arbeitstage geschleppt. Aber das war ja nichts Neues.

Der Schmerz war unbarmherzig in seinen schwächlichen Körper gefahren, er ging vom Bauch aus und strahlte von dort nach außen bis in die Fingerspitzen, die Zehen, jedes einzelne Haar auf seinem Kopf schien Ursache für nadelfeine Stiche zu sein. Kein gebrochener Knochen, keine Gehirnerschütterung, kein Fieber und keine Schläge waren jemals auch nur annähernd so schlimm gewesen. Er hatte sich zusammengerollt, die Augen weit aufgerissen vor Qual. Sein Atem ging nur noch stoßweise. Er war fest davon überzeugt gewesen, sterben zu müssen, und er hatte gebetet, die Dunkelheit würde endlich über ihn kommen. Alles was er sich wünschte, war etwas Frieden, ein Ende seiner Leiden.

Und dann war ihm ein wunderschönes blondes Mädchen erschienen.

Sie war ein Engel, gesandt, um ihn zur anderen Seite zu geleiten. Davon war er überzeugt gewesen.

Armseliger Wicht, der er war, reckte er ihr die Arme entgegen, und als er ihre Berührung spürte, wusste er, dass das Ende nah war. Sie nannte ihn beim Namen, und er versuchte, sie dankbar anzulächeln, doch sein Mund wollte nicht gehorchen. Sanft erklärte sie ihm, dass sie diejenige sei, die ihm versprochen war. Die einen Schluck seines Blutes getrunken hatte, als er noch ein kleiner Junge war, damit sie immer wüsste, wo sie ihn finden könnte, wenn es Zeit wäre. Sie sagte, sie sei hier um ihn zu retten.

Und dann hatte Marissa ihre Fänge in die eigenen Handgelenke versenkt und sie ihm dann an die Lippen gehalten.

Verzweifelt hatte er getrunken, doch der Schmerz hatte nicht aufgehört. Er hatte sich nur verändert. Seine Gelenke barsten aus der Form, die Knochen verschoben sich und knackten und brachen. Die Muskeln spannten sich an, bis sie aufplatzten, sein Schädel fühlte sich an, als wollte er zerspringen. Die Augen traten aus ihren Höhlen und gleichzeitig verschlechterte sich seine Sehkraft so weit, bis ihm beinahe nichts davon übrig blieb.

Er versuchte krampfhaft, durchzuhalten, sein rasselnder, keuchender Atem schmerzte im Hals. Endlich war er ohnmächtig geworden, nur um in neuer Pein wieder aufzuwachen. Das Sonnenlicht, das er immer so geliebt hatte, strömte durch die Spalte zwischen den Balken der Scheune, blasse Strahlen von Gold. Ein Streifen traf auf seinen Arm, und der Geruch von verbranntem Fleisch erschreckte ihn zu Tode. Panisch riss er den Arm zurück und sah sich entsetzt um. Er konnte nur noch vage Schemen erkennen, das Licht blendete ihn. Mühsam kam er auf die

Füße, fiel jedoch sofort wieder mit dem Gesicht nach unten ins Heu. Sein Körper reagierte überhaupt nicht wie gewohnt, er brauchte zwei weitere Versuche, um endlich aufrecht stehen zu bleiben. Seine Beine wackelten unsicher wie die eines neugeborenen Füllens.

Instinktiv wusste er, dass er sich vor dem Tageslicht schützen musste, und schleppte sich in die Richtung, wo er die Leiter vermutete. Aber er hatte sich verschätzt und stürzte vom Heuboden. Unten blieb er kurz benommen liegen. Mit letzter Kraft hievte er sich schließlich hoch, um in den Getreidekeller zu fliehen. Dorthin, wo es dunkel war.

Mit rudernden Armen und Beinen torkelte er durch die Scheune, stieß gegen Wände, stolperte über Werkzeug, versuchte verzweifelt dem Sonnenlicht auszuweichen und gleichzeitig seine widerspenstigen Gliedmaßen unter Kontrolle zu halten. Als er sich zum Hinterausgang der Scheune tasten wollte, blieb er mit der Stirn an einem Balken hängen, unter dem er sonst immer durchgegangen war. Blut lief ihm in die Augen.

In diesem Moment war einer der Stallknechte hereingekommen und verlangte zu wissen, wer Wrath war. Wrath wandte sich der vertrauten Stimme zu, vielleicht konnte der Junge ihm helfen. Er streckte die Arme aus und wollte sprechen, doch seine Stimme klang nicht mehr wie seine eigene.

Und dann hörte er eine Heugabel durch die Luft auf sich zuschwirren. Er wollte den tödlichen Hieb nur ablenken, doch als er den Stiel packte und wegstieß, krachte der Stallknecht mit voller Wucht ins Scheunentor. Der Junge stieß einen Entsetzensschrei aus und rannte weg, zweifellos, um Verstärkung zu holen.

Schließlich hatte Wrath die Kellertür gefunden. Er stellte zwei riesige Säcke Hafer neben die Tür, damit niemand während des Tages in den Vorratsraum kommen musste.

Völlig erschöpft, verletzt und voller Blut kroch er in den Keller und lehnte sich mit dem nackten Rücken gegen die Erdmauer. Er zog die Knie an die Brust und bemerkte, dass seine Oberschenkel auf die vierfache Größe angewachsen waren. Mit geschlossenen Augen legte er die Wange auf seine Arme. Er zitterte, kämpfte gegen die entwürdigenden Tränen. Den ganzen Tag blieb er wach, lauschte den Schritten über ihm, dem Stampfen der Pferde, den Stimmen. Die Angst, jemand könnte die Tür öffnen und ihn hier finden, lähmte ihn. Und er war froh, dass Marissa nicht mehr hier und der Bedrohung durch die Menschen ausgesetzt war.

Das Geräusch von Darius' Tochter, die nach Hause kam, holte ihn wieder in die Gegenwart. Das Licht in der Wohnung ging an.

Beth warf den Schlüssel achtlos auf das Flurtischchen. Das schnelle Essen mit dem Ironman war erstaunlich locker gewesen. Und er hatte ihr noch ein paar Details über den Bombenanschlag verraten. Man hatte eine dieser frisierten Magnums in der Straße gefunden. Butch hatte auch den Wurfstern erwähnt, den sie Ricky gezeigt hatte. Die Kriminaltechniker arbeiteten fieberhaft an den Waffen, um Fingerabdrücke, Gewebespuren oder sonstige Beweise zu sichern. Die Waffe schien nicht besonders aufschlussreich, aber an dem Wurfstern war – nicht gerade überraschend – Blut, das gerade einer DNS-Analyse unterzogen wurde. Was die Autobombe betraf, ging die Polizei davon aus, dass der Anschlag im Zusammenhang mit dem Drogenmilieu stand. Der BMW war schon früher gesichtet worden, immer auf genau diesem Parkplatz hinter dem Club. Und das *Screamer's* war eine Brutstätte für Dealer, die ein bisschen speziell waren, was ihr Territorium betraf.

Beth reckte sich und zog sich ihre Schlafshorts an. Die Nacht war ein weiteres Mal zu heiß, und als sie den Futon ausklappte, wünschte sie wirklich, die Klimaanlage würde noch funktionieren. Sie stellte den Ventilator an und fütterte Boo. Sobald er seine Portion Gourmet-Katzenfutter verputzt hatte, begann er erneut, vor der Schiebetür zum Garten herumzustreichen.

»Fängst du schon wieder an?«

Es blitzte, und sie schob die Glastür auf, klappte dafür die Fliegengittertür zu und schloss sie ab. Sie würde die Tür nur kurz offen lassen – die Nachtluft roch heute zur Abwechslung mal gut, kein Hauch von Müll.

Mann, war das heiß heute.

Sie ging ins Badezimmer, nahm die Kontaktlinsen heraus, putzte sich die Zähne, schrubbte ihr Gesicht und fuhr sich dann mit einem kalten Waschlappen über den Nacken. Eiskalte Wassertropfen rannen ihr über die Haut, und sie genoss die Schauer, die sie auslösten.

Wieder im Zimmer, runzelte sie die Stirn. Ein merkwürdiger Geruch lag plötzlich im Zimmer. Ein kräftiger, sinnlicher Duft …

Sie trat zur Fliegengittertür und schnupperte. Die Spannung in ihren Schultern ließ spürbar nach.

Da sah sie, dass Boo sich hingesetzt hatte und schnurrte, als hieße er einen guten Bekannten willkommen.

Was zum …

Der Mann aus ihrem Traum stand auf der anderen Seite der Tür.

Beth machte einen Satz zurück und ließ den Waschlappen fallen. Nur schwach drang das nasse Klatschen an ihre Ohren, als das Tuch auf dem Boden auftraf.

Die Fliegengittertür glitt auf. Obwohl Beth sie gerade abgeschlossen hatte.

Und der köstliche Geruch wurde intensiver, als er in ihre Wohnung trat.

Sie geriet in Panik, konnte sich aber nicht rühren.

O Gott, er war einfach gewaltig. Ihr Apartment war ohnehin klein, aber durch ihn wirkte es wie ein Schuhkarton. Und all dieses schwarze Leder ließ ihn nur noch größer wirken. Er musste mindestens zwei Meter groß sein.

Moment mal.

Was machte sie hier eigentlich, nahm sie Maß für einen Anzug? Laufen sollte sie. Um ihr Leben rennen, fliehen.

Aber sie konnte ihn nur anstarren.

Er hatte trotz der Hitze eine Motorradjacke an, und seine langen Beine waren ebenfalls in Leder gehüllt. An den Füßen trug er schwarze Stiefel mit Stahlkappen, und er bewegte sich wie ein Raubtier.

Beth legte den Kopf in den Nacken, um sein Gesicht zu sehen.

Er sah einfach *fantastisch* aus.

Kantiges Kinn, volle Lippen, ausgeprägte Wangenknochen, die dunkle Schatten auf die Haut darunter warfen. Das Haar war glatt und schwarz und fiel ihm vom spitzen Ansatz in der Stirn bis auf die Schultern. Ein Schatten von schwarzem Bart. Die schwarze Sonnenbrille passte perfekt in sein scharf konturiertes Gesicht und ließ ihn aussehen wie einen Auftragskiller, der nebenher modelt.

Als wäre seine ganze Ausstrahlung nicht schon bedrohlich genug.

Er rauchte eine Art dünne, rötliche Zigarette, von der er eben einen tiefen Zug nahm. Das betörende Aroma im Zimmer kam von dem Rauch, den er ausstieß, und als er in ihre Nase drang, konnte sie sich kaum noch erinnern, wo oder wer sie war.

Ihr Körper schwankte, als der Mann näher trat. Sie war vor Schreck wie gelähmt. Was würde passieren, wenn er bei ihr war? Gleichzeitig bemerkte sie, dass Boo seltsamerweise schnurrte und dem Mann schmeichelnd um die Knöchel strich.

Dieser Kater war ein Verräter. Und sollte sie wie durch ein Wunder diese Nacht überleben, würde er für eine lange Zeit auf Trockenfutter gesetzt werden.

Wieder riss Beth den Kopf hoch, als ihre Augen dem festen, wilden Blick des Mannes begegneten.

Und dann geschah das Absonderliche: Als er unmittelbar vor ihr stehen blieb, verspürte sie eine Woge reinster, ungehemmter Lust. Zum ersten Mal in ihrem Leben wurde ihr Körper unverschämt heiß. Heiß und feucht.

Ihr Innerstes erblühte für ihn.

Reine Chemie, dachte sie wie betäubt. Pure, rohe, animalische Chemie.

Was auch immer er hatte, sie wollte es.

»Ich dachte, wir versuchen es noch einmal«, sagte er.

Seine Stimme war tief, ein dunkles Grollen. Sie bemerkte die Andeutung eines Akzents, konnte ihn aber nicht zuordnen.

»Wer bist du?«, flüsterte sie tonlos.

»Ich bin deinetwegen hier.«

Ein plötzlicher Schwindel ließ sie nach der Wand tasten.

»Meinetwegen? Wo–« Verwirrt schloss die den Mund wieder. »Wohin willst du mich bringen?«

Zur Brücke? Um ihren Leichnam im Fluss zu versenken?

Er streckte die Hand nach ihr aus, und er nahm ihr Kinn zwischen Daumen und Zeigefinger. Sanft neigte er ihren Kopf zur Seite.

»Wirst du mich schnell töten?«, murmelte sie. »Oder langsam?«

»Nicht töten. Schutz.«

Als sich sein Kopf zu ihr herunterbeugte, ermahnte sie sich, ihn wegzustoßen, egal was er sagen mochte. Wenn sie endlich ihre Arme und Beine dazu bewegen könnte, ihr zu gehorchen. Das Problem war nur, dass sie ihn eigentlich gar nicht von sich stoßen wollte. Sie holte tief Luft.

Gütiger, er roch einfach umwerfend. Frischer, sauberer Schweiß. Ein dunkler, männlicher Duft. Und dieser Rauch.

Seine Lippen berührten ihren Hals, und sie hörte, wie er die Luft einsaugte. Das Leder seiner Jacke knarrte, als sich seine Lungen füllten, und seine Brust sich dadurch ausdehnte. »Du bist fast so weit«, sagte er leise. »Es steht kurz bevor.«

Wenn das *es,* von dem er sprach, etwas mit *nackt ausziehen* zu tun hatte, ging sie absolut konform. Mein Gott, das musste es sein, was Leute immer so über Sex ins Schwärmen gerieten ließ. Sie hinterfragte ihr Verlangen, ihn in sich zu spüren, überhaupt nicht. Sie wusste nur, dass sie auf der Stelle sterben würde, wenn er nicht seine Hose auszog. Sofort.

Beth streckte die Hände aus, sie musste ihn berühren, doch als sie die Wand losließ, verlor sie das Gleichgewicht. In einer einzigen fließenden Bewegung steckte er sich den Zigarillo zwischen die Lippen und fing sie mühelos auf. Ihre Beine verloren den Bodenkontakt, und sie drückte sich an ihn; sie *tat* nicht einmal so, als wollte sie sich wehren. Mit zwei langen Schritten trug er sie zum Futon, als wöge sie überhaupt nichts.

Als er sie auf das Bett legte, fiel ihm das Haar ins Gesicht, und sie hob die Hand und berührte die schwarzen Strähnen. Dick und weich waren sie. Dann legte sie ihm die Hand auf die Wange, und obwohl er überrascht schien, zog er sein Gesicht nicht zurück.

Alles an ihm strahlte Sex aus, von seiner Kraft über die Bewegungen bis hin zum Geruch seiner Haut. Noch nie war sie einem solchen Mann begegnet. Ihr Körper wusste das so gut wie ihr Verstand.

»Küss mich«, sagte sie.

Er schwebte über ihr, eine stille Bedrohung.

Instinktiv fuhr ihre Hand zum Revers seiner Jacke und sie versuchte, ihn zu sich herunter zu ziehen.

Er fing ihre Handgelenke mit einer Hand auf. »Langsam.«

Langsam? Sie wollte kein langsam. Langsam war *nicht* gut. Zappelnd wehrte sie sich gegen seinen Griff, und als sie sich nicht befreien konnte, bog sie den Rücken durch. Ihre Brüste drückten sich durch den dünnen Stoff des T-Shirts, und sie rieb die Beine aneinander, konnte es kaum erwarten, ihn zwischen ihren Schenkeln zu spüren.

Wenn er doch nur seine Hände –

»Lieber Gott«, murmelte er.

Sie lächelte ihn an, genoss den hungrigen Ausdruck auf seinem Gesicht. »Fass mich an.«

Der Fremde schüttelte den Kopf. Als wollte er ihn wieder freibekommen.

Beth öffnete die Lippen und stöhnte frustriert.

»Zieh mir das Shirt aus.« Wieder drückte sie den Rücken durch, bot sich ihm dar; sie konnte es kaum erwarten noch mehr von ihm zu spüren, sich noch mehr erregen, von seinen Händen berühren zu lassen. »Tu es.«

Er nahm den Zigarillo aus dem Mund. Seine Augenbrauen waren fest zusammengezogen, und sie hatte das dumpfe Gefühl, eigentlich Angst vor ihm haben zu müssen. Stattdessen zog sie die Knie an und hob die Hüfte vom Futon hoch. Sie stellte sich vor, wie er die Innenseiten ihrer Schenkel küssen, ihr Geschlecht mit seinem Mund entdecken würde. Sie lecken würde.

Wieder entrang sich ihrem Mund ein Stöhnen.

Wrath war völlig fassungslos.

Und er war kein Vampir, der leicht die Fassung verlor.

Verfluchter Mist.

Diese halb-menschliche Frau war das Heißeste, was ihm je untergekommen war. Und er hatte schon einige wirklich heiße Kandidatinnen auf der Matratze gehabt.

Das musste an dem Glimmstängel liegen. Ganz klar. Und das Zeug musste ihm selbst auch zugesetzt haben, denn er war mehr als bereit, sie zu nehmen.

Er beäugte den Zigarillo.

Aber klar, das hättest du wohl gern. Schade nur, dass das Kraut ein Beruhigungsmittel war, kein Aphrodisiakum.

Wieder stöhnte sie auf, ihr Körper wand sich aufreizend unter ihm, die Beine weit geöffnet. Der Duft ihrer Erregung traf ihn so heftig wie ein Boxhieb. Mein Gott, er wäre auf die Knie gesunken, wenn er nicht schon sitzen würde.

»Fass mich an«, forderte sie.

Wraths Puls ging so heftig wie bei einem Marathonlauf, seine Erektion pochte, als hätte sie einen eigenen Herzschlag.

»Deshalb bin ich nicht gekommen«, brachte er hervor.

»Tu es trotzdem.«

Er wusste, er sollte nein sagen. Das war ihr gegenüber nicht fair. Und sie mussten reden.

Vielleicht sollte er später noch mal wiederkommen.

Sie bog sich ihm entgegen, presste sich gegen die Hand, mit der er ihre Handgelenkte umfangen hielt. Ihre Brüste zeichneten sich sogar für ihn deutlich unter ihrem Hemd ab, er musste die Augen schließen.

Er musste los. Er musste jetzt wirklich –

Ohne eine kleine Kostprobe konnte er einfach nicht gehen.

Okay, aber er wäre ein selbstsüchtiger Dreckskerl, wenn er sie auch nur anfasste. Ein selbstsüchtiger Dreckskerl, wenn er nahm, was sie ihm im Nebel des roten Rauches darbot.

Fluchend schlug Wrath die Augen auf.

Verdammt, ihm war so kalt. So kalt bis ins Mark. Und sie war heiß. Heiß genug, um das Eis zu schmelzen, wenigstens für ein kleines Weilchen.

Und es war schon so lange her.

Er ließ mittels Telekinese das Licht ausgehen, dann verschloss er die Hintertür, scheuchte den Kater ins Badezimmer und verriegelte jedes Schloss in der Wohnung.

Vorsichtig balancierte er den Zigarillo auf der Tischkante neben dem Futon und ließ ihre Handgelenke los. Sofort schnappten ihre Hände nach seiner Jacke und versuchten, sie ihm über die Schultern zu streifen. Er wand sich aus dem Leder und als das schwere Kleidungsstück mit einem dumpfen Geräusch auf dem Boden landete, kicherte sie zufrieden. Sein Halfter mit den Dolchen folgte, doch er behielt die Waffen in Reichweite.

Wrath beugte sich über sie. Ihr Atem roch süß und nach Minze, als er ihre Lippen mit seinem Mund verschloss. Sie zuckte zusammen, und er zog sich erschrocken zurück. Fragend berührte er ihren verletzten Mundwinkel.

»Vergiss es«, sagte sie und zog wieder an seinen Schultern.

Teufel, nichts würde er vergessen. Gott stehe dem Menschen bei, der sie verletzt hatte. Wrath würde dem Kerl Arme und Beine ausreißen und ihn auf der Straße verbluten lassen.

Sanft küsste er die Wunde und fuhr ihr dann mit der Zunge über den Hals. Als sie ihm wieder die Brüste entgegenreckte, ließ er die Hand unter das dünne T-Shirt auf ihre weiche, warme Haut gleiten. Ihr Bauch war flach, und er strich von einem zum anderen Hüftknochen. Begierig, ihren ganzen Körper kennen zu lernen, riss er ihr das Shirt herunter und warf es zur Seite. Ihr BH hatte eine helle Farbe, er zeichnete ihn mit den Fingerspitzen nach, bevor er seine Handfläche auf die samtige Wölbung legte. Ihre Brüste füllten seine Hände, die festen Knospen ihrer Brustwarzen waren durch den zarten Satin deutlich zu spüren.

Wrath verlor die Kontrolle über sich.

Er entblößte seine Fänge, stieß ein Zischen aus und biss den vorderen Verschluss des BHs auf. Der Stoff schnellte zurück, und er nahm eine ihrer Brustwarzen mit seinen Lippen in Besitz, zog sie in seinen Mund. Er saugte daran, gleichzeitig verlagerte er sein Gewicht und legte sich flach auf sie. Wie von allein rutschte er zwischen ihre Beine. Mit einem kehligen Seufzer empfing sie ihn.

Ihre Hände schoben sich zwischen die beiden Körper, um nach seinem Hemd zu greifen, doch er hatte nicht die Geduld, sich von ihr ausziehen zu lassen. Er stützte sich auf und riss sich das Hemd vom Körper, Knöpfe sprangen ab und verteilten sich über dem gesamten Boden. Als er sich wieder auf sie herab senkte, trafen ihre Brüste auf seinen Oberkörper, und sie drängte sich ihm entgegen.

Er wollte wieder ihren Mund küssen, doch jetzt konnte er nicht mehr sanft und vorsichtig sein; leidenschaftlich umspielte er ihre Brustwarzen mit seiner Zunge, dann wanderte er hinab zu ihrem Bauch. Als er den Gummizug ihrer Boxershorts erreichte, zog er sie langsam über ihre langen, weichen Beine.

Wrath spürte, wie ein Schalter in seinem Kopf umgelegt wurde, als ihr Duft in einer neuen Welle zu ihm drang. Er war schon gefährlich nahe am Orgasmus, alles in ihm drängte zur Erlösung, sein Körper bebte vor Verlangen, sie zu nehmen. Er legte die Hand zwischen ihre Schenkel. Sie war so feucht und heiß, dass er knurrte.

Doch auch wenn es ihn fast wahnsinnig machte, er musste sie erst schmecken, bevor er in sie eindrang.

Vorsichtig nahm er die Sonnenbrille ab und legte sie neben den Zigarillo. Dann drückte er ihr heiße Küsse auf die

Hüften, auf die Oberschenkel. Ihre Hände wühlten in seinem Haar, während sie ihn genau dorthin drängte, wo er hinwollte.

Lustvoll küsste er die weiche Haut, zog ihr Intimstes in seinen Mund, und sie kam wieder und wieder für ihn, bis er sein eigenes Verlangen nicht mehr länger zurückhalten konnte. Er zog sich zurück, kämpfte sich aus seiner Hose und legte sich wieder auf sie.

Gierig umfing sie seine Hüften mit ihren Beinen. Er zischte, als ihre Hitze auf seiner Erektion brannte.

Das bisschen Kraft, das ihm noch verblieben war, nutzte er, um sich aufzustützen und ihr Gesicht anzusehen.

»Nicht aufhören«, keuchte sie. »Ich will dich in mir spüren.«

Wrath ließ den Kopf auf ihren duftenden Hals fallen. Langsam zog er die Hüften zurück. Die Spitze seiner Männlichkeit glitt wie von selbst in den Spalt, und mit einem einzigen machtvollen Stoß versenkte er sich in ihrem Schoß.

Er stieß einen Schrei der Ekstase aus.

Himmel. Nun wusste er, wie es im Himmel war.

9

In seinem Zimmer zog Mr X sich um. Er trug nun eine schwarze Cargohose und ein schwarzes Nylonshirt. Zufrieden dachte er noch einmal über das Treffen der Gesellschaft heute Nachmittag nach. Jeder einzelne *Lesser* war erschienen, und die meisten davon hatten sich ohne Murren eingereiht. Einige wenige würden Probleme machen. Und ein ganz kleiner Teil von ihnen hatte versucht, sich einzuschmeicheln.

Was sie keinen Schritt weitergebracht hatte.

Am Ende des Meetings hatte er achtundzwanzig Männer ausgewählt, die er in der Region um Caldwell stationieren wollte. Die Auswahl hatte er aufgrund ihres Rufs und seines eigenen Eindrucks getroffen. Zwölf aus dieser Gruppe waren absolute Topleute; sie hatte er zu gleichen Teilen auf zwei Haupteskadrons aufgeteilt. Die restlichen sechzehn bildeten vier untergeordnete Gruppen.

Keinem von ihnen gefiel diese Anordnung. Sie waren gewohnt, allein zu arbeiten, und vor allem die Mitglieder der

Hauptgruppe verabscheuten Fremdbestimmung. Pech. Der Vorteil dieser Einteilung war, dass er ihnen unterschiedliche Stadtteile zuweisen, Quoten festlegen und die Leistungen des Einzelnen besser überwachen konnte.

Die übrigen *Lesser* hatte er wieder zurück auf ihre Außenposten geschickt.

Nun, da seine Truppen aufgestellt und instruiert waren, würde er sich auf den Informationsbeschaffungs-Prozess konzentrieren. Er hatte eine Idee, wie das funktionieren könnte, und die würde er heute Abend Beta-testen.

Bevor er sich aufmachte in die Nacht, warf er noch jedem seiner beiden Pitbulls ein Kilo rohes Fleisch vor. Er fütterte sie absichtlich nur alle zwei Tage, damit sie immer ausgehungert waren. Die Hunde – beides Rüden – hatte er nun schon seit etwa fünf Jahren; sie waren an den entgegen gesetzten Seiten des Hauses angekettet, einer vorn, einer hinten. Aus Verteidigungsgründen war das nur logisch, aber es war auch aus einem weiteren Grund ratsam: Einmal hatte er sie zusammengelassen, und sie waren einander sofort an die Kehle gegangen.

Er nahm seine Tasche, schloss die Haustür ab und lief über den Rasen. Die Ranch war ein 70er-Jahre-Albtraum mit Pseudo-Backstein-Fassade, und er hatte das Äußere bewusst hässlich gelassen. Er wollte sich möglichst unauffällig in die Nachbarschaft einfügen, zudem würde der Preispunkt in dieser ländlichen Gegend in näherer Zukunft nicht die hunderttausend überschreiten.

Davon abgesehen war das Haus nebensächlich. Das Grundstück, das es umgab, war es, was zählte. Vier Hektar, das garantierte ihm ausreichend Privatsphäre. Dazu gab es noch einen von Bäumen umgebenen alten Schuppen hinter dem Haus. Den hatte er sich zu einer Werkstatt umgebaut, und der Puffer aus Eichen und Ahornbäumen darum herum war von größter Wichtigkeit.

Schreie konnten sehr weit tragen.

Er spielte an seinem Schlüsselbund, bis er den richtigen gefunden hatte. Da er heute Nacht arbeiten würde, ließ er seinen einzigen Luxus, einen schwarzen Hummer, in der Garage stehen. Der vier Jahre alte Chrysler-Minivan wäre eine viel bessere Tarnung, und er brauchte ja nur zehn Minuten bis in die Innenstadt.

Der Straßenstrich von Caldwell bestand aus drei trübe beleuchteten, von Müll übersäten Straßenzügen in der Nähe der Hängebrücke. Heute Abend war viel Verkehr auf der Straße der Sünden, und er hielt einen Moment unter einer kaputten Straßenlaterne an, um die Szenerie zu betrachten. Autos kurvten durch die dunklen Gassen, Bremslichter leuchteten auf, wenn die Fahrer einen genaueren Blick auf die Damen des Gewerbes auf dem Bürgersteig werfen wollten. In der schwülen Sommerhitze gewährten die Mädchen höchst aufschlussreiche Einblicke: auf hohen Stöckelschuhen schwankend, Brüste und Hintern nur notdürftig von leicht zugänglicher Kleidung bedeckt.

Mr X zog den Reißverschluss seiner Tasche auf und nahm eine mit Heroin gefüllte Spritze und ein Jagdmesser heraus. Beides versteckte er in der Autotür und kurbelte das Beifahrerfenster herunter, bevor er sich wieder in den Verkehr einreihte.

Ich bin nur einer von vielen, dachte er. Nur ein Trottel, der auch mal eine Frau haben wollte.

»Brauchst du Gesellschaft?«, hörte er schon eine der Huren ihm zurufen.

»Steig auf, Cowboy«, forderte ihn die nächste auf und schüttelte ihr Hinterteil wie einen Staubwedel.

Bei der zweiten Runde fand er, wonach er gesucht hatte. Eine Blondine mit langen Beinen und riesigem Vorbau.

Genau die Art von Nutte, die er für sich selbst ausgesucht hätte, wenn sein Schwanz noch einsatzfähig gewesen wäre.

Er würde es genießen, dachte Mr X, als er auf die Bremse stieg. Zu töten, was er selbst nicht mehr haben konnte, brachte eine ganz spezielle Art von Befriedigung mit sich.

»Hey, Süßer.« Sie kam herüber, legte die Arme auf die Autotür und lehnte sich ins Fenster. Er roch Zimtkaugummi und Schweiß. »Wie geht's dir so heute Abend?«

»Könnte besser sein. Was muss ich zahlen, um ein Lächeln zu bekommen?«

Sie beäugte den Innenraum des Autos, seine Kleider. »Für fünfzig kriegst du, was du willst und wie du's willst.«

»Das ist zu viel.« Er spielte nur herum. Sie war genau die Nutte, die er haben wollte.

»Vierzig?«

»Zeig mir deine Titten.«

Sie zog kurz ihr T-Shirt hoch.

Er lächelte und entriegelte die Türen. »Wie heißt du?«

»Cherry Pie. Aber du kannst mich nennen, wie du willst.«

Mr X fuhr um die Ecke zu einem abgeschiedenen Plätzchen unter der Brücke.

Dann warf er das Geld zu ihren Füßen auf den Boden, und als sie sich vorbeugte, um es aufzuheben, stieß er ihr die Nadel der Spritze in den Nacken und drückte den Kolben ganz herein. Einen Moment später sackte sie in sich zusammen wie eine Stoffpuppe.

Mr X lächelte und lehnte sie rücklings an den Sitz, damit sie aufrecht saß. Dann warf er die Spritze aus dem Fenster zu all den anderen und fuhr los.

In seinem unterirdischen Labor sah Havers von seinem Mikroskop auf, plötzlich aus der Konzentration gerissen. Die Standuhr in der Ecke schlug und bedeutete ihm, dass es Zeit war für sein Essen, doch er wollte nicht aufhören zu arbeiten. Er legte das Auge wieder an das Mikroskop. Hatte er sich das gerade nur eingebildet? Schiere Verzweiflung konnte schon mal die Objektivität beeinträchtigen.

Aber nein, die Blutkörperchen waren lebendig.

Mit einem Schauer stieß er die Luft zwischen zusammengebissenen Zähnen aus.

Die Vampirrasse war so gut wie frei.

Er war so gut wie frei.

Endlich, endlich, brauchbares Blut aus der Konserve.

Als Arzt waren ihm immer die Hände gebunden gewesen, wenn es um chirurgische Eingriffe und gewisse Komplikationen bei Entbindungen ging. Direkte Transfusionen von Vampir zu Vampir waren zwar möglich, doch da die ihrigen so weit verstreut lebten, und es nur mehr so wenige von ihnen gab, konnte es schwierig sein, rechtzeitig einen Spender zu finden.

Seit Jahrhunderten wollte er schon eine Blutbank aufbauen. Die Schwierigkeit war nur, dass Vampirblut höchst instabil und eine Lagerung außerhalb des Körpers bisher unmöglich war. Luft, diese lebenserhaltende, unsichtbare Decke über der Erde, war eine Ursache dafür. Und es brauchte nicht viel, um eine Probe zu verunreinigen. Nur ein oder zwei Moleküle, und das Plasma zerfiel und überließ die roten und weißen Blutkörperchen ihrem Schicksal. Was ihnen natürlich nicht gut bekam.

Zuerst hatte er es nicht verstanden. Im Blut befand sich ohnehin Sauerstoff, deshalb war es rot, wenn es die Lungen verließ. Diese Unstimmigkeit hatte ihn zu einigen faszinierenden Entdeckungen über die Lungenfunktion der Vampire geführt, doch im Endeffekt war er seinem Ziel keinen Schritt näher gekommen.

Er hatte versucht, Blut abzuzapfen und sofort in einen luftdichten Behälter umzuleiten. Diese so nahe liegende Lösung funktionierte aber nicht. Der Zerfall des Plasmas geschah trotzdem, nur mit verringerter Geschwindigkeit. Das legte nahe, dass noch ein anderer Faktor im Spiel war; etwas, das im körperlichen Umfeld vorhanden war, aber fehlte, wenn das Blut aus dem Körper entfernt wurde. Er hatte Blutproben in Wärme gelagert und in Kälte. In Suspensionen aus Kochsalzlösung und aus menschlichem Plasma.

Die Verzweiflung hatte seinen Verstand während der unterschiedlichen Versuchsanordnungen auf Trab gehalten. Er führte mehr und mehr Tests durch, probierte immer neue Ansätze. Nahm Abstand von dem Projekt. Kam wieder darauf zurück.

Jahrzehnte vergingen. Und noch mehr Jahrzehnte.

Dann gab ihm eine private Tragödie einen neuerlichen, sehr persönlichen Grund, das Problem endlich zu lösen. Der Tod seiner *Shellan* und seines neugeborenen Sohnes während der Geburt vor etwas mehr als zwei Jahren hatte ihn geradezu besessen von seiner Forschung werden lassen, und er hatte noch einmal ganz von vorne angefangen.

Sein eigenes Bedürfnis nach Nahrung war der Antrieb.

Normalerweise musste er nur alle sechs Monate trinken, da er aus einer starken Blutlinie stammte. Nach dem Tod seiner wunderschönen Evangeline hatte er gewartet, so lange er irgend konnte, bis der Hunger so groß gewesen war, dass er krank wurde. Als er dann endlich um Hilfe gebeten hatte, war er unendlich beschämt gewesen. Wie konnte ohne seine geliebte *Shellan* sein Überlebenswille noch so stark sein, dass er dafür von einer anderen Frau trinken wollte? Er hatte sich überhaupt nur gestattet darüber nachzudenken, da er überzeugt gewesen war, dass es nicht so sein würde wie mit Evangeline. Sicherlich würde er ihr Andenken nicht entehren, indem er Genuss beim Blut einer anderen empfand.

Es gab so viele, denen er schon geholfen hatte, dass es nicht schwer war, eine Frau zu finden, die sich ihm darbot. Er hatte eine Freundin ausgewählt, die selbst keinen Partner hatte, und gehofft, er könnte seine Traurigkeit und seine Erniedrigung für sich behalten.

Es war ein Albtraum gewesen. So lange hatte er sich zurückgehalten, dass der bloße Geruch von Blut das Raubtier in ihm zum Vorschein gebracht hatte. Er hatte seine Freundin angegriffen und so heftig getrunken, dass er hinterher ihre Handgelenke nähen musste.

Beinahe hätte er ihr die Hand abgebissen.

Dieses Verhalten passte so überhaupt nicht zu dem Bild, das er von sich selbst hatte. Er war immer ein Gentleman gewesen, ein Gelehrter, ein Heiler. Ein Mann, der sich nicht den primitiven Begierden seiner Rasse unterwarf.

Aber er war auch immer gut genährt gewesen.

Und die schreckliche Wahrheit war: Er hatte den Geschmack dieses Blutes genossen. Glatt und warm war es durch seine Kehle geflossen, und wilde Kraft war mit ihm in seine Adern geströmt.

Er hatte Lust empfunden. Und er hatte mehr gewollt.

Vor Schande hatte er würgen müssen. Er hatte gelobt, nie mehr aus der Vene eines anderen Vampirs zu trinken.

Dieses Gelübde hatte er gehalten, obwohl er in der Folge schwach geworden war. So schwach, dass er kaum noch in der Lage war, sich zu konzentrieren. Seine Auszehrung machte sich als ständiger Bauchschmerz bemerkbar. Das Verlangen nach Nahrung, die ihm normales Essen nicht geben konnte, hatte zu einer Art Kannibalismus seines eigenen Körpers geführt, um sich am Leben zu erhalten. Er hatte so viel Gewicht verloren, dass seine Kleider an ihm hingen wie Säcke, und sein Gesicht hager und grau geworden war.

Doch dieser Zustand hatte ihm den Weg gezeigt.

Die Lösung lag auf der Hand.

Hunger lässt sich nur durch Fütterung bekämpfen.

Ein luftdichter Prozess in Kombination mit einer ausreichenden Menge menschlichen Blutes, und schon hatte er seine lebendigen Zellen. Er sah durch das Mikroskop zu, wie die Vampirzellen – größer und unregelmäßiger geformt als die menschlichen – verzehrten, was er ihnen vorgesetzt hatte. Die menschlichen Blutkörperchen verringerten sich zusehends in der Probe, und wenn sie erst ganz aufgebraucht wären, würde auch die Lebensfähigkeit der Vampirbestandteile wieder rapide abnehmen. Dessen war er sich absolut sicher.

Jetzt musste er nur noch einen klinischen Test machen. Er würde eine Blutprobe eines weiblichen Vampirs nehmen, mit der entsprechenden Menge menschlichen Blutes mischen und sich die Mischung selbst injizieren.

Wenn alles gut ging, würde er ein Spenderprogramm ins Leben rufen. Viele Patienten könnten gerettet werden. Und jene, die lieber auf die Intimität des Trinkens verzichteten, konnten künftig in Ruhe und Frieden leben.

Havers sah vom Mikroskop auf; er musste bereits seit geschlagenen zwanzig Minuten auf die Zellen starren. Der Salat, den er als Vorspeise serviert bekam, würde schon oben auf ihn warten.

Er zog seinen weißen Kittel aus. Auf seinem Weg durch die Klinik unterhielt er sich mit dem Pflegepersonal und einigen Patienten. Die Einrichtung hatte ungefähr 600 Quadratmeter und lag tief unter seinem Haus. Es gab drei OPs, eine Reihe von Untersuchungs- und Aufwachräumen, das Labor, sein Büro und einen Wartebereich mit separatem Zugang zur Straße.

Etwa eintausend Patienten kamen jährlich zu ihm, zusätzlich machte er Hausbesuche bei Geburten und in anderen Notfällen.

Doch mit dem Bevölkerungsrückgang war auch seine Praxis geschrumpft.

Im Vergleich zu Menschen waren Vampire extrem im Vorteil, was ihre Gesundheit betraf. Ihre Körper heilten sehr schnell. Krankheiten wie Krebs, Diabetes oder HIV gab es bei ihnen nicht. Aber wehe dem, der am helllichten Tag einen Unfall hatte. Niemand konnte ihm zu Hilfe kommen. Vampire starben auch während ihrer Transition oder direkt danach. Ein weiteres riesiges Problem war die Fortpflanzung: Selbst wenn eine Empfängnis stattfand, starben Vampirinnen oft bei der Entbindung, entweder am Blutverlust oder an schwerer Schwangerschaftsvergiftung. Totgeburten waren häufig, und die Säuglingssterblichkeit dramatisch hoch.

Menschliche Ärzte kamen für Kranke oder Verletzte kaum in Frage, auch wenn die beiden Spezies viele Ähnlichkeiten hatten, was die Anatomie betraf. Sollte ein Arzt ein großes Blutbild machen, würde er alle möglichen Anomalien feststellen, die in seiner Vorstellung vermutlich eine medizinische Sensation darstellen würden. Diese Art von Aufmerksamkeit galt es unbedingt zu vermeiden.

Gelegentlich allerdings landete ein vampirischer Patient trotzdem in einem Menschenkrankenhaus. Seit es den allgemeinen Notruf und immer schneller reagierende ambulante Hilfsdienste gab, verschärfte sich dieses Problem. Wenn ein Vampir so schlimm verletzt wurde, dass er außer Haus das Bewusstsein verlor, lief er Gefahr, in einer menschlichen Notaufnahme wieder zu erwachen. Ihn gegen ärztlichen Rat dort wieder herauszuholen, war immer ein Kampf.

Havers war nicht arrogant, aber er wusste, dass er der beste Arzt seiner Rasse war. Er hatte zweimal in Harvard Medizin studiert, einmal im späten 19. Jahrhundert und dann noch einmal in den 1980ern. Beide Male hatte er auf seinem Bewerbungsbogen angegeben, körperbehindert zu sein, woraufhin man ihm besondere Zugeständnisse gemacht hatte. Natürlich konnte er die Vorlesungen nicht besuchen, da sie tagsüber stattfanden. Sein *Doggen* durfte aber teilnehmen, sich Notizen machen und auch die Prüfungen seines Herrn einreichen. Havers hatte alle Texte gelesen, mit den Professoren korrespondiert und manchmal sogar Seminare und Kolloquien besucht, wenn sie abends stattfanden.

Er hatte schon immer gern gelernt.

Als er nach oben kam, stellte er nicht sonderlich überrascht fest, dass Marissa noch nicht im Esszimmer erschienen war. Obwohl das Essen jede Nacht um ein Uhr serviert wurde.

Er ging in ihren Trakt.

»Marissa?«, fragte er an der Tür. Dann klopfte er einmal. »Marissa, das Essen steht auf dem Tisch.«

Er steckte seinen Kopf durch die Tür. Aus dem Flur drang das Licht des Kronleuchters herein und schnitt einen goldenen Keil in die Schwärze des Raumes. Die Vorhänge waren noch vor die Fenster gezogen, und sie hatte auch keine Lampe an.

»Marissa, Liebes?«

»Ich habe keinen Hunger.«

Havers trat durch die Tür. Er konnte die Umrisse ihres Himmelbettes erkennen und den Umriss ihres Körpers, der unter der Decke lag.

»Aber du hast schon gestern Nacht nichts gegessen.«

»Ich komme später herunter.«

Er schloss die Augen. Offenbar hatte sie die Nacht zuvor Blut getrunken. Jedes Mal, wenn sie Wrath traf, zog sie sich danach tagelang zurück.

Wieder dachte er an die lebendigen Blutkörperchen in seinem Labor.

Wrath mochte seiner Geburt nach der König der Vampire sein, und er mochte das reinste Blut von ihnen allen haben. Aber er war auch ein Krieger und ein Dreckskerl. Ihn schien es nicht im Geringsten zu stören, was er Marissa antat. Oder vielleicht merkte er noch nicht einmal, wie sehr seine Grausamkeit sie verletzte.

Schwer zu sagen, was von beiden das größere Verbrechen war.

»Ich habe heute einen entscheidenden Durchbruch erzielt«, sagte Havers, ging zum Bett hinüber und setzte sich auf die Kante. »Ich werde dich befreien.«

»Wovon?«

»Von diesem … Mörder.«

»Sprich nicht so von ihm.«

Er knirschte mit den Zähnen. »Marissa –«

»Ich will nicht von ihm befreit werden.«

»Wie kannst du so etwas sagen? Er behandelt dich ohne jeden Respekt. Allein die Vorstellung, dass dieses Monster in irgendeiner dunklen Gasse von dir trinkt –«

»Wir gehen zu Darius. Er hat dort ein Zimmer.«

Der Gedanke, dass sie dort noch einem weiteren dieser Krieger ausgesetzt war, machte ihn auch nicht glücklicher. Alle Black Dagger waren Furcht einflößend, und ein paar von ihnen waren geradezu schauerlich.

Er wusste, dass die Bruderschaft ein notwendiges Übel zur Verteidigung ihrer Rasse war. Und er wusste auch, dass er dankbar für ihren Schutz sein sollte. Dennoch erfüllte ihn schon ihre bloße Existenz mit Angst. Dass die Welt so gefährlich, die Feinde der Vampire so mächtig waren, dass sie solche Krieger brauchten, war einfach schwer zu ertragen.

»Du musst dir das nicht antun.«

Marissa drehte sich um und wandte ihm den Rücken zu. »Lass mich.«

Seufzend legte er sich die Hände auf die Knie und stand auf. Seine Erinnerungen an Marissa, bevor sie begonnen hatte, ihrem furchtbaren König zu Diensten zu sein, waren sehr schwach. Er wusste kaum noch, wie sie gewesen war, und er fürchtete, die heitere, lächelnde junge Frau war für immer verloren.

Und wer hatte ihren Platz eingenommen? Ein trauriger, fügsamer Schatten, der durch das Haus schwebte und sich nach einem Mann verzehrte, der sie ohne jede Achtung behandelte.

»Bitte denk doch noch mal über das Essen nach«, bat Havers sanft. »Ich würde mich sehr über deine Gesellschaft freuen.«

Leise schloss er die Tür und ging die prunkvolle, gewundene Treppe hinunter. Der Esszimmertisch war genau so gedeckt, wie er es gerne hatte, vollständig mit Porzellan, Kristallglas und Tafelsilber.

Er setzte sich ans Kopfende des schimmernden Tisches, und eine seiner *Doggen* kam herein, um ihm etwas Wein zu servieren.

Havers sah auf dem Teller vor sich Buttersalat und zwang sich zu einem Lächeln. »Karolyn, das ist ja ein wunderbarer Salat.«

Karolyn senkte den Kopf, ihre Augen leuchteten bei dem Lob. »Ich bin heute extra zum Markt gegangen, um genau den richtigen zu finden.«

»Das weiß ich wirklich zu schätzen.« Havers piekte mit der Gabel in eines der zarten grünen Blätter, während sie ihn allein in dem prächtigen Raum ließ.

Er dachte an seine Schwester, die zusammengekauert in ihrem Bett lag.

Ein Heiler zu sein war nicht nur sein Beruf, es lag auch in seiner Natur. Er war ein Mann, der sein gesamtes Leben dem Dienst an anderen gewidmet hatte. Doch sollte Wrath jemals schwer genug verletzt werden, um ihn aufzusuchen, wäre Havers stark in Versuchung, diese Bestie verbluten zu lassen.

Oder ihn auf dem OP-Tisch mit einem raschen Skalpellschnitt zu töten.

10

Beth kam langsam wieder zu Bewusstsein. Es war, als würde sie aus erfrischendem, seidigem Wasser auftauchen. In ihrem Körper war ein Leuchten, eine tiefe Befriedigung, als sie der dämmrigen Welt des Schlafes entstieg.

Da war etwas auf ihrer Stirn.

Ihre Augenlider sprangen auf. Lange männliche Finger bewegten sich über ihren Nasenrücken, dann fuhren sie über ihre Wange hin zum Kieferknochen.

Aus der Küche drang ausreichend Licht herüber, so dass sie den neben ihr liegenden Mann schemenhaft erkennen konnte.

Sein Gesicht wirkte hochkonzentriert, während er ihr Gesicht erforschte. Die Augen waren geschlossen, die geschwungenen Augenbrauen nach unten gezogen, seine dichten Wimpern lagen auf den hohen, königlichen Wangenknochen. Er lag auf der Seite, seine Schultern blockierten ihre Sicht auf die Glastür.

Du meine Güte, er war riesig. Und imposant gebaut.

Die Muskeln seiner Oberarme traten deutlich hervor. Die Bauchmuskeln zeichneten sich so klar ab, als schmuggle er Farbrollen unter der Haut. Seine Beine waren muskulös. Und sein Geschlecht war so groß und prächtig wie der ganze Rest seines Körpers.

Als sein nackter Körper sich zum ersten Mal an sie gepresst hatte, war sie erschrocken gewesen. Er hatte keinerlei Beharrung auf dem Oberkörper, den Armen oder Beinen. Nur glatte Haut über harten Muskeln.

Warum er sich wohl am ganzen Körper rasierte, sogar da unten? Vielleicht war er ein Bodybuilder.

Obwohl auch das nicht erklären würde, warum er mit dem Rasieren so gründlich war.

Sie konnte sich nur vage erinnern, was zwischen ihnen geschehen war. Wie er überhaupt in ihre Wohnung gekommen war. Oder was er zu ihr gesagt hatte. Alles, was in der Horizontalen passiert war, hatte sie allerdings noch verdammt lebhaft vor Augen.

Was nicht groß verwunderlich war, immerhin hatte er ihr die ersten Orgasmen ihres Lebens beschert.

Die Fingerspitzen wanderten um ihr Kinn und hoch zu den Lippen. Er fuhr mit dem Daumen über ihre Unterlippe.

»Du bist wunderschön«, flüsterte er. Sein kaum merklicher Akzent äußerte sich in einem leicht rollenden R, fast als schnurre er.

Wie könnte es anders sein, dachte sie. Wenn er sie berührte, fühlte sie sich auch wunderschön.

Sein Mund senkte sich auf ihren, doch er suchte nichts. Dieser Kuss war keine Forderung, es war eher ein Dankeschön.

Irgendwo im Raum hörte man ein Handy. Das war nicht ihr Klingelton.

Er bewegte sich so schnell, dass sie zusammenfuhr. Im einen Augenblick lag er noch neben ihr; im nächsten Moment kniete er bei seiner Jacke. Er klappte das Telefon auf.

»Ja?« Die Stimme, mit der er ihr gesagt hatte, sie sei schön, war verschwunden. Jetzt knurrte er.

Sie zog das Laken über der Brust zusammen.

»Wir treffen uns bei D. Ich bin in zehn Minuten da.«

Er legte auf, steckte das Handy zurück in die Jacke und hob seine Hose auf. Seine plötzliche Hektik holte sie zurück in die Realität.

Mein Gott, hatte sie wirklich gerade Sex – richtig, richtig guten Wahnsinnssex – mit einem vollkommen Fremden gehabt?

»Wie heißt du?«, fragte sie.

Als er sich das schwarze Leder über die Oberschenkel zog, erhaschte sie einen erstklassigen Blick auf seinen Hintern.

»Wrath.« Er ging zum Tisch und holte seine Sonnenbrille. Als er sich neben sie aufs Bett setzte, hatte er sie schon wieder auf der Nase. »Ich muss jetzt los. Vielleicht schaffe ich es nicht, aber ich werde versuchen, heute Nacht noch mal zurückzukommen.«

Sie wollte nicht, dass er ging. Sie mochte das Gefühl, dass sein Körper mehr als die gerechte Hälfte ihres Futons einnahm.

Sehnsüchtig streckte sie die Hände nach ihm aus, doch dann zog sie ihre Finger zurück. Sie wollte nicht den Eindruck erwecken, es *so* nötig zu haben.

»Doch, fass mich an.« Er beugte sich zu ihr, so dass sie ihn berühren konnte.

Sie legte die Handfläche auf seine Brust. Die Haut dort war warm, sein Herz klopfte ruhig und gleichmäßig. Auf dem linken Brustmuskel bemerkte sie eine kreisförmige Narbe.

»Ich muss etwas wissen, Wrath.« Sein Name fühlte sich

gut an auf ihrer Zunge, auch wenn er seltsam klang. »Was zum Teufel machst du hier?«

Er lächelte ein bisschen, als gefiele ihm ihr Misstrauen. »Ich bin hier, um mich um dich zu kümmern, Elizabeth.«

Das hatte er ja auch getan.

»Beth. Ich werde Beth genannt.«

Er legte den Kopf zur Seite. »Beth.«

Er stand auf und griff nach seinem Hemd. Mit den Händen tastete er darüber, als suche er nach den Knöpfen.

Er würde nicht viele finden, dachte sie. Die meisten davon lagen auf dem Fußboden.

»Hast du hier einen Mülleimer?«, fragte er, als würde ihm das auch gerade klar.

»Da drüben. In der Ecke.«

»Wo?«

Sie stand auf, immer noch das Laken um sich gewickelt, und nahm ihm das Hemd ab. Es wegzuwerfen, erschien ihr wie eine verpasste Gelegenheit.

Als sie ihn wieder ansah, hatte er sich bereits ein schwarzes Halfter über die nackte Haut gezogen. Zwei Dolche hingen gekreuzt über seiner Brust, mit den Griffen nach unten.

Seltsamerweise beruhigte sie der Anblick der Waffen. Die Vorstellung, dass es für sein Auftauchen eine logische Erklärung gab, war erleichternd.

»War das Butch?«

»Butch?«

»Der dich als Wache abgestellt hat.«

Er zog sich die Jacke an, durch deren Gewicht sich seine Schultern strafften. Das Leder war genauso schwarz wie seine Haare, der Aufschlag trug ein kompliziertes aufgesticktes Muster, ebenfalls in Schwarz.

»Der Mann, der dich gestern Abend angegriffen hat. War das ein Fremder?«

»Ja.« Sie schlang die Arme um sich.

»War die Polizei freundlich zu dir?«

»Die Polizei ist immer freundlich zu mir.«

»Haben sie dir seinen Namen gesagt?«

Beth nickte. »Ja. Ich konnte es selbst nicht glauben. Als Butch mir das erzählt hat, dachte ich, er macht einen Witz. Billy Riddle klingt eher nach Sesamstraße als nach einem Vergewaltiger. Aber er wusste eindeutig, was er tat und schien Übung darin zu haben –«

Sie hielt inne. Wraths Gesicht hatte einen so brutalen Ausdruck bekommen, dass sie unwillkürlich einen Schritt zurück machte.

Lieber Himmel, Butch war sicherlich nicht zimperlich mit Missetätern, aber dieser Kerl hier hatte einen echten Killerinstinkt.

Doch dann veränderte sich seine Miene wieder, als hätte er seine Gefühle versteckt, um sie nicht zu ängstigen. Er ging zum Badezimmer und öffnete die Tür. Boo sprang ihm ansatzlos auf den Arm und ein tiefes, rhythmisches Schnurren durchbrach die schwüle Luft.

Nur, dass es eindeutig nicht von dem Kater kam.

Das kehlige Vibrieren kam aus dem Mann, der ihr Haustier im Arm hielt. Boo genoss die Aufmerksamkeit und rieb seinen Kopf in der großen Handfläche, die ihn streichelte.

»Ich gebe dir meine Handynummer, Beth. Du musst mich anrufen, wenn du dich irgendwie bedroht fühlst.« Er setzte die Katze auf den Boden und zählte einen Haufen Ziffern auf, die sie so oft wiederholen musste, bis sie die Nummer auswendig kannte. »Wenn ich dich heute Nacht nicht mehr sehe, möchte ich, dass du morgen früh in die Wallace Avenue Nummer 816 kommst. Dann erkläre ich dir alles.«

Er sah sie einfach nur an.

»Komm her«, sagte er.

Ihr Körper gehorchte, bevor ihr Gehirn noch irgendwelche anders lautenden Befehle geben konnte.

Er legte einen Arm um ihre Taille und zog sie an seinen Körper. Heiß und hungrig legten sich seine Lippen auf ihre, während er seine andere Hand in ihrem Haar vergrub. Durch seine Lederhose konnte sie spüren, dass er schon wieder bereit zum Sex war.

Und sie war bereit, ihn zu empfangen.

Als er seinen Kopf wieder hob, ließ er die Hand beiläufig über ihr Schlüsselbein gleiten. »Das war eigentlich nicht Teil des Plans.«

»Ist Wrath dein Vor- oder dein Nachname?«

»Beides.« Er hauchte ihr einen Kuss seitlich auf den Hals und saugte an der zarten Haut. Beth ließ den Kopf in den Nacken fallen und seine Zunge wanderte weiter nach oben. »Beth?«

»Hm?«

»Mach dir keine Sorgen um Billy Riddle. Er bekommt, was er verdient.«

Rasch küsste er sie noch einmal und ging dann durch die Schiebetür nach draußen.

Sie legte ihre Hand auf die Stelle am Hals, über die er geleckt hatte. Die Haut prickelte.

Schnell lief Beth zum Fenster und zog den Vorhang beiseite.

Er war schon weg.

Wrath materialisierte sich in Darius' Salon.

Er hatte nicht damit gerechnet, dass all das an diesem Abend geschehen würde. Und diese Extraportion Komplikationen würde nicht gerade hilfreich sein.

Sie war Darius' Tochter. Ihre Welt würde bald vollkommen auf den Kopf gestellt werden. Und noch schlimmer, sie war erst am vergangenen Abend Opfer eines sexuellen Übergriffs geworden.

Wenn er ein Gentleman wäre, hätte er sie in Ruhe gelassen. Ach, und wann bitteschön hatte er sich zuletzt standesgemäß benommen?

Rhage tauchte vor ihm auf. Der Vampir trug heute einen langen schwarzen Trenchcoat über seiner Lederhose, und der Kontrast zu seiner blonden Schönheit war zweifellos überaus reizvoll. Jeder wusste, dass dieser Bruder sein Aussehen gnadenlos beim anderen Geschlecht ausnutzte, und dass er nach einer harten Nacht auf der Straße zur Entspannung am liebsten eine Frau hatte. Oder zwei.

Wenn Sex Kalorien hätte, wäre Rhage krankhaft fett.

Aber in ihm steckte mehr als ein hübsches Gesicht. Der Krieger war der beste Kämpfer der Bruderschaft, der stärkste, der schnellste, der verlässlichste. Er war von Geburt an mit überdurchschnittlichen körperlichen Kräften ausgestattet gewesen und zog es vor, den *Lessern* mit bloßen Händen entgegenzutreten. Die Dolche hob er sich für den Schluss auf. Das war die einzige Möglichkeit für ihn, etwas Befriedigung aus seiner Arbeit zu ziehen. Sonst dauerten die Kämpfe einfach nicht lang genug.

Von allen Brüdern war Mr Hollywood derjenige, über den alle jungen Männer ihrer Art sprachen, den sie alle verehrten, den sie nachahmen wollten. Natürlich nur, weil sein Fanclub nur den schönen Schein und die glatte Oberfläche sah.

Rhage war verflucht. Und zwar buchstäblich. Er hatte sich einigen ernsthaften Ärger eingebrockt, direkt nach seiner Transition. Und die Jungfrau der Schrift, die von dem Schleier aus über die Spezies wachte, hatte ihm eine höllische Strafe auferlegt. Zweihundert Jahre Aversionstherapie. Jedes Mal, wenn er die Beherrschung verlor.

Der arme Teufel konnte einem wirklich leid tun.

»Wie geht's uns denn heute Nacht?«, fragte Rhage.

Wrath schloss kurz die Augen. Verschwommen blitzte Beths Bild in ihm auf, wie sie sich ihm entgegen bog, als er zwischen ihren Beinen den Kopf hob, um sie anzusehen. Als er sich daran erinnerte, wie sie schmeckte, ballten sich seine Hände zu Fäusten, bis die Knöchel knackten.

Ich bin hungrig, dachte er.

»Von mir aus können wir los«, sagte er.

»Moment mal. Was ist das?« Rhages Stimme klang streng.

»Was ist was?«

»Dieser Ausdruck auf deinem Gesicht. Und um Himmels Willen, wo ist dein Hemd?«

»Halt die Klappe.«

»Was zum … ich fasse es nicht.« Rhage musste lachen. »Du hast heute Nacht eine Premium-Nummer geschoben, stimmt's?«

Beth war keine Nummer. Auf keinen Fall, und zwar nicht nur, weil sie Darius' Tochter war.

»Schnauze, Rhage. Ich bin nicht in Stimmung für dein Gequatsche.«

»Hey, ich bin der Letzte, der das schlimm findet. Aber ich muss einfach fragen: War sie gut? Du siehst nicht besonders entspannt aus, Bruder. Vielleicht sollte ich ihr noch ein oder zwei Sachen beibringen, und dann probiert ihr es noch mal miteinander –«

Wrath machte Rhages Rücken in aller Ruhe mit der Wand bekannt, wobei er fast einen kostbaren Spiegel mit seinen Schultern herunterholte. »Entweder hältst du jetzt deine Fresse, oder ich mach dich einen Kopf kürzer. Du kannst es dir aussuchen, Hollywood.«

Sein Bruder machte nur Spaß, aber aus irgendeinem Grund hatte es etwas Entweihendes, die Erfahrung mit Beth mit Rhages Sexleben zu vergleichen.

Und vielleicht war Wrath ein ganz kleines Bisschen eifersüchtig.

»Und, schon entschieden?«, brummte er.

»Schon kapiert.« Der andere Vampir grinste, seine weißen Zähne blitzten in seinem umwerfenden Gesicht auf. »Aber jetzt mach dich mal locker. Normalerweise verschwendest du deine Zeit nicht mit Frauen, ich freue mich einfach nur, dass du es getan hast, mehr nicht.«

Wrath ließ ihn los.

»Obwohl sie echt nicht so besonders –«

Wrath zog einen Dolch und versenkte ihn zwei Zentimeter neben Rhages Kopf in der Wand. Das Geräusch von Stahl, der durch Putz schlägt, hatte einen hübschen Klang, fand er.

»Reiz mich nicht bei diesem Thema, klar?«

Der Bruder nickte langsam, während der Griff des Dolches neben seinem Ohr noch zitterte. »Äh, ja. Ich glaube, das hab ich jetzt verstanden.«

Tohrments Stimme durchbrach die Anspannung. »Hey! Rhage, redest du dich wieder um Kopf und Kragen?«

Wrath blieb noch einen Moment unbewegt stehen, nur um sicherzugehen, dass seine Botschaft angekommen war. Dann zog er mit einem Ruck das Messer aus der Wand, trat einen Schritt zurück und fing an, im Zimmer auf und ab zu laufen, während die anderen Brüder eintrafen.

Als Vishous eintrat, nahm Wrath den Krieger beiseite. »Du musst mir einen Gefallen tun.«

»Jeden.«

»Ein Mensch. Billy Riddle. Befrag deinen Zaubercomputer. Ich muss wissen, wo er wohnt.«

V strich sich über das Ziegenbärtchen. »Hier in der Stadt?«

»Ich glaube schon.«

»Ist so gut wie erledigt, Herr.«

Als alle da waren, und sogar Zsadist sie mit seinem pünktlichen Eintreffen beehrt hatte, brachte Wrath den Stein ins Rollen.

»Was konntest du aus Strauss' Handy rauskriegen, V?«

Vishous zog sich die Sox-Kappe vom Kopf und kämmte sein dunkles Haar mit den Fingern. Während er die Kappe wieder aufsetzte, sagte er. »Unser Freund hing gern mit Muskelprotzen, Möchtegern-Soldaten und Jackie-Chan-Fans rum. Da waren Anrufe bei Gold's Fitnessstudio, einer Gotcha-Halle und zwei Kampfsportstudios. Ach ja, und er mochte Autos. Die Nummer einer Werkstatt war auch eingespeichert.«

»Irgendwas Persönliches?«

»Wenig. Eine Festnetznummer, die vor zwei Tagen abgemeldet wurde. Die anderen waren Mobilnummern, nicht nachzuverfolgen, nicht aus der Stadt. Ich habe alle mehrmals angerufen, aber niemand hat abgehoben. Schon übel, so eine Anruferkennung, was?«

»Vorstrafenregister?«

»Hab ich auch überprüft. Typische Jugenddelikte, leichter Hang zur Gewalttätigkeit. Er passt perfekt ins *Lesser*-Profil.«

»Was ist mit seiner Wohnung?« Wrath sah über die Schulter die Zwillinge an.

Phury warf seinem Bruder einen kurzen Blick zu und übernahm dann das Reden. »Dreizimmerwohnung am Fluss. Lebte allein. Hatte nicht viel Zeug. Paar Kanonen unter dem Bett. Bisschen Silbermunition. Schusssichere Weste. Und eine Pornosammlung, die er offenbar nicht mehr benutzt hat.«

»Hast du dir seine Kanope geschnappt?«

»Ja. Sie ist bei mir zu Hause. Ich bringe sie später in die Grotte.«

»Gut.« Wrath sah die ganze Gruppe an. »Wir trennen

uns jetzt. Nehmen mal diese Läden unter die Lupe. Ich will in die Gebäude rein. Was wir suchen, ist ihre Schaltzentrale. Möglicherweise ist sie hier in der Gegend.«

Er teilte die Brüder in Zweiergruppen ein. Vishous ging mit ihm selbst. Den Zwillingen gab er den Auftrag, zum Fitnessstudio und zu dem Gotcha-Verein zu gehen. Tohrment und Rhage wurden die Kampfsportstudios zugeteilt. Er und Vishous würden sich die Autowerkstatt näher ansehen. Mit etwas Glück würden sie fündig. Denn wenn jemand eine Bombe an einem Auto anbringen wollte, wäre doch wohl eine Hebebühne nicht unpraktisch, oder?

Bevor sie alle loszogen, kam Hollywood noch mal zu ihm. Sein Gesichtsausdruck war ungewöhnlich ernst.

»Wrath, Mann, du weißt, ich kann ein echtes Arschloch sein«, begann er. »Ich wollte dir nicht zu nahe treten. Ich werde nie wieder davon anfangen.«

Wrath lächelte. Das Problem an Rhage war, dass er sich miserabel unter Kontrolle hatte. Er war viel zu impulsiv. Was sowohl seine große Klappe als auch seine ausschweifenden sexuellen Abenteuer erklärte.

Und das war schon schlimm genug, wenn er sich voll unter Kontrolle hatte. Sobald der Fluch den Psycho-Schalter in ihm umlegte, und das Tier in ihm brüllend zum Leben erwachte, war alles vorbei.

»Ich mein es ernst, Mann«, wiederholte der Vampir.

Wrath schlug seinem Bruder auf die Schulter. Im Großen und Ganzen war Rhage ein echter Kumpel. »Vergeben und vergessen.«

»Du kannst mir jederzeit eine aufs Maul hauen, wenn ich's vergesse.«

»Glaub mir, das werd ich auch.«

Mr X fuhr zu einer kleinen Querstraße in der Stadt, die unbeleuchtet und zu beiden Seiten hin offen war. Nachdem er den Wagen rückwärts hinter einem Müllcontainer geparkt hatte, warf er sich Cherry Pie über die Schulter und ging zwanzig Meter vom Minivan weg. Sie stöhnte ein bisschen, weil sie gegen seinen Rücken wippte; als wollte sie in ihrem Rausch nicht gestört werden.

Er legte sie auf dem Boden ab, und sie wehrte sich überhaupt nicht, als er ihr die Kehle aufschlitzte. Dann sah er eine Weile zu, wie das glänzende Blut aus ihrem Hals quoll. Im Dunkeln sah es aus wie Motoröl. Er legte einen Finger in die Flüssigkeit und schnupperte daran. Er konnte alle möglichen Krankheiten am Geruch erkennen, und er fragte sich, ob sie wohl gewusst hatte, dass sie Hepatitis C im fortgeschrittenen Stadium hatte. Eigentlich tat er ihr also einen Gefallen, indem er sie vor einem unangenehmen, schleichenden Tod bewahrte.

Nicht, dass es ihm etwas ausgemacht hätte sie zu töten, wenn sie kerngesund gewesen wäre.

Er wischte den Finger an ihrem T-Shirt ab und ging zu einem Abfallhaufen. Eine alte Matratze, genau das, was er brauchte. Er lehnte sie an die Ziegelwand und kauerte sich dagegen. Der eklige, schweißige Gestank ließ ihn völlig unberührt. Er holte seine Pfeilpistole heraus und wartete.

Frisches Blut lockte zivile Vampire an wie ein überfahrenes Tier die Krähen.

Und tatsächlich tauchte kurz darauf eine Gestalt am Ende der Gasse auf. Sie sah sich nach rechts und links um und eilte dann weiter. Mr X wusste, was sich da näherte, musste sein, wonach er suchte. Cherry Pie lag verborgen im Dunkeln. Nichts konnte auf sie aufmerksam machen außer dem dezenten Duft ihres Blutes, etwas, das eine menschliche Nase niemals gewittert hätte.

Der junge männliche Vampir war gierig in seinem Durst, er machte sich über Cherry Pie her, als hätte jemand ein Büffet für ihn aufgebaut. Er war so mit dem Trinken beschäftigt, dass ihn der erste Pfeil eiskalt erwischte und sich in seine Schulter bohrte. Sein unmittelbarer Instinkt war es, seine Nahrung zu schützen, also schleifte er Cherry Pie hinter einige verbeulte Mülltonnen.

Als der zweite Pfeil ihn traf, wirbelte er herum und sprang auf die Füße, die Augen auf die Matratze gerichtet.

Mr X spannte sich an, doch der Vampir attackierte ihn mit mehr Aggression als Kompetenz. Seine Körperbewegungen waren unkoordiniert, vermutlich lernte er gerade noch, seine Gliedmaßen nach der Transition wieder zu kontrollieren.

Zwei weitere Pfeile konnten ihn auch nicht ruhig stellen. Das Sedativ reichte eindeutig nicht aus. Mr X war gezwungen, sich auf einen Kampf mit ihm einzulassen. Problemlos verpasste er ihm einen Tritt gegen den Kopf. Der Junge stieß ein Schmerzensgeheul aus und klatschte betäubt auf den schmutzigen Asphalt.

Der Lärm erregte Aufsehen.

Glücklicherweise waren es nur zwei *Lesser*, keine neugierigen Menschen, oder noch ärgerlicher, die Polizei. Die *Lesser* blieben an der Mündung der Straße stehen und beschlossen nach kurzer Beratung, die Sache näher in Augenschein zu nehmen.

Mr X fluchte; er war nicht bereit, sich oder sein Vorhaben zu enthüllen. Er musste erst die Haken seiner Informationsbeschaffungs-Strategie herausfinden und eliminieren, bevor er sie präsentierte und seinen *Lessern* ihre Rollen zuteilte. Ein Anführer sollte niemals einem anderen einen Auftrag geben, den er nicht selbst vorher schon einmal erledigt hatte, und zwar gut.

Außerdem lag diese Vorgehensweise auch in seinem eigenen Interesse. Man konnte nie wissen, wer von den Jägern vielleicht versuchen würde, direkt zu Omega zu gehen und entweder die Idee als seine eigene zu verkaufen oder

Misserfolge in der Testphase zu melden. Gott wusste, dass Omega immer empfänglich für Initiativen und neue Ideen war. Doch was Loyalität betraf, konnte er durchaus noch Nachhilfe gebrauchen.

Um es auf den Punkt zu bringen: Omegas Version einer Kündigung war schnell und entsetzlich. Wie Mr X's ehemaliger Chef vor drei Nächten schmerzlich erfahren musste.

Mr X zog die Pfeile aus dem Körper. Er hätte den Vampir lieber getötet, doch dazu reichte die Zeit nicht. Er ließ ihn, immer noch stöhnend, auf dem Boden liegen und rannte die Straße hinunter, immer ganz nah an der Mauer. Die Scheinwerfer am Auto machte er erst an, als er sich wieder in den Verkehr eingefädelt hatte.

11

Beths Wecker ging los, und sie brachte ihn durch einen gezielten Schlag zum Schweigen. Das Brummen war überflüssig; sie war seit mindestens einer Stunde wach, in ihrem Kopf summte es wie in einem Bienenkorb. Mit dem Morgengrauen war das Geheimnis dieser heißen Nacht verblasst, und sie musste sich dem stellen, was sie getan hatte.

Der Gedanke an ungeschützten Sex mit einem völlig Fremden war ein höllischer Weckruf.

Was hatte sie sich nur dabei gedacht? So etwas hatte sie noch nie zuvor getan. Immer hatte sie auf Schutz geachtet. Gott sei Dank nahm sie wenigstens die Pille, um ihre sporadische Menstruation zu regulieren, aber wenn sie an die anderen möglichen Konsequenzen nur dachte, drehte sich ihr der Magen um.

Wenn sie ihn das nächste Mal sah, würde sie ihn einfach fragen, ob er gesund war und beten, dass sie seine Antwort auch hören wollte. Und dass sie der Wahrheit entsprach.

Vielleicht hätte sie Gummis da gehabt, wenn sie sie häufiger brauchen würde. Aber wann hatte sie zum letzten Mal mit jemandem geschlafen? Lange her. Länger als die Mindesthaltbarkeit von Kondomen.

Diese Durststrecke in Sachen Sex hatte mindestens so viel mit ihrem mangelnden Interesse zu tun wie mit irgendwelchen moralischen Überlegungen. Männer standen einfach nicht besonders weit oben auf ihrer Prioritätenliste. Eher im unteren Bereich, ungefähr bei Zahnreinigung und Autoinspektion. Und sie hatte gar kein Auto mehr.

Schon oft hatte sie überlegt, ob mit ihr etwas nicht stimmte, besonders wenn sie auf der Straße Händchen haltende Pärchen sah. Die meisten Leute in ihrem Alter waren wild auf der Suche nach heiratsfähigen Kandidaten. Sie nicht. Sie hatte einfach noch nie ein brennendes Verlangen nach einem Mann gespürt und hatte sogar schon mal die Möglichkeit in Betracht gezogen, sie könne lesbisch sein. Leider fühlte sie sich aber auch von Frauen nicht angezogen.

Die vergangene Nacht war also eine Offenbarung gewesen.

Beth streckte sich, eine köstliche Anspannung machte sich in ihren Oberschenkeln breit. Als sie die Augen schloss, spürte sie ihn wieder in sich, spürte ihn tief und hart in sie eindringen und sich wieder zurückziehen, bis zu jenem Moment, als er sich mit einem machtvollen Stoß in sie ergossen hatte, die Arme fest um sie geschlungen.

Unwillkürlich bäumte sich ihr Körper auf, ihre Fantasie war so intensiv, dass es zwischen ihren Beinen zu pochen anfing. Der Nachhall ihrer Orgasmen ließ sie sich auf die Lippen beißen.

Ächzend stand sie auf und steuerte aufs Badezimmer zu. Als sie sein zerrissenes Hemd im Papierkorb entdeckte, hob sie es auf und schmiegte ihre Wange hinein. Der schwarze Stoff roch nach ihm.

Das Pochen wurde stärker.

Woher kannten er und Butch sich wohl?

War er auch bei der Polizei? Sie hatte ihn nie zuvor gesehen, doch es gab einige Cops auf der Wache, die sie noch nicht kannte.

Sitte, dachte sie. Er muss beim Sittendezernat sein. Oder vielleicht Leiter eines SEKs.

Denn er war definitiv ein Mann, der Ärger suchte und der nicht zimperlich war, wenn er ihn fand.

Sie kam sich vor wie sechzehn, als sie das Hemd unter ihr Kissen schob. Dann entdeckte sie ihren BH auf dem Boden. Lieber Himmel, er sah aus, als hätte man ihn vorne auseinander geschnitten, als wäre er von einem scharfen Gegenstand aufgeschlitzt worden.

Merkwürdig.

Eine schnelle Dusche und ein Frühstück später – bestehend aus zwei Keksen, einer Handvoll Cracker und einem Schluck O-Saft – war sie zu Fuß auf dem Weg zum Büro. Eine halbe Stunde starrte sie schon auf ihren Bildschirmschoner, als das Telefon klingelte. Es war José.

»Wir hatten schon wieder eine harte Nacht«, gähnte er.

»Noch eine Bombe?«

»Nee. Eine Leiche. Eine Prostituierte wurde mit aufgeschlitzter Kehle an der Ecke Third und Trade aufgefunden. Wenn du auf die Wache kommst, zeige ich dir die Bilder und den Bericht. Inoffiziell, versteht sich.«

Innerhalb von zwei Minuten war sie auf der Straße. Sie würde erst schnell bei der Polizei vorbeischauen und dann zu dieser Adresse in der Wallace Avenue gehen.

Sie konnte nicht so tun, als brenne sie nicht darauf, ihren nächtlichen Besucher wiederzusehen.

Auf dem Weg zum Revier schien die Sonne gnadenlos hell, und Beth wühlte in ihrer Tasche nach ihrer Sonnenbrille. Als auch das nicht ausreichte, schirmte sie die Augen noch zusätzlich mit der Hand ab. Erleichtert betrat sie das kühle, dämmrige Polizeigebäude.

José war nicht in seinem Raum, aber sie traf Butch, als der gerade sein Büro verließ.

Er lächelte sie ironisch an, die Winkel seiner haselnussbraunen Augen legten sich in Falten. »Wir dürfen uns nicht mehr so oft treffen.«

»Ich habe gehört, ihr habt einen neuen Fall.« Sie ging auf seine Bemerkung nicht ein.

»Das kann ich mir denken.«

»Möchten Sie einen Kommentar abgeben, Detective?«

»Wir haben heute Morgen schon eine Erklärung abgegeben.«

»Die zweifellos vollkommen inhaltsfrei war. Komm schon, kannst du mir nicht ein paar Sätzchen dazu sagen?«

»Nicht offiziell.«

»Und inoffiziell?«

Er nahm einen Kaugummi aus der Tasche, wickelte ihn mechanisch aus, faltete ihn und steckte ihn in den Mund. Sie glaubte sich zu erinnern, dass er früher mal geraucht hatte, aber in letzter Zeit nicht mehr. Was vermutlich den hohen Kaugummikonsum erklärte.

»Vertraulich, O'Neal«, wiederholte sie. »Versprochen.«

Er deutete mit dem Kopf über die Schulter. »Dann brauchen wir eine geschlossene Tür.«

Sein Büro hatte ungefähr die Größe ihres Arbeitsplatzes in der Redaktion, aber wenigstens hatte es eine Tür und ein Fenster. Seine Möbel waren allerdings wenig ansprechend. Der Holzschreibtisch war uralt und sah aus, als hätte ihn mal ein Schreiner als Werkbank benutzt. Splitter standen heraus, und die Lasur war so zerkratzt, dass der Tisch das Neonlicht aufsaugte, als sei er durstig.

Butch warf ihr eine Akte hinüber, bevor er sich hinsetzte. »Sie wurde hinter ein paar Mülltonnen gefunden. Der

Großteil ihres Blutes ist in der Kanalisation gelandet, aber der Gerichtsmediziner meint, Spuren von Heroin in ihrem Organismus gefunden zu haben. Sie hatte vorher Sex, aber das ist nicht gerade verwunderlich.«

»O mein Gott, das ist ja Mary«, stieß Beth hervor, als sie das furchtbare Foto sah. Sie sank auf ihrem Stuhl zurück.

»Einundzwanzig Jahre alt.« Butch fluchte leise. »Was für eine Verschwendung.«

»Ich kannte sie.«

»Von der Wache?«

»Von früher. Sie lebte eine Zeitlang in derselben Pflegefamilie wie ich. Später bin ich ihr ab und zu begegnet. Normalerweise hier.«

Mary Mulcahy war ein wunderschönes kleines Mädchen gewesen. Nach nur einem Jahr bei Beths Familie war sie zurück zu ihrer leiblichen Mutter geschickt worden. Zwei Jahre später übernahm der Staat wieder das Sorgerecht, nachdem sie von ihrer Mutter eine komplette Woche allein gelassen worden war. Mit sieben Jahren. Sie hatte erzählt, dass sie sich von trockenem Mehl ernährt hatte, als ihr das Essen ausgegangen war.

»Ich hab schon gehört, dass du in staatlicher Fürsorge warst.« Butch wurde nachdenklich, als er sie ansah. »Darf ich fragen, warum?«

»Was denkst du denn? Keine Eltern.« Sie schloss die Akte und legte sie zurück auf den Schreibtisch. »Habt ihr eine Waffe gefunden?«

Seine Augen verengten sich, aber nicht unfreundlich. Er schien mit sich zu kämpfen, ob er ihre Frage beantworten oder das Thema wechseln sollte.

»Waffe?«, forderte sie ihn nochmals auf.

»Wieder ein Wurfstern. Wies Blutspuren auf, aber nicht ihres. Außerdem haben wir noch an zwei Stellen eine Art Pulver entdeckt, als hätte jemand Leuchtraketen gezündet und auf den Boden gelegt. Schwer vorstellbar allerdings, dass der Killer die Aufmerksamkeit auf die Leiche lenken wollte.«

»Glaubst du, der Mord an Mary und die Autobombe stehen in Zusammenhang?«

Er zuckte die Achseln, ein lässiges Anheben seiner breiten Schultern. »Vielleicht. Aber wenn jemand wirklich Big Daddy etwas heimzahlen wollte, hätte er sich jemanden gesucht, der höher in der Nahrungskette stand als sie. Er hätte sich gleich ihren Zuhälter geschnappt.«

Beth schloss die Augen und stellte sich Mary als Fünfjährige vor, wie sie vor ihr stand, mit einer Barbiepuppe im zerrissenen Kleid und ohne Kopf unter dem Arm.

»Andererseits«, fuhr Butch fort, »ist das vielleicht nur der Anfang.«

Sie hörte, wie sich sein Stuhl bewegte und sah auf, als er um den Schreibtisch herum zu ihr kam.

»Hast du heute Abend schon was vor?«, fragte er.

»Heute Abend?«

»Ja. Wir könnten ja was essen gehen. Du und ich.«

Der Ironman lud sie zum Essen ein? Schon wieder?

Beth stand auf, sie wollte auf Augenhöhe mit ihm sein. »Ähm, ja – nein, ich meine, danke, aber nein.«

Selbst wenn sie nicht beruflich miteinander zu tun gehabt hätten, sie hatte einfach keinen Kopf für etwas anderes als ihren gestrigen Besucher. Man stelle sich vor. Sich den Abend freizuhalten, nur falls der Mann in Leder sie heute Abend wieder besuchen wollte.

Verdammt, einmal guter Sex, und sie benahm sich schon, als hätten sie eine Affäre? Komm wieder runter, Herzchen.

Butch lächelte zynisch. »Eines Tages kriege ich schon raus, warum du mich nicht leiden kannst.«

»Ich mag dich ja. Du lässt dir von niemandem was gefallen. Und selbst wenn ich deine Methoden eigentlich nicht gutheißen kann, habe ich mich insgeheim doch gefreut, dass du Billy Riddle noch mal die Nase gebrochen hast.«

Butchs harte Gesichtszüge wurden etwas weicher. Er sah ihr tief in die Augen, und sie dachte kurz, sie müsste verrückt sein, sich nicht von ihm angezogen zu fühlen.

»Und danke, dass du gestern Abend deinen Freund vorbeigeschickt hast.« Sie schulterte ihre Tasche. »Obwohl ich zugeben muss, dass ich mich erst zu Tode erschrocken habe.«

Direkt bevor der Mann ihr den interessantesten Verwendungszweck des menschlichen Körper vorgeführt hatte.

Butch runzelte die Stirn. »Was für ein Freund?«

»Du weißt schon. Der Typ, der aussieht wie ein cooler Filmgangster. Der ist von der Sitte, hab ich recht?«

»Wovon zum Teufel sprichst du überhaupt? Ich habe niemanden zu dir geschickt.«

Alle Farbe wich aus ihrem Gesicht.

Und das wachsende Misstrauen und die Besorgnis in Butchs Miene hielten sie davon ab, seinem Gedächtnis weiter auf die Sprünge helfen zu wollen.

Sie ging zur Tür. »Mein Fehler.«

Butch hielt sie am Arm fest. »Wer zur Hölle war gestern in deiner Wohnung?«

Sie wünschte, sie wüsste es.

»Niemand. Wie gesagt, mein Fehler. Bis dann.«

Sie rannte durch die Lobby, ihr Herz schlug in dreifacher Geschwindigkeit. Als sie durch die Tür nach draußen stürmte, knallte ihr die Sonne direkt ins Gesicht. Sie zuckte zusammen.

Eines war klar: Sie würde auf gar keinen Fall heute zu diesem Mann gehen, auch wenn die Wallace Avenue im nobelsten Teil der Stadt lag, und es helllichter Tag war.

Gegen vier Uhr nachmittags stand Wrath kurz davor, zu explodieren.

Er hatte es vergangene Nacht nicht mehr zu Beth geschafft.

Und sie hatte sich am Morgen nicht blicken lassen.

Ihr Nichterscheinen konnte nur zwei Dinge bedeuten: Entweder war ihr etwas passiert, oder sie versetzte ihn mit Absicht.

Mit den Fingerspitzen las er die Zeit von seiner Blindenuhr ab. Noch Stunden bis zum Sonnenuntergang.

Verfluchte Sommertage. Zu lang. Viel zu lang.

Er wanderte ins Badezimmer, spritzte sich Wasser ins Gesicht und stützte seine Arme auf die Marmorablage. Im Schein der Kerze neben dem Waschbecken betrachtete er sich selbst im Spiegel. Viel mehr als einen schemenhaften schwarzen Haarschopf, verschwommene Augenbrauen und den Umriss seines Gesichts konnte er nicht erkennen.

Er war erschöpft. Den ganzen Tag hatte er nicht geschlafen, und die Nacht davor war eine Katastrophe gewesen.

Außer der Teil mit Beth. Das war …

Er fluchte und trocknete sich das Gesicht ab.

Mein Gott, was war nur los mit ihm? In dieser Frau zu sein war von all dem Scheiß gestern Nacht das Allerschlimmste gewesen. Dank dieses umwerfenden kleinen Intermezzos konnte er sich überhaupt nicht konzentrieren, sein Körper befand sich in einem Dauererregungszustand, und seine Laune war total im Keller.

Zumindest Letzteres war für ihn nichts Neues.

O Mann, die vergangene Nacht war wirklich ein Desaster gewesen.

Nachdem die Brüder sich getrennt hatten, waren er und Vishous quer durch die Stadt zu der Autowerkstatt gegangen. Sie war von oben bis unten verrammelt gewesen, und sie hatten sich erst draußen umgesehen und waren dann eingebrochen. Nichts, der Laden diente eindeutig nicht als Basis. Der baufällige oberirdische Teil des Hauses war zu klein gewesen, und sie konnten keinen verborgenen Keller entdecken. Außerdem war die Nachbarschaft nicht ideal; es gab ein paar Imbissbuden, in denen die ganze Nacht hindurch Betrieb war, und eine davon wurde sogar von Polizisten frequentiert. Viel zu auffällig.

Er und Vishous waren schon auf dem Weg zurück zu Darius – mit einem kurzen Umweg über das *Screamer's,* weil V nach einem Grey-Goose-Wodka lechzte –, als der Ärger richtig losging.

Und von da ab ging die Nacht so richtig den Bach hinunter.

Ein ziviler Vampir lag schwer verletzt in einer Querstraße, und zwei *Lesser* wollten ihm gerade den Rest geben. Die Jäger zu töten, hatte etwas länger gedauert, weil sie beide sehr erfahren waren, und als der Kampf endlich endete, war der junge Vampir tot.

Er war grausam gequält worden, sein Körper war wie ein Nadelkissen von kleinen Stichen übersät. Den aufgeschürften Stellen an seinen Knien und dem Kies in den Handflächen nach zu urteilen, hatte er mehrfach versucht, sich wegzuschleppen. Frisches menschliches Blut klebte an seinen Lippen, und der Geruch lag auch in der Luft. Aber sie hatten keine Zeit gehabt, um die Frau zu suchen, die er gebissen hatte.

Denn sie hatten Gesellschaft bekommen.

Direkt nachdem die *Lesser* in einer Rauchwolke ins Nirwana entschwunden waren, heulten die Polizeisirenen los. Ein akustisches Warnsignal, was bedeutete, dass jemand die Kampfgeräusche gehört oder die Lichtblitze gesehen hatte. Sie hatten es gerade noch geschafft, die Leiche in Vishous' Cadillac wegzuschaffen.

Bei Darius zu Hause hatten sie den Toten durchsucht.

In seiner Brieftasche hatten sie einen Zettel mit den Zeichen der Alten Sprache gefunden. Name, Adresse, Alter. Er hatte erst vor sechs Monaten seine Transition gehabt. So verdammt jung.

Eine Stunde vor Morgengrauen hatten sie dann den Leichnam an den äußersten Stadtrand gebracht, zu einem bescheidenen Haus weit abseits in einem Waldstück. Ein älteres Vampirehepaar hatte die Tür geöffnet, und ihr Entsetzen, als sie zwei Krieger vor sich sahen, hatte Wrath entgegengeschlagen wie beißender Brandgeruch. Sie bestätigten, einen Sohn zu haben, woraufhin Vishous zum Wagen gegangen war und die sterblichen Überreste geholt hatte. Der Vater war aus der Tür gestürmt und hatte Vishous seinen Sohn aus den Armen gerissen. Die Mutter konnte Wrath gerade noch auffangen, als sie in sich zusammensank.

Das Wissen, dass der Tod seines Sohnes bereits gesühnt war, hatte den Vater ein wenig getröstet. Doch es war nicht genug gewesen. Nicht für Wrath.

Er würde erst wieder Ruhe finden, wenn alle *Lesser* tot waren.

Wrath schloss die Augen und versuchte, sich zum Beat von Jay-Zs *Black Album* zu entspannen und die Geister der vergangenen Nacht aus seinem Kopf zu vertreiben.

Ein rhythmisches Klopfen übertönte die Musik, und er ließ die Tür aufgehen. »Was ist los, Fritz?«

Der Butler trug ein Silbertablett herein. »Ich war so frei, Euch ein Mahl zuzubereiten, Herr.«

Fritz stellte das Essen auf dem niedrigen Couchtisch ab. Als er den Deckel vom Teller anhob, stieg Wrath der Geruch von Hühnchen mit Kräutern in die Nase.

Wenn er es recht bedachte, hatte er Hunger.

Er ging zum Tisch und setzte sich. Interessiert betrachtete er das schwere Silberbesteck und das Geschirr. »Mann, Darius hatte wirklich was für teures Zeug übrig, was?«

»O ja, Herr. Nur das Beste für meinen Princeps.«

Unauffällig blieb der Butler in der Nähe stehen, während Wrath krampfhaft versuchte, mit dem Besteck das Fleisch von den Knochen abzulösen. Feinmotorik war einfach nicht seine Domäne, und am Ende nahm er einfach das Hühnerbein in die Hand.

»Schmeckt Euch das Huhn, Herr?«

Wrath nickte kauend. »Du bist verdammt geschickt am Herd.«

»Ich bin froh, dass Ihr Euch entschlossen habt, hier zu bleiben.«

»Nicht lange. Aber keine Sorge, ich bringe dir jemanden, auf den du aufpassen kannst.« Wrath stieß die Gabel in etwas, das aussah wie Kartoffelbrei. Es war Reis, und die Körner flogen in hohem Bogen durch die Gegend. Er fluchte und versuchte, ein paar Körner mit dem Finger auf die Zinken zu schieben. »Und sie wird auch viel angenehmer im Umgang sein als ich.«

»Ich kümmere mich lieber um Euch. Und, Herr, ich werde keinen Reis mehr zubereiten. Außerdem werde ich das Fleisch in Zukunft vorschneiden. Das war unaufmerksam von mir.«

Wrath wischte sich den Mund mit der blütenweißen Serviette ab. »Fritz, mach dir nicht die Mühe, mich bei Laune zu halten.«

Ein leises Lachen war zu hören. »Darius hatte ja so Recht, was Euch betrifft, Herr.«

»Dass ich als Partygast nichts tauge? Ja, er war sehr scharfsinnig, das stimmt.« Wrath jagte ein Stück Brokkoli mit der Gabel über den Teller. Verflucht noch mal, er hasste es, zu essen, besonders, wenn ihm jemand dabei zusah. »Hab nie kapiert, warum er unbedingt wollte, dass ich hier wohne. Niemand kann so scharf auf Gesellschaft sein.«

»Es war Euretwegen.«

Wrath kniff die Augen hinter seiner Sonnenbrille zusammen. »Ach.«

»Er machte sich Sorgen, Ihr könntet zu viel allein sein. Keine echte *Shellan,* kein *Doggen.* Er pflegte zu sagen, Eure Einsamkeit sei eine selbst auferlegte Strafe.«

»Tja, das stimmt aber nicht«, unterbrach Wrath den sanften Butler schneidend. »Und wenn du hier bleiben willst, solltest du deine Küchenpsychologie lieber für dich behalten, klar?«

Fritz zuckte zusammen, als habe man ihn geschlagen. Er verbeugte sich tief und zog sich rückwärts zur Tür zurück. »Ich bitte um Vergebung, Herr. Es steht mir nicht im Geringsten zu, auf diese Art und Weise mit Euch zu sprechen.«

Die Tür schloss sich leise.

Wrath lehnte sich im Sofa zurück, die Gabel immer noch fest umklammert.

Jesus Christus. Dieser verdammte *Doggen* konnte einen Heiligen in den Wahnsinn treiben.

Und er war kein bisschen einsam. Nie gewesen.

Rache war ein treuer Gefährte.

Mr X beobachtete die zwei Schüler im Ring. Sie hatten die gleiche Größe, beide achtzehn Jahre alt, beide kräftig gebaut, doch er wusste genau, welcher gewinnen würde.

Und da kam schon der richtige Tritt, schnell und hart, der den Gegner auf die Matte schickte.

Mr X beendete den Kampf und verlor kein Wort, als der Sieger die Hand ausstreckte und dem Verlierer auf die Füße half. Diese Höflichkeitsgeste war ärgerlich, und er hätte am liebsten beide bestraft.

Die oberste Regel der Gesellschaft war eindeutig: Wenn man jemanden am Boden hatte, trat man so lange zu, bis er sich nicht mehr rührte. So einfach war das.

Dennoch, das hier war nur Sport, nicht die wirkliche Welt. Und die Eltern, die ihre Söhnchen ein bisschen Nahkampf trainieren ließen, würden sich bedanken, wenn die lieben Kleinen auf der Bahre nach Hause getragen würden.

Als die beiden Schüler sich vor ihm verbeugten, leuchtete das Gesicht des Verlierers rot, und zwar nicht nur von der Anstrengung. Mr X ließ zu, dass die Klasse ihn anstarrte, er wusste, dass Scham und Verlegenheit wichtige Elemente im Erziehungsprozess waren.

Er nickte dem Sieger zu.

»Gut gemacht. Das nächste Mal holst du ihn aber noch schneller von den Füßen, verstanden?« Dann wandte er sich dem Verlierer zu. Er musterte ihn vom Kopf bis zu den Füßen, bemerkte den schweren Atem, das Zittern der Beine. »Du weißt, was du zu tun hast.«

Der Unterlegene blinzelte verstohlen, während er zu der gläsernen Wand hinüberging, die den Blick zur Eingangshalle freigab. Wie vorgeschrieben, stellte er sich mit dem Gesicht zum Glas, den Kopf hoch erhoben, so dass ihn jeder sehen konnte, der das Gebäude betrat. Sollte er sich die Tränen von den Wangen wischen, müsste er das Ritual in der nächsten Unterrichtsstunde wiederholen.

Mr X teilte den Kurs und ließ die Jungen ihre Übungen machen. Er sah zu, korrigierte Haltungen und Armstellungen, doch im Geiste war er ganz woanders.

Die vergangene Nacht war nicht gut gelaufen. Alles andere als gut.

Als er wieder zu Hause angekommen war, hatte er über den Polizeifunk erfahren, dass man die Prostituierte gegen drei Uhr morgens aufgefunden hatte. Kein Wort über den Vampir. Vielleicht hatten die *Lesser* den Zivilisten mitgenommen, um ein bisschen mit ihm zu spielen.

Sehr ärgerlich, dass die Sache nicht wunschgemäß verlaufen war. Er wollte unbedingt wieder aufbrechen und einen neuen Versuch beginnen. Die tote menschliche Frau als Köder hatte ja bestens funktioniert. Doch die Beruhigungspfeile mussten unbedingt höher dosiert werden. Er hatte für den Anfang eine relativ niedrige Menge genommen, um den Vampir auf keinen Fall versehentlich zu töten. Doch die Wirksamkeit der Droge musste eindeutig verstärkt werden.

Aber nicht heute Nacht.

Mr X warf einen Blick auf den Verlierer.

Heute Nacht stand Mitgliederwerbung auf dem Programm. Ihre Reihen mussten nach der Zerstörung des neuen Rekruten dringend neu aufgefüllt werden.

Vor Jahrhunderten, als es noch viel mehr Vampire gab, hatte auch die Gesellschaft hunderte von Mitgliedern gehabt. Sie waren über den gesamten europäischen Kontinent wie auch über die jungen Siedlungen in Nordamerika verstreut gewesen. Doch nun, da die Vampire so wenige geworden waren, reduzierten sich auch die Reihen der *Lesser*. Es war eine rein praktische Frage. Ein gelangweilter, unterbeschäftiger *Lesser* war ein Ärgernis. Speziell ausgewählt wegen ihrer Neigung zu Gewalttätigkeit, konnte man ihre mörderischen Triebe nicht einfach auf Eis legen, nur weil nicht ausreichend Zielobjekte herumliefen. Eine ganze Reihe von diesen *Lessern* hatte ausgeschaltet werden müssen, weil sie andere im Konkurrenzkampf um höhere Positionen getötet hatten. Diese Art von aggressivem Verhalten kam viel häufiger vor, wenn es nicht genug Arbeit für alle gab.

Oder sie hatten sich zum Spaß Menschen vorgeknöpft, was genauso verheerend war.

Ersteres war eine Schande und eine Unannehmlichkeit. Letzteres war inakzeptabel. Nicht, dass Omega sich um menschliche Todesopfer gekümmert hätte. Ganz im

Gegenteil. Doch die Grundregeln der Vampirjäger waren unauffälliges Benehmen, ein Leben im Schatten, rasches Töten und eine umgehende Rückkehr in die Dunkelheit. Aufmerksamkeit war nicht erwünscht, und nichts beschäftigte die Menschen mehr als ein Haufen toter Leute.

Was ein weiterer Grund dafür war, warum die Rekrutierung neuer Jäger eine heikle Angelegenheit war. Der Nachwuchs hatte die Tendenz, eher hasserfüllt als konzentriert vorzugehen. Das Timing aber war entscheidend, damit der uralte Kampf zwischen Vampiren und der Gesellschaft aufrechterhalten werden konnte.

Trotzdem: die Reihen mussten aufgefüllt werden.

Wieder sah er zu dem Verlierer des Kampfes hinüber und lächelte. Er freute sich auf den Abend.

Um kurz vor sieben fuhr Mr X in die Vororte hinaus. 3461 Pillar Street war leicht zu finden. Er hielt den Hummer an und wartete. Die langsam verstreichende Zeit vertrieb er sich damit, sich die Details des Hauses genauestens einzuprägen. Typisches Mittelklasse-Amerika. 220 Quadratmeter Wohnfläche, mitten in einen winzigen Garten gepflanzt. Die Nachbarn waren nah genug, um morgens die Schrift auf der Milchpackung und abends die Etiketten der Bierdosen zu lesen.

Ein ruhiges, sauberes Leben. Wenigstens von außen betrachtet.

Die Fliegengittertür schwang auf, und der Verlierer des nachmittäglichen Kampfes stürmte heraus, als wäre er im letzten Moment aus einem sinkenden Schiff befreit worden. Mami folgte ihm, blieb auf den Stufen stehen und sah den Jeep vor ihrem Haus an, als wäre er eine Bombe mit brennender Zündschnur.

Mr X kurbelte das Fenster herunter und winkte. Nach einem kurzen Zögern winkte sie zurück.

Der Verlierer – Mr X nannte ihn für sich jetzt nur noch

Loser – sprang in den Hummer, seine Augen leuchteten gierig auf, als er die Ledersitze und die Anzeigen am Armaturenbrett in Augenschein nahm.

»N'Abend«, sagte Mr X und trat aufs Gas.

Der Junge legte hektisch seine Handflächen aneinander und neigte den Kopf. »Sensei.«

Mr X lächelte. »Schön, dass du dich freimachen konntest.«

»Klar, also, wissen Sie, meine Mutter ist bloß eine totale Nervensäge.« Loser versuchte, cool zu sein, und sprach die Worte hart und abschätzig aus.

»Du solltest nicht so über sie sprechen.«

Der Junge kam kurz aus dem Konzept, als er seine Harter-Kerl-Nummer neu überdenken musste. »Ach wissen Sie, sie will immer, dass ich um elf zu Hause bin. Es ist ja unter der Woche, und ich muss morgen früh zur Arbeit.«

»Wir sind sicher pünktlich zurück, keine Sorge.«

»Wohin fahren wir?«

»Auf die andere Seite der Stadt. Ich möchte dich mit jemandem bekannt machen.«

Kurze Zeit später bog Mr X in eine lange, kurvige Auffahrt ein, die sich durch mit Scheinwerfern beleuchtete Bäume und uralt aussehende Marmorstatuen wand. Es gab auch penibel geschnittene Buchsbäume auf dem Anwesen, die wie grüne Verzierungen auf einem Marzipankuchen wirkten. Ein Kamel, ein Elefant, ein Bär. Die Bäume waren von kundigen Gärtnern zugeschnitten worden, es bestand also kein Zweifel daran, was jeder darstellen sollte.

Das nenne ich Baumpflege, dachte Mr X.

»Wow.« Loser verdrehte den Hals nach rechts und links. »Was ist das denn? Ein Park? Sehen Sie sich das an! Ein Löwe. Wissen Sie, ich glaube, ich möchte Tierarzt werden. Das wäre lässig, glaube ich. Also Tiere retten, wissen Sie.«

Der Junge war erst knappe zwanzig Minuten in seinem Wagen, aber Mr X hatte schon die Nase gestrichen voll von ihm. Der Kerl war wie ein Fussel im Essen: so lästig, dass man am liebsten ausspucken wollte.

Und nicht nur, weil er ständig »Wissen Sie« sagte.

Sie bogen um eine Kurve, und der Weg gab den Blick auf eine große Villa frei.

Billy Riddle stand davor, an eine weiße Säule gelehnt. Seine Jeans hingen ihm tief auf der Hüfte, so dass der Bund seiner Unterhose zu sehen war. Mit der einen Hand ließ er einen Schlüsselbund an einer Schnur kreisen. Als er den Hummer sah, richtete er sich gerade auf. Ein Lächeln zerrte an dem Pflaster über seiner Nase.

Loser rutschte auf seinem Sitz herum, als hätte man ihn in eine Falle gelockt.

Billy ging zur Beifahrertür, sein muskulöser Körper bewegte sich mit großer Leichtigkeit. Als er Loser dort sitzen sah, durchbohrte er ihn regelrecht mit einem bösen Blick. Der Kleine machte den Sicherheitsgurt ab und griff nach der Tür.

»Nein«, sagte Mr X. »Billy wird sich hinter dich setzen.«

Loser ließ sich wieder in den Sitz sinken und zupfte nervös an seiner Lippe herum.

Als der Beifahrersitz nicht sofort geräumt wurde, riss Billy die hintere Wagentür auf und stieg ein. Im Rückspiegel begegnete er Mr Xs Blick, und die Feindseligkeit wandelte sich zu Respekt.

»Sensei.«

»Billy, wie geht es dir heute?«

»Gut.«

»Schön, schön. Tu mir einen Gefallen und zieh dir die Hose hoch.«

Billy zog an seinem Hosenbund, und seine Augen wanderten zum Hinterkopf des Jungen vor ihm. Er sah aus, als würde er am liebsten ein Loch hineinbohren. Den fahrig zuckenden Fingern von Loser nach zu urteilen, wusste dieser das auch.

Mr X lächelte.

Hauptsache, die Chemie stimmt, dachte er.

12

Beth lehnte sich an die Stuhllehne und reckte die Arme nach oben, während sie ihren Bildschirm nicht aus den Augen ließ.

Junge, Junge, das Internet war wirklich eine praktische Angelegenheit.

Ihrer Recherche nach war die Hausnummer 816 auf der Wallace Avenue Eigentum eines Mannes namens Fritz Perlmutter. Er hatte das Haus 1978 für etwas über 200 000 Dollar gekauft. Sie googelte den Namen *Perlmutter,* fand auch einige Leute, deren Vorname mit F begann, aber keiner davon lebte in Caldwell. Als auch einige staatliche Datenbanken nichts Brauchbares zutage förderten, ließ sie Tony etwas tiefer graben.

Es stellte sich heraus, dass Fritz ein anständiger, gesetzestreuer Bürger war. Blütenreine Weste. Keine Schulden, niemals Ärger mit dem Finanzamt oder der Polizei. Auch verheiratet war er nie gewesen. Und er war Kunde der örtlichen Privatbank, was bedeutete, dass er reichlich Geld besaß. Aber mehr konnte auch Tony nicht herausbekommen.

Sie überschlug die Fakten und kam zu dem Ergebnis, dass der brave und rechtschaffene Mr Perlmutter über siebzig sein musste.

Warum zum Teufel sollte jemand wie er sich mit nächtlichen Einbrechern herumtreiben?

Vielleicht war die Adresse falsch.

Das würde sie ja glatt umhauen. Ein fremder Kerl, in schwarzem Leder und vor Waffen strotzend, der einem nicht die Wahrheit sagt. Wer hätte das gedacht?

Trotzdem, die Wallace Avenue und Fritz Perlmutter waren momentan ihr einziger Anhaltspunkt.

Beim Durchblättern der Archive des *Caldwell Courier Journal* fand sie einige Artikel über das Haus. Das Anwesen stand als historisches Bauwerk unter Denkmalschutz, und es gab ein paar Geschichten und Kommentare über die Renovierungsarbeiten, die unmittelbar durchgeführt worden waren, nachdem Mr Perlmutter das Haus gekauft hatte. Offenbar hätte der örtliche Geschichtsverband alles darum gegeben, sich einmal im Haus umzusehen und die Veränderungen in Augenschein zu nehmen, doch Mr Perlmutter hatte jahrelang alle Anfragen abgelehnt. In den Leserbriefen hatte sich die schwelende Frustration der Geschichtsfuzzis mit einer widerwilligen Anerkennung der historisch getreuen Renovierung der Fassade gemischt.

Während sie einen der Artikel zum zweiten Mal las, warf Beth ein Alka Seltzer ein. Sie hatte schon wieder einen übersäuerten Magen. Und gleichzeitig Hunger. Tolle Kombination.

Vielleicht war es auch Frust. Im Endeffekt wusste sie jetzt auch nicht mehr als vor ihrer Recherche.

Und die Handynummer, die der Mann ihr gegeben hatte? Unbekannt.

In ihrem Informationsvakuum war sie noch entschlossener als vorher, sich von der Wallace Avenue fern zu halten. Und sie spürte ein schwaches Verlangen, zur Beichte zu gehen.

Sie sah auf die Uhr. Kurz vor sieben.

In Anbetracht ihres leeren Magens beschloss sie, etwas essen zu gehen. Besser die geistige Nahrung überspringen und sich handfeste besorgen.

Sie lehnte sich seitlich aus dem Stuhl und linste um die Stellwand ihres Arbeitsplatzes. Tony war schon weg.

Sie wollte nicht allein sein.

Aus einem verrückten Impuls heraus wählte sie die Nummer des Polizeireviers. »Ricky? Hier ist Beth. Ist Detective O'Neal in der Nähe? Okay, danke. Nein danke, keine Nachricht. Nein, ich – Sie brauchen ihn nicht anzupiepen. Es ist nicht so wichtig.«

Dann eben nicht. Der Ironman war sowieso nicht gerade die unbeschwerte Gesellschaft, die sie sich im Moment wünschte.

Versonnen sah sie auf ihre Armbanduhr und beobachtete den langsam weiterkriechenden Sekundenzeiger. Der Abend breitete sich vor ihr aus wie ein Hindernislauf, bei dem man den Stunden ausweichen oder sie überspringen musste.

Hoffentlich einigermaßen schnell.

Vielleicht sollte sie sich einfach schnell etwas Essbares besorgen und dann ins Kino gehen. Hauptsache, sie zögerte die Heimkehr in ihre Wohnung noch etwas heraus. Bei Licht betrachtet sollte sie vielleicht sogar in einem Motel übernachten.

Nur für den Fall, dass der Mann wieder nach ihr suchte.

Gerade hatte sie sich ausgeloggt und den Computer heruntergefahren, als ihr Telefon klingelte. Nach dem zweiten Klingeln hob sie ab.

»Hab gehört, du wolltest mich sprechen.«

Butch O'Neals Stimme war wie ein tiefer Brunnen, dachte sie. Auf eine angenehme Art.

»Ähm. Ja.« Sie warf sich das Haar über die Schulter. »Bist du noch frei heute Abend?«

Sein Lachen wärmte ihr Herz. »Ich stehe in einer Viertelstunde vor deinem Büro.«

Er legte auf, bevor sie noch einen passenden saloppen Kommentar im Sinne von »Bloß ein Abendessen, bild dir bloß nichts darauf ein« zurückgeben konnte.

Nach Sonnenuntergang trug Wrath das Silbertablett mit den Resten seiner Mahlzeit in die Küche. Typisch Darius, auch hier war alles nur vom Feinsten. Ausreichend Stauraum und eine Arbeitsfläche aus Granit. Viele Fenster.

Viel zu viel Licht.

Fritz stand am Spülbecken und schrubbte ein Schneidebrett. Er sah über die Schulter. »Herr, Ihr braucht das doch nicht zurückzubringen.«

»Doch.« Wrath stellte das Tablett ab und stützte sich mit den Händen ab.

Fritz stellte das Wasser ab. »Wünscht Ihr noch etwas?«

Also für den Anfang wäre es schon mal schön, wenn ich nicht so ein Idiot wäre.

»Fritz, dein Job hier ist nicht Gefahr. Das wollte ich dich nur wissen lassen.«

»Vielen Dank, Herr.« Die Stimme des Butlers war sehr ruhig. »Ich wüsste nicht, was ich tun sollte, wenn ich mich um niemanden mehr kümmern könnte. Und hier ist mein Zuhause.«

»Das wird es auch bleiben. So lange du willst.«

Wrath drehte sich um und ging. Er war schon beinahe durch die Tür, als Fritz noch etwas sagte.

»Das ist auch Euer Zuhause, Herr.«

Wrath schüttelte den Kopf. »Ich hab schon einen Platz zum Schlafen. Noch einen brauche ich nicht.«

Seine Laune verschlechterte sich zusehends, als er durch die Halle ging. Wenn bloß Beth noch am Leben und wohlauf war. Sonst helfe Gott demjenigen, der ihr etwas angetan hatte.

Und wenn sie ihn absichtlich mied? Das spielte keine Rolle. Ihr Körper würde bald etwas brauchen, das nur er ihr geben konnte. Also würde sie sich früher oder später bei ihm melden. Sonst müsste sie sterben.

Er dachte an ihre weiche Haut und ihren Hals. Spürte, wie seine Zunge über die Vene fuhr, die von ihrem Herzen nach oben führte.

Seine Fänge verlängerten sich, als stünde sie vor ihm. Als könnte er seine Zähne in ihren Körper versenken und trinken.

Wrath schloss die Augen, und sein ganzer Körper begann zu zittern. Sein mit Nahrung angefüllter Magen verwandelte sich in einen bodenlosen, schmerzenden Abgrund.

Er versuchte, sich zu erinnern, wann er zuletzt getrunken hatte. Es musste eine Weile her sein, aber so lange doch auch nicht, oder?

Mühsam zwang er sich, wieder ruhig zu werden und die Kontrolle zu behalten. Es war, als wollte man einen Zug mit einer Handbremse anhalten, doch irgendwann trat ein kühler Strom der Vernunft an Stelle der wild schäumenden, blutrünstigen Triebe.

Als er wieder auf dem Boden der Realität ankam, fühlte er sich unbehaglich und brauchte dringend frische Luft.

Diese Frau war gefährlich für ihn. Wenn sie ihn so stark beeinflussen konnte, ohne überhaupt körperlich anwesend zu sein, war sie vielleicht sein Pyrokant.

Sein Zünder sozusagen. Sein persönliches Ticket für

die Überholspur auf der rasanten Fahrt in die Selbstzerstörung.

Wrath fuhr sich mit der Hand durchs Haar. Ironie des Schicksals, dass er genau sie mehr begehrte als jede andere Frau.

Aber vielleicht hatte das auch gar nichts mit Ironie zu tun. Vielleicht funktionierte das Pyrokant-System einfach so. Man fühlte sich zu dem hingezogen, was in der Lage war, einen völlig kaputtzumachen. Quod me nutrit destruit me.

Wo bliebe denn der Spaß, wenn man seiner inneren Handgranate problemlos aus dem Weg gehen könnte?

Verdammte Scheiße. Er musste die Verantwortung für Beth loswerden. Sobald sie die Transition überstanden hatte, würde er sie in die Obhut eines passenden Mannes geben. Eines zivilen Vampirs.

Bei diesem Stichwort schob sich wieder das grausame Bild des gequälten, blutüberströmten Jungen vor sein geistiges Auge.

Wie, bitte schön, sollte ein Zivilist sie vernünftig beschützen können?

Auf diese Frage kannte er keine Antwort. Doch was für andere Optionen hatte er schon? Er würde sie nicht bei sich behalten können.

Vielleicht konnte er sie einem seiner Brüder geben.

Klar, und wer von der Truppe sollte das sein? Rhage? Der sie nur in seinen Harem einsortieren, oder schlimmer noch, sie aus Versehen auffressen würde? Oder V mit all seinen Problemen?

Zsadist?

Und glaubte er im Ernst, er käme damit klar, dass ein anderer Krieger mit ihr zusammen war? Es mit ihr treiben würde?

Eher unwahrscheinlich.

Gott, er war so müde.

Vishous materialisierte sich vor ihm. Heute Nacht trug er seine Baseballkappe nicht, Wrath konnte verschwommen die Zeichnungen um sein linkes Auge erkennen.

»Ich hab Billy Riddle gefunden.« V zündete sich eine seiner selbst gedrehten Zigaretten an. Als er den Rauch ausstieß, breitete sich der Duft von türkischem Tabak in der Luft aus. »Er wurde vor achtundvierzig Stunden wegen sexuellen Missbrauchs verhaftet. Wohnt bei seinem Papi, der zufälligerweise ein Senator ist.«

»Aus guter Familie.«

»Besser geht's kaum. Und ich hab mir die Freiheit genommen, ein wenig Recherche zu betreiben. Der kleine Billy hat schon ein stattliches Jugendstrafregister. Gewalt. Sexuelle Übergriffe. Papis Wahlkampfmanager freut sich sicher wie irre, dass der Kleine jetzt achtzehn ist. Alles, was Billy-Boy jetzt ausfrisst, wird an die Öffentlichkeit gelangen.«

»Hast du eine Postadresse aufgetrieben?«

»Mhm.« Vishous grinste. »Willst du dem Jüngelchen auf die Zehen treten?«

»Darauf kannst du Gift nehmen.«

»Dann los.«

Wrath schüttelte den Kopf. »Ich komme später zu dir und den anderen Brüdern. Ich muss erst noch was erledigen.«

Er spürte, wie V's Augen ihn musterten, während der Vampir die Situation blitzschnell im Kopf überschlug. Vishous war eindeutig der intelligenteste der Krieger, aber er zahlte auch seinen Preis für dieses Privileg.

Mann, Wrath hatte sicherlich mit seinen eigenen Dämonen zu kämpfen, und das war keine Kleinigkeit, aber Vishous' Kreuz hätte er nicht tragen wollen. Die Zukunft vorauszusehen, war eine furchtbare Last.

V zog an seiner Zigarette und blies langsam den Rauch aus. »Ich habe letzte Nacht von dir geträumt.«

Wrath verkrampfte sich. Irgendwie hatte er auf diese Nachricht gewartet. »Ich will es nicht wissen, Bruder. Wirklich nicht.«

Der andere Vampir nickte. »Nur eine Sache, die du nicht vergessen darfst, okay?«

»Leg los.«

»Zwei gequälte Wächter werden einander bereitwillig bekämpfen.«

13

»Das war ein schöner Abend«, sagte Beth, als Butch vor ihrem Haus anhielt.

Er stimmte ihr aus vollem Herzen zu. Sie war klug und witzig und atemberaubend schön. Und wenn er aus der Reihe tanzte, stellte sie ihn unweigerlich wieder auf seinen Platz.

Sie war also auch noch unglaublich sexy.

Er schaltete auf Parken, ließ aber den Motor laufen. Wenn er die Zündung ausschaltete, würde es so aussehen, als wollte er noch hereingebeten werden.

Was er natürlich auch wollte. Aber er wollte sie nicht in Verlegenheit bringen, falls das für sie in die falsche Richtung lief.

Wenn er nicht aufpasste, mutierte er noch zu einem richtig netten Kerl.

»Das klingt, als wärst du überrascht, dass du dich amüsiert hast«, sagte er.

»Das bin ich auch, ein bisschen.«

Butchs Augen tasteten sie ab, angefangen bei den Knien, die unter dem Rocksaum ansatzweise zu sehen waren. Im Schein des Armaturenbretts konnte er den schlanken Umriss ihres Körpers erkennen, ihren langen, bezaubernden Hals und die vollkommenen Lippen. Er wollte sie küssen, hier in diesem trüben Licht, auf dem Vordersitz, als wären sie Teenager.

Und dann wollte er mit ihr in ihre Wohnung gehen und erst am nächsten Morgen wieder herauskommen.

»Also dann, danke«, lächelte sie und griff nach der Tür.

»Warte.«

Er bewegte sich blitzschnell, damit sie keine Zeit hatte nachzudenken – und er auch nicht. Behutsam nahm er ihr Gesicht in seine Hände und bedeckte ihre Lippen mit den seinen.

Wrath materialisierte sich im Garten hinter Beths Apartment. Deutlich verspürte er ein Prickeln auf der Haut.

Sie war ganz in der Nähe. Aber in ihrer Wohnung brannte kein Licht.

Aus einer Ahnung heraus ging er um das Haus herum. Da stand eine unauffällige Limousine vor dem Eingang. Und sie befand sich darin.

Wrath nahm den Weg, und schlenderte wie zufällig im Schatten am Wagen vorbei.

Wie angewurzelt blieb er stehen.

Seine nutzlosen Augen funktionierten immerhin gut genug, um ihn wissen zu lassen, dass da ein Typ über ihr hing. Als hätte das starke sexuelle Verlangen des Menschen ihn nicht ohnehin verraten.

Verflucht noch mal, er konnte die Lust dieses Dreckskerls durch den Stahl und das Glas des Autos hindurch *riechen.*

Wrath machte einen Satz vorwärts. Sein erster Impuls war, die Wagentür abzureißen und zu töten, was auch immer da seine Hände auf ihr hatte. Einfach den Burschen herauszuzerren und seine Kehle aufzureißen.

Doch im letzten Moment drehte er ab und zwang sich zurück in die Dunkelheit.

Arschloch. Er sah buchstäblich rot, so rasend war er vor Wut.

Dass ein anderer Mann diese Lippen küsste, diesen Körper unter seinen Händen spürte ...

Ein lang gezogenes Knurren vibrierte in seiner Brust und seiner Kehle.

Sie gehört mir.

Er fluchte. Ach ja, und in welchem Paralleluniversum war er unterwegs? Er war nur vorübergehend für sie verantwortlich, aber sie war nicht seine *Shellan*. Sie konnte zusammen sein, mit wem sie wollte. Wo sie wollte. Wann sie wollte.

Aber lieber Himmel, die Vorstellung, dass ihr gefallen könnte, was der Kerl da mit ihr machte, brachte ihn um den Verstand. Der Gedanke, dass sie den Geschmack seiner Küsse vielleicht vorzog, reichte allein, um Wraths Schläfen zum Pochen zu bringen.

Willkommen in der wunderbaren Welt der Eifersucht, dachte er. *Für ihren Eintrittspreis erhalten Sie rasende Kopfschmerzen, einen beinahe unwiderstehlichen Drang, zum Mörder zu werden, und einen ausgefeilten Minderwertigkeitskomplex.*

Er konnte es nicht erwarten, sein altes Leben zurückzubekommen. Sobald sie endlich ihre Transition hinter sich gebracht hatte, würde er dieser Stadt den Rücken kehren. Und so tun, als hätte er Darius' Tochter niemals kennen gelernt.

Butch O'Neal konnte wahnsinnig gut küssen.

Seine Lippen waren fest und gleichzeitig köstlich weich. Er war nicht zu fordernd, aber er ließ doch erkennen, dass er mit ihr ins Bett wollte, und es ernst meinte.

Und aus der Nähe roch er verdammt gut, eine Mischung aus Aftershave und frischer Wäsche. Sie streckte die Arme aus. Seine Schultern fühlten sich breit und stark an, sein Körper drückte sich in einem straffen Bogen an sie. Alles an ihm war begehrenswert, und in diesem Augenblick wollte sie sich von ihm angezogen fühlen. Sie wollte es ehrlich.

Aber sie spürte einfach nicht dieses Aufwallen süßer Verzweiflung, diesen wilden Hunger. Nicht wie in der vergangenen Nacht bei …

Was für ein wunderbarer Zeitpunkt, um an einen anderen Mann zu denken.

Als Butch sich zurückzog, waren seine Lider schwer. »Ich bin's nicht für dich, oder?«

Sie lachte leise. Überlass das nur dem Ironman. Geradeheraus wie immer.

»Du kannst toll küssen, O'Neal, das muss ich dir lassen. Es liegt bestimmt nicht an mangelnder Technik.«

Er rutschte wieder auf seinen Sitz hinüber und schüttelte den Kopf. »Vielen Dank.«

Aber er wirkte nicht besonders verletzt.

Und jetzt, wo sie wieder etwas klarer denken konnte, war sie froh, dass es bei ihr nicht funkte. Wenn sie ihn mögen würde, mit ihm zusammen sein wollte, würde er ihr das Herz brechen. Da war sie sich ganz sicher. In zehn Jahren, wenn er es überhaupt noch so lange machte, würde er einfach implodieren; der Stress, und all die hässlichen und traurigen Seiten seines Jobs würden ihn umbringen. All das fraß ihn jetzt schon bei lebendigem Leib auf. Mit jedem Jahr wurde seine ständige Anspannung schlimmer, und niemand, aber auch niemand würde ihn aus diesem Maelstrom retten können.

»Vorsichtig, Randall«, sagte er. »Es ist schon schlimm genug, dass ich dich kalt lasse. Aber dieser mitleidige Gesichtsausdruck macht mich fertig.«

»Sorry.« Sie lächelte ihn an.

»Darf ich dich was fragen?«

»Klar.«

»Was ist mit dir und den Männern? Magst, äh, also, magst du sie? Ich meine uns?«

Sie musste lachen, als ihr durch den Kopf schoss, was sie gestern mit diesem Fremden gemacht hatte. Die Frage ihrer sexuellen Orientierung war ein für alle Mal geklärt. Klar und eindeutig entschieden.

»Ja, ich mag Männer.«

»Hat dir jemand was angetan? Du weißt schon, dich verletzt?«

Beth schüttelte den Kopf. »Ich bin einfach gern allein.«

Er senkte die Augen auf das Lenkrad und fuhr mit der Hand im Kreis darauf herum. »Das ist wirklich schade. Denn du bist einfach großartig. Wirklich.« Er räusperte sich, als würde er sich unwohl fühlen.

Verlegen. Großer Gott, der Ironman war tatsächlich verlegen. Impulsiv beugte sie sich zu ihm herüber und küsste ihn auf die Wange. »Du bist auch ziemlich fantastisch.«

»Ja. Ich weiß.« Sein typisches spöttisches Grinsen machte sich auf seinem Gesicht breit. »Und jetzt beweg deinen Hintern in deine Wohnung. Es ist schon spät.«

Butch beobachtete, wie Beth durch das Scheinwerferlicht ging. Ihre Haare umflossen ihre Schultern.

Sie war einfach der Hammer. Eine wirklich tolle Frau.

Und sie wusste ganz genau, was mit ihm los war. Dieser traurige Ausdruck in ihren Augen eben bedeutete, dass sie das frühe Grab voraussehen konnte, das ihn erwartete.

Deshalb war es eigentlich gut, dass die Chemie zwischen ihnen nicht stimmte. Sonst hätte er vielleicht versucht, sie in sich verliebt zu machen. Nur, damit er nicht ganz allein zur Hölle fahren musste.

Er legte schon mal den Gang ein, hielt aber noch den Fuß auf der Bremse, während sie die Stufen zur Tür hochging. Sie hatte schon die Hand auf der Klinke und winkte ihm zu, als sich etwas im Schatten neben dem Gebäude bewegte.

Er nahm den Gang wieder heraus.

Da war ein schwarz gekleideter Mann, der um das Gebäude herum in den Garten schlich.

Butch stieg aus dem Auto aus und rannte leise über den Rasen.

14

Wraths einziger Gedanke war, zu Beth zu kommen. Daher bemerkte er den Menschen hinter sich erst, als er schon halb den Hinterhof überquert hatte.

»Stehen bleiben! Polizei!«

Das allzu vertraute Geräusch einer Pistole, die entsichert wird, ertönte hinter ihm.

»Ich will deine Hände sehen.«

Wrath schnappte den Duft des Mannes auf und lächelte. Die Lust war durch Aggression abgelöst worden, der Drang zu kämpfen war nun genau so stark wie eben noch der sexuelle. Der Typ war heute Nacht wirklich energiegeladen.

»Ich sagte: stehen bleiben und Hände hoch!«, verlangte eine energische Stimme.

Wrath hielt an und suchte in der Tasche nach einem seiner Wurfsterne. Bulle oder nicht, er würde diesen Menschen töten.

Doch dann riss Beth die Schiebetür auf.

Er roch sie sofort, und – wer hätte das gedacht – bekam einen Ständer.

»Hände hoch!«

»Was ist hier los?«, wollte Beth wissen.

»Geh zurück ins Haus«, blaffte der Mensch. »Hände hoch, Arschloch! Oder ich schieß dir ein Fenster in den Hinterkopf.«

Inzwischen war der Polizist nur noch zehn Meter entfernt und kam schnell näher. Wrath hob die Handflächen. Er würde ihn nicht vor Beths Augen töten. Außerdem wäre die Pistole in etwa drei Sekunden so nah an seinem Kopf, dass nicht einmal er den Schuss überleben könnte.

»O'Neal –«

»Beth, verdammt noch mal, verzieh dich!«

Eine schwere Hand legte sich auf Wraths Schulter. Er ließ zu, dass der Cop ihn gegen die Hausmauer drängte.

»Willst du mir vielleicht erklären, warum du dich hier herumtreibst?«, knurrte der Mensch.

»Kleiner Spaziergang«, gab Wrath trocken zurück. »Und du?«

Der Polizist packte erst den einen, dann den anderen Arm und zog sie Wrath auf den Rücken. Die Handschellen schnappten blitzschnell zu. Der Bursche war ein alter Profi mit den Dingern.

Wrath sah zu Beth hinüber. Soweit er erkennen konnte, hatte sie die Arme fest vor der Brust verschränkt. Furcht hing schwer in der Luft, wie eine Decke, die sie von oben bis unten einhüllte.

Na, das hab ich ja bestens hinbekommen, dachte er. Schon wieder hatte er sie zu Tode erschreckt.

»Sieh sie nicht an«, befahl der Cop und drückte Wraths Gesicht an die Mauer. »Wie heißt du?«

»Wrath«, antwortete Beth. »Mir hat er gesagt, dass er Wrath heißt.«

Der Mensch raunte: »Hast du was an den Ohren, Beth? Geh ins Haus!«

»Ich will auch wissen, wer er ist.«

»Ich ruf dich morgen an und liefere dir den vollen Bericht, wie wäre das?«

Wrath brummte ärgerlich. Er musste dem anderen zwar recht geben, weil auch er lieber diese kleine Konfrontation ohne sie ausgetragen hätte. Aber ihm gefiel nicht, wie der andere mit ihr sprach.

Der Mensch griff Wrath in die Jackentasche und zog die Waffen heraus. Drei Wurfsterne, ein Klappmesser, eine Pistole, ein Stück Kette.

»Herr im Himmel«, murmelte der Polizist, als er die Stahlkette auf den Boden zu den restlichen Sachen fallen ließ. »Hast du einen Ausweis dabei? Oder war kein Platz mehr für eine Brieftasche neben den fünfzehn Kilo Waffen?«

Als er ein dickes Bündel Banknoten fand, fluchte er erneut. »Wo finde ich die Drogen, oder bist du heute Nacht schon ausverkauft?«

Wrath ließ zu, dass er herumgewirbelt und mit dem Rücken gegen die Ziegel geschleudert wurde. Während sein Gegenüber ihm die beiden Dolche aus dem Halfter zog, sah er auf den Bullen herunter und malte sich aus, wie er dessen Halsarterie mit den Zähnen aufreißen würde. Er beugte sich vor; er konnte einfach nicht anders.

»O'Neal, pass auf!«, sagte Beth, als hätte sie seine Gedanken gelesen.

Der Cop drückte seinen Pistolenlauf an Wraths Hals. »Also, wie wär's mit einem Namen?«

»Verhaftest du mich?«

»Ja. Das tue ich.«

»Weswegen?«

»Lass mich mal nachdenken. Hausfriedensbruch. Verbotene Waffen. Hast du einen Schein für die Knarre? Ich wette nicht. Ach ja, und dank all dieser Wurfsterne denke ich noch an Mordverdacht. Das sollte wohl reichen.«

»Mord?«, flüsterte Beth.

»Dein Name!« Langsam wurde der Polizist wütend. Er funkelte ihn an.

Wrath lächelte verkniffen. »Du musst ein Hellseher sein.«

»Wie bitte?«

»Wegen des Mordes.« Wrath lachte leise und senkte die Stimme. »Weißt du, wie ein Leichensack von innen aussieht, Bulle?«

Wut, blanke, rasende Wut, strömte dem Mann aus allen Poren. »Du solltest mir nicht drohen.«

»Tu ich nicht.«

Der linke Haken sauste so schnell durch die Luft wie ein Baseball, und Wrath machte sich nicht die Mühe, ihm auszuweichen. Die fleischige Faust des Polizisten traf ihn seitlich am Kiefer und schleuderte seinen Kopf nach hinten. Ein heller, schmerzhafter Lichtblitz explodierte in seinem Gesicht.

»Butch! Hör auf damit!«

Beth kam so rasch angelaufen, als wollte sie sich zwischen die beiden werfen, doch der Cop hielt sie mit eisernem Griff fest.

»Was zum Teufel ist mit dir los? Willst du dir unbedingt wehtun?«, fragte er und schob sie weg.

Wrath spuckte etwas Blut aus. »Er hat recht. Geh hinein.«

Denn die Szenerie hier draußen würde gleich unappetitlich werden.

Dank der Knutscherei vorhin im Auto konnte er diesen Kerl sowieso nicht leiden. Aber wenn er noch einmal in diesem Ton mit Beth sprach, würde er seine Vorderzähne aus ihrem Korsett befreien. Und danach würde er den Dreckskerl umbringen.

»Geh schon, Beth«, forderte er sie auf.

»Klappe!«, schrie ihn der Polizist an.

»Schlägst du mich sonst wieder?«

Der andere Mann kam ihm noch näher. »Nein, dann erschieße ich dich.«

»Von mir aus. Ich mag Schusswunden.« Wrath sprach leise und drohend. »Aber nicht vor ihr.«

»Leck mich.«

Aber immerhin legte er seinen Mantel über die Waffen und das Geld auf dem Boden und zog Wrath am Arm weg.

Beth hatte das Gefühl, sie müsste sich übergeben, als Butch Wrath abführte.

Die Angriffslust floss zwischen den Männern hin und her wie Batteriesäure, und obwohl er Wrath Handschellen angelegt und eine entsicherte Pistole auf ihn gerichtet hatte, war sie nicht sicher, dass Butch nichts passieren konnte. Sie hatte das dumpfe Gefühl, dass Wrath sich freiwillig verhaften ließ.

Aber Butch weiß das offenbar, dachte sie. Sonst hätte er seine Pistole wieder ins Halfter gesteckt, anstatt sie dem anderen Mann weiterhin an die Schläfe gedrückt zu halten.

Sie wusste, dass Butch mit Kriminellen nicht zimperlich umging, aber war er verrückt genug, einen Mann auf Verdacht umzubringen?

Dem todernsten Gesichtsausdruck nach zu urteilen, musste sie das mit einem entschiedenen *Ja* beantworten. Und er käme vielleicht sogar damit durch. Wer ein hartes Leben führte, fand meist einen gewaltsamen Tod, und Wrath war mit Sicherheit kein gesetzestreuer, braver Bürger. Wenn man ihn mit einer Kugel im Kopf in einer dunklen Gasse fand, oder mit dem Gesicht nach unten im Fluss treibend, wer würde sich da schon wundern?

Einem unwiderstehlichen Drang nachgebend, rannte sie um das Gebäude herum.

Butch marschierte auf seinen Wagen zu, als trüge er eine schwankende Last. Sie beeilte sich, die beiden einzuholen.

»Warte. Ich muss ihn etwas fragen.«

»Brauchst du seine Schuhgröße, oder was?« knurrte Butch.

»Vierzehn«, gab Wrath lässig zurück.

»Ich merk's mir für Weihnachten, Dreckskerl.«

Beth sprang vor die beiden Männer, so dass sie entweder stehen bleiben, oder sie über den Haufen rennen mussten. Sie sah Wrath in die Augen. »Warum hast du mich gesucht?«

Sie hätte schwören können, dass sein Blick hinter der Sonnenbrille weicher wurde. »Ich wollte nicht, dass das hier passiert.«

Butch schob sie mit einer schweren Hand zur Seite. »Ich hab eine tolle Idee. Warum lässt du mich nicht einfach meine Arbeit machen?«

»Fass sie nicht an«, knurrte Wrath.

»Ja, dir gehorche ich ganz bestimmt aufs Wort.« Butch zerrte den anderen Mann weiter.

Als sie beim Auto ankamen, zog Butch die hintere Tür auf und drückte Wraths groß gewachsenen Körper herunter.

»Wer bist du?«, rief Beth ihnen nach.

Wrath sah sie an, sein Körper wurde vollkommen regungslos, obwohl Butch sich auf ihn stützte.

»Dein Vater hat mich geschickt«, sagte er ruhig. Und dann setzte er sich auf die Rückbank.

Beth stockte der Atem.

Unbewusst nahm sie wahr, dass Butch die Tür zuschlug und zur Fahrertür lief.

»Warte!«, rief sie.

Doch der Motor lief schon, und die quietschenden Reifen hinterließen stinkende Gummispuren auf der Straße.

15

Butch forderte über Funk jemanden an, der sofort zum Haus fahren sollte, um die konfiszierten Waffen und das Geld einzusammeln. Während der Fahrt behielt er ununterbrochen den Rückspiegel im Auge. Der Verdächtige erwiderte seinen Blick, doch trotz der Andeutung eines Lächelns sah er bedrohlich aus.

Himmel, der Kerl war vielleicht riesig. Er nahm den Großteil der Rückbank ein, und hielt den Kopf leicht geneigt, damit er nicht bei einem der Schlaglöcher gegen die Decke knallte.

Butch konnte es kaum erwarten, ihn aus dem verdammten Auto zu holen.

Weniger als fünf Minuten später bog er von der Trade Street auf den Parkplatz der Polizeistation ab und hielt so nah vor dem Eingang wie möglich. Er stieg aus und öffnete die hintere Tür.

»Versuchen wir's auf die sanfte Tour, okay?«, sagte er und packte den Mann am Arm.

Der andere stieg aus, als Butch an ihm zerrte.

Doch der Verdächtige trat einen Schritt zurück, weg vom Eingang.

»Falsche Richtung.« Butch stemmte die Füße gegen den Asphalt und zog so fest er konnte.

Aber der Verhaftete war nicht aufzuhalten. Er ging einfach immer weiter rückwärts und zog Butch dabei hinter sich her.

»Glaubst du, ich würde dich nicht erschießen?« Er tastete nach seiner Pistole.

Und dann war alles vorbei.

Butch hatte noch nie jemanden erlebt, der so schnell war. In der einen Sekunde hatte der Kerl noch die Hände auf dem Rücken, in der nächsten lagen die Handschellen auf dem Boden. Ohne jede überflüssige Bewegung hatte er Butch entwaffnet, in einen mörderischen Klammergriff genommen und in den Schatten gezerrt.

Die Dunkelheit verschluckte beide. Während er sich wehrte, nahm Butch unbewusst wahr, dass er sich in dem schmalen Weg zwischen der Wache und dem Bürogebäude nebenan befand. Der Pfad war nur eineinhalb Meter breit, aber knapp zwanzig Meter lang. Und er war unbeleuchtet. Keine Fenster.

Als Butch herumgeschleudert wurde und gegen die Ziegelmauer krachte, wurde ihm die letzte verbliebene Luft aus den Lungen gepresst. Es war unfassbar, der Mann hob ihn einfach am Hals hoch und hielt ihn in der Luft, mit einer Hand.

»Du hättest dich da raushalten sollen, Bulle«, ertönte seine tiefe, akzentuierte Stimme. »Du hättest dich um deine eigenen Angelegenheiten kümmern und sie zu mir kommen lassen sollen.«

Butch klammerte sich an den eisernen Griff. Die riesige Hand hielt seine Kehle fest umschlossen und quetschte ihm das Leben aus dem Leib. Er würgte, rang nach Luft. Vor seinen Augen verschwamm alles, er spürte, wie er das Bewusstsein verlor.

Ihm war völlig klar, dass er diese Nummer nicht lange überleben konnte. Man würde ihn in einem Sack aus dieser Gasse tragen. Genau wie der Mann es gesagt hatte.

Eine Minute später gab er den Widerstand endgültig auf, seine Arme erschlafften und hingen herunter. Er *wollte* kämpfen, sein Überlebenswille war noch da. Nur hatte er keine Kraft mehr.

Und der Tod? Das war in Ordnung für ihn. Er würde in Erfüllung seiner Pflicht sterben, wenn auch wie ein Idiot, weil er nicht um Verstärkung gebeten hatte. Immer noch besser als im Krankenhaus zu enden, an einer ekelhaften, schleichenden Krankheit einzugehen. Und auf jeden Fall ehrenvoller, als sich zu erschießen. Was Butch auch schon ein oder zwei Mal in Betracht gezogen hatte.

Ein letztes Aufflackern seines Lebensfunkens zwang ihn, dem Mann ins Gesicht zu sehen. Der Ausdruck, der ihm dabei begegnete, war vollkommen kontrolliert.

Der Typ tut das nicht zum ersten Mal, dachte Butch. *Und ihm macht das Töten überhaupt nichts aus.*

O Gott, Beth.

Was zum Teufel würde so ein Mann mit Beth anstellen?

Wrath spürte, wie der Körper des Polizisten erschlaffte. Er war noch am Leben, aber gerade noch so.

Der totale Mangel an Furcht bei diesem Menschen war wirklich beachtlich. Er war wütend gewesen, dass er überwältigt wurde, und er hatte sich bewundernswert lange gewehrt; aber er hatte keine Sekunde lang Angst gehabt. Und jetzt, wo der Schleier ihm unmittelbar vor Augen stand, hatte er sich mit dem Tod abgefunden. Vielleicht war er sogar beinahe erleichtert.

Verdammt. Wrath konnte sich vorstellen, in der gleichen Situation ebenso zu empfinden.

Eigentlich war es eine Schande, jemanden zu töten, der die Größe hatte, wie ein Krieger zu sterben. Ohne Furcht oder Zaudern. Solche Männer waren selten, ob Mensch oder Vampir.

Der Mund des Cops bewegte sich mühsam. Er versuchte zu sprechen. Wrath beugte sich zu ihm.

»Tu … ihr … nicht weh.«

Ohne zu überlegen antwortete Wrath: »Ich bin hier, um sie zu retten.«

»Nein!« Eine Stimme erklang in der Gasse.

Wrath wandte den Kopf um. Beth rannte auf sie zu.

»Lass ihn gehen!«

Er lockerte seinen Griff. Er würde den Kerl nicht vor ihren Augen töten. Er musste ihr Vertrauen gewinnen – das war wichtiger als sein Wunsch, diesen Bullen zu seinem Schöpfer zu schicken.

Als Beth strauchelnd zum Stehen kam, ließ Wrath den Menschen los, und er fiel zu Boden. In der Dunkelheit ertönten gequältes Keuchen und heiseres Würgen.

Beth kniete neben dem Cop nieder und funkelte Wrath von unten herauf an. »Du hast ihn fast umgebracht!«

Wrath fluchte, ihm war klar, dass er so schnell wie möglich hier verschwinden musste. In Kürze würde es hier von Polizisten nur so wimmeln.

Er sah sich um.

»Wohin willst du?« Ihre Stimme war messerscharf vor Wut.

»Soll ich hier warten, bis ich wieder verhaftet werde?«

»Du gehörst in den Knast!«

Taumelnd versuchte der Cop aufzustehen, aber seine Beine gaben nach. Dennoch schob er Beths Hände weg, als sie ihm helfen wollte.

Wrath musste unbedingt eine dunkle Ecke finden, um sich zu dematerialisieren. Wenn es Beth schon so geschockt hatte, dass er beinahe jemanden getötet hatte, würde sie endgültig durchdrehen, wenn er einfach so vor ihr verschwand.

Er wandte sich ab. Schlenderte langsam weg. Es passte ihm nicht, sie hier so stehen zu lassen, aber was konnte er schon tun? Wenn er eine Kugel in den Kopf bekam und getötet wurde, wer würde dann auf sie aufpassen? Und er konnte sich nicht ins Gefängnis werfen lassen. Diese Zellen hatten Stahlgitterstäbe, was bedeutete, dass er sich im Morgengrauen nicht in Sicherheit begeben konnte. In Anbetracht dieser beiden Alternativen müsste er alle Polizisten, die jetzt gleich kämen, um ihn festzunehmen, abschlachten.

Und was würde sie dann von ihm denken?

»Bleib sofort stehen!«, schrie sie.

Er ging weiter, hinter ihm hallten ihre Schritte, als sie ihm nachrannte.

»Du sollst gefälligst stehen bleiben!« Sie griff nach seinem Arm und zog daran.

Er starrte sie wütend an. Er hatte nicht gewollt, dass das alles passierte. Dank seiner grandiosen Vorstellung mit ihrem Kumpel hatte sie jetzt Angst vor ihm. Die denkbar schlechteste Voraussetzung, um auf sie aufzupassen. Er bezweifelte, dass er genug Zeit hatte, sie noch einmal zu überzeugen, freiwillig mit ihm mitzukommen. Das hieß, er müsste sie im Notfall sogar gegen ihren Willen wegbringen, wenn die Transition über sie kam. Und das wäre für keinen von ihnen besonders amüsant.

Ihr Duft stieg ihm in die Nase, und er wusste, sie stand gefährlich kurz vor ihrer Wandlung.

Vielleicht musste er sie jetzt sofort mitnehmen.

Wrath blickte sich um. Er konnte sie sich schlecht hier einfach über die Schulter werfen, fünfzehn Meter vom Eingang der Polizeiwache entfernt. Nicht vor den Augen dieses verdammten Bullen.

Nein, er müsste kurz vor Morgengrauen kommen und sie entführen. Und dann würde er sie notfalls in seinem Zimmer bei Darius anketten, denn wenn er das nicht tat, würde sie sterben.

»Warum zum Teufel hast du mich angelogen!«, schrie sie ihn an. »Du kanntest meinen Vater überhaupt nicht.«

»O doch.«

»Du Lügner«, sagte sie verächtlich. »Du bist ein Mörder und ein Lügner.«

»Der erste Teil stimmt wenigstens.«

Ihre Augen weiteten sich, der Schrecken stand ihr ins Gesicht geschrieben. »Diese Wurfsterne … in deiner Tasche. Du hast Mary umgebracht. Stimmt das?«

Er runzelte die Stirn. »Ich habe keine Frau umgebracht.«

»Dann habe ich also mit dem zweiten Teil auch Recht.«

Wrath warf einen Blick auf den Mann am Boden, der langsam wieder zu Kräften kam.

Verdammt, dachte er. Was, wenn Beth nicht mehr die Zeit bis zum Morgengrauen hätte? Was, wenn sie einfach verschwand, und er sie nicht finden konnte?

Er senkte die Stimme. »Du hast in letzter Zeit immer großen Hunger gehabt, stimmt's?«

Sie zuckte zusammen. »Was?«

»Großen Hunger, aber du hast nicht zugenommen. Und müde warst du. Sehr müde. Außerdem haben deine Augen gebrannt, besonders tagsüber, habe ich recht?« Er beugte sich vor. »Du siehst dir rohes Fleisch an und überlegst, wie es wohl schmecken würde. Das Fleisch, das deine Zähne umgibt, die oberen Schneidezähne, ist entzündet. Deine Gelenke schmerzen, und deine Haut spannt. Und zwar immer stärker.«

Sie blinzelte, und ihr Kiefer klappte nach unten.

Hinter ihr kam der Polizist auf die Füße, etwas wacklig noch, und fiel sofort wieder unsanft hinten über. Wrath sprach schneller.

»Du hast das Gefühl, nirgendwo dazuzugehören, so ist es doch? Als wären alle anders, langsamer als du. Du glaubst, du bist nicht normal, allein, verlassen. Ruhelos. Du spürst, dass etwas passieren wird, etwas Ungeheures, aber du weißt nicht, was es ist, oder wie du es aufhalten kannst. Du liegst wach, hast Angst vor deinen Träumen, fühlst dich in vertrauter Umgebung verloren.« Er hielt kurz inne. »Du hattest bisher wenig oder gar keinen Sexualtrieb, aber Männer finden dich unglaublich attraktiv. Diese Orgasmen, die ich dir letzte Nacht geschenkt habe, waren die ersten deines Lebens.«

Er nannte ihr alles, an das er sich noch aus seiner Zeit in der Welt der Menschen, vor seiner eigenen Transition, erinnern konnte.

Sie starrte ihn an. Fassungslos.

»Wenn du wissen willst, was zur Hölle mit dir geschieht, musst du jetzt sofort mit mir kommen. Du wirst bald krank werden, Beth. Und ich bin der Einzige, der dir dann helfen kann.«

Sie trat einen Schritt zurück. Sah den Cop an, der mit den Gedanken zu spielen schien, sich einfach wieder hinzulegen.

Wrath hielt ihr die Hände hin. »Ich werde dir nicht wehtun. Ich verspreche es. Wenn ich dich töten wollte, hätte ich es schon letzte Nacht auf zehn unterschiedliche Arten tun können, richtig?«

Ihr Kopf drehte sich wieder ihm zu. Er schloss die Augen, als er spürte, wie sie sich an die vergangene Nacht erinnerte. Ihr Verlangen drang süß in seine Nasenflügel. Dann verschwand der Duft ebenso abrupt wie er gekommen war.

»Du wolltest gerade Butch töten.«

Da war er sich nicht so sicher. Ein würdiger Gegner war gar nicht so leicht zu finden.

»Habe ich aber nicht.«

»Es hätte aber sein können.«

»Spielt das wirklich eine Rolle? Er atmet noch.«

»Nur, weil ich dazugekommen bin.«

Wrath stöhnte auf und zog seinen höchsten Trumpf aus dem Ärmel. »Ich bringe dich zum Haus deines Vaters.«

Ihre Augen wurden erst groß, dann verengten sie sich misstrauisch zu Schlitzen.

Wieder sah sie sich zu dem Polizisten um. Er stand jetzt wieder aufrecht, eine Hand an die Wand gestützt. Sein Kopf hing nach unten, als sei er zu schwer für seinen Hals.

»Mein Vater, was?« Ihre Stimme klang ungläubig. Und ein bisschen neugierig, so dass er wusste, er hatte sie.

»Wir haben keine Zeit mehr, Beth.«

Eine lange Pause entstand.

Der Cop hob den Kopf und sah den Weg hinunter.

Sehr bald würde der Bursche wieder versuchen, ihn zu verhaften. Seine Entschlossenheit war deutlich spürbar.

»Ich gehe jetzt«, sagte Wrath. »Komm mit mir.«

Sie umklammerte ihre Handtasche noch fester. »Nur, damit du es weißt: ich traue dir nicht.«

Er nickte. »Warum solltest du auch?«

»Und diese Orgasmen waren nicht meine ersten.«

»Warum warst du dann so überrascht darüber?«, fragte er sanft.

»Mach schon, beeil dich«, murmelte sie und drehte sich um. »Wir können uns draußen auf der Straße ein Taxi nehmen. Ich hab meins nicht warten lassen.«

16

Beth wusste, dass sie mit ihrem Leben spielte, wenn sie Wrath folgte. Es bestand eine reelle Chance, dass sie in eine Falle gelockt wurde. Von einem Killer.

Aber woher konnte er so genau wissen, was in ihr vorging?

Bevor sie um die Ecke bog, sah sie sich noch einmal zu Butch um. Er streckte einen Arm nach ihr aus. Sein Gesicht konnte sie im Schatten nicht erkennen, doch seine verzweifelte Sehnsucht überbrückte die Entfernung zwischen ihnen. Sie zögerte kurz, kam aus dem Tritt.

Wrath ergriff ihren Arm. »Beth. Komm weiter.«

Der Himmel möge ihr beistehen, sie rannte weiter.

Sobald sie die Straße erreicht hatten, winkte sie einem vorbeifahrenden Taxi. Gott sei Dank hielt es sofort an. Sie sprangen hinein, und Wrath nannte dem Fahrer eine Adresse ein paar Straßen jenseits der Wallace Avenue. Offenbar ein Ablenkungsmanöver.

Davon scheint er eine Menge auf Lager zu haben, dachte sie.

Als der Wagen losfuhr, merkte sie, dass er sie von seiner Ecke der Rückbank aus ansah.

»Dieser Bulle«, begann er. »Bedeutet er dir etwas?«

Sie zog das Handy aus ihrer Handtasche und wählte die Nummer des Polizeireviers.

»Ich habe dich was gefragt.« Wraths Tonfall war schneidend.

»Fahr zur Hölle.« Als Rickys Stimme zu hören war, holte sie tief Luft. »Ist José in der Nähe?«

Es dauerte keine Minute, bis Ricky den anderen Polizisten auftrieb, und er war schon zur Tür heraus, bevor Beth wieder aufgelegt hatte. José hatte nicht viele Fragen gestellt, aber sie wusste, die würden noch kommen. Wie, bitte schön, sollte sie ihm erklären, dass sie mit einem Verdächtigen abgehauen war?

Damit machte sie sich der Beihilfe schuldig, oder?

Beth steckte das Telefon wieder in die Tasche. Ihre Hände zitterten, und sie fühlte sich leicht benommen. Sie kam auch nicht richtig zu Atem, obwohl das Taxi klimatisiert und paradiesisch kühl war. Um frische Luft zu bekommen, kurbelte sie das Fenster einen Spalt herunter. Eine heiße, schwüle Brise wehte herein und fuhr durch ihr Haar.

Was hatte sie nur getan? Mit ihrem Körper letzte Nacht. Mit ihrem Leben in diesem Augenblick.

Was kam als nächstes? Würde sie ihre eigene Wohnung in Brand stecken?

Sie war wütend, dass Wrath ihr genau die eine Karotte vor die Nase gehalten hatte, der sie nicht widerstehen konnte. Wütend, dass er ganz offensichtlich ein Krimineller war und ihr höllische Angst einjagte. Und es machte sie rasend, dass er wusste, dass das ihre ersten Orgasmen gewesen waren. Und am zornigsten machte es sie, dass sie trotzdem immerzu daran denken musste, wie er sie geküsst hatte.

»Sie können uns hier absetzen«, teilte Wrath dem Fahrer zehn Minuten später mit.

Beth bezahlte mit einem Zwanzigdollarschein, zum Glück hatte sie noch Bargeld bei sich. Wraths Geld, dieses dicke Bündel Banknoten, lag im Gras hinter ihrem Haus. Er hätte also wohl kaum zahlen können.

Wollte sie wirklich mit zu diesem Mann gehen?

Das Taxi fuhr weiter, und sie gingen einen ordentlichen Bürgersteig in einer noblen, gepflegten Gegend entlang. Ein völlig absurder Szenenwechsel von der Gewalt in der dunklen Gasse bis hin zu diesen kurz geschnittenen Rasenflächen und Blumenbeeten.

Sie hätte wetten mögen, dass die Leute, die hier lebten, noch nie vor der Polizei geflüchtet waren.

Rasch warf sie einen Blick über die Schulter zu Wrath. Er sah sich misstrauisch um, als erwarte er jeden Moment überfallen zu werden. Wie er allerdings mit dieser dunklen Sonnenbrille überhaupt etwas erkennen wollte, war ihr schleierhaft. Sie verstand einfach nicht, warum er sie immer trug. Mal abgesehen davon, dass sie seine Sicht massiv einschränken musste, war diese auffällige Brille ein eindeutiges Identifizierungsmerkmal. Wenn ihn irgendjemand zu Gesicht bekäme, könnte er ihn problemlos exakt beschreiben.

Nicht, dass sein langes schwarzes Haar und seine schiere Körpergröße dafür nicht schon ausgereicht hätten.

Sie wandte den Kopf wieder ab. Das Geräusch seiner Stiefel auf dem Asphalt hinter ihr klang wie Fäuste, die gegen eine massive Tür hämmerten.

»Der Bulle.« Wraths Stimme war ganz nah und tief. »Ist er dein Liebhaber?«

Beth musste beinahe lachen. Lieber Gott, er klang so eifersüchtig.

»Darauf antworte ich nicht.«

»Warum?«

»Weil ich nicht muss. Ich kenne dich nicht, ich schulde dir nichts.«

»Du hast mich gestern Nacht ziemlich gut kennen gelernt«, murmelte er. »Und ich habe dich *sehr* gut kennen gelernt.«

Ich möchte nicht darüber sprechen, dachte sie. Bei der bloßen Erwähnung wurde sie feucht zwischen den Beinen. Was dieser Mann mit seiner Zunge anstellen konnte …

Sie verschränkte die Arme vor der Brust und betrachtete ein adrettes Haus im Kolonialstil. In mehreren Fenstern brannte Licht, wodurch es einladend und irgendwie vertraut wirkte. Vermutlich, weil heimelige Häuser überall gleich aussahen. Und überall gleich reizvoll wirkten.

Jetzt gerade könnte sie eine Woche Urlaub in einem davon gebrauchen.

»Die letzte Nacht war ein Fehler«, sagte sie.

»Den Eindruck hatte ich überhaupt nicht.«

»Dann war dein Eindruck falsch. Völlig falsch.«

Er hielt sie fest, noch ehe sie eine Bewegung wahrgenommen hatte. Gerade noch lief sie den Weg entlang, und im nächsten Moment lag sie in seinen Armen. Mit einer Hand hielt er ihren Nacken umfasst, mit der anderen zog er ihre Hüften fest gegen seinen Körper. Sie spürte seine heiße Erektion an ihrem Bauch.

Sie schloss die Augen. Jeder Zentimeter ihrer Haut erwachte zum Leben, ihr wurde glühend heiß. Sie hasste die Reaktion ihres Körpers auf ihn, doch genau wie er hatte sie keine Kontrolle darüber.

Ungeduldig wartete sie darauf, dass sein Mund sich auf ihren senken würde, doch er küsste sie nicht.

Stattdessen brachte er seine Lippen ganz nah an ihr Ohr.

»Du musst mir nicht vertrauen. Du musst mich nicht mögen. Ich kann mit allem leben. Aber du solltest mich *niemals* anlügen.« Er holte tief Luft, schnupperte an ihr. »Ich kann jetzt in diesem Moment riechen, wie sehr du Sex willst. Ich könnte dich auf der Stelle hier auf den Boden zerren und dir die Klamotten vom Leib reißen. Und du würdest dich nicht wehren. Oder?«

Nein, das würde sie wahrscheinlich nicht.

Weil sie eine Idiotin war. Eine Idiotin mit offensichtlicher Todessehnsucht.

Seine Lippen strichen flüchtig über ihren Hals. Und dann leckte er zart über ihre Haut. »Also, entweder sind wir zivilisiert und warten, bis wir zu Hause sind. Oder wir machen es gleich hier. Aber ich muss unbedingt wieder in dir sein, und du wirst nicht nein sagen.«

Beth fasste ihn unter der Jacke an den Schultern. Eigentlich hätte sie ihn wegstoßen müssen, doch sie tat es nicht. Stattdessen zog sie ihn an sich, bog den Rücken durch und presste ihre Brüste an ihn.

Ein verzweifeltes Geräusch entrang sich seiner Kehle, halb Stöhnen der Befriedigung, halb dunkles Flehen.

Ha, dachte sie. Langsam gewann sie wieder die Oberhand.

Mit grimmiger Zufriedenheit löste sie sich von ihm. »Das Einzige, was diese beschissene Situation auch nur im Entferntesten erträglich macht, ist, dass du mich noch mehr willst als ich dich.«

Mit hoch erhobenem Kinn ging sie weiter. Sie konnte seinen Blick von hinten geradezu körperlich spüren, so als berühre er sie mit den Händen.

»Du hast recht«, sagte er. »Ich würde töten, um dich zu bekommen.«

Beth wirbelte herum und hielt ihm ihren Zeigefinger ins Gesicht. »Aha! Das war es also. Du hast beobachtet, wie Butch und ich uns im Auto geküsst haben. Stimmt doch, oder?«

Wrath zog eine Augenbraue hoch. Er lächelte verkniffen, aber er gab ihr keine Antwort.

»Hast du ihn deshalb angegriffen?«

»Ich habe mich nur meiner Verhaftung widersetzt.«

»Klar, genau so sah es auch aus«, murmelte sie. »Also, war es so? Hast du gesehen, wie er mich geküsst hat?«

Wrath baute sich vor ihr auf, er strahlte etwas Bedrohliches aus. »Ja, ich habe euch gesehen. Und es hat mir überhaupt nicht gefallen, dass er dich angefasst hat. Macht dich das scharf? Willst du mir noch einen richtigen Schlag verpassen und mir erzählen, dass er besser im Bett ist als ich? Das wäre zwar eine Lüge, aber es würde mir trotzdem höllisch wehtun.«

»Warum ist das so wichtig für dich?«, wollte sie wissen. »Du und ich haben eine einzige Nacht zusammen verbracht. Noch nicht mal! Eigentlich waren es nur ein paar Stunden.«

Er klappte den Mund zu. Sie konnte sehen, dass er mit den Zähnen knirschte, weil seine Wangenknochen sich bewegten. Und sie war froh, dass er seine Sonnenbrille trug. Sie hatte das vage Gefühl, dass sein Blick sie sonst zu Tode erschreckt hätte.

Als ein Auto an ihnen vorbeifuhr, fiel ihr plötzlich wieder ein, dass er ja ein flüchtiger Verbrecher war – und sie theoretisch auch. Was zum Teufel war hier eigentlich los? Sie waren auf der Flucht und stritten sich hier mitten auf der Straße … wie ein Liebespaar.

»Hör mal, Wrath, ich möchte heute Nacht nicht verhaftet werden.« Wenn man ihr noch vor einer Woche gesagt hätte, dass einmal so ein Satz aus ihrem Mund kommen würde …

»Lass uns einfach weitergehen. Bevor uns noch jemand findet.« Sie wandte sich zum Gehen um, doch er fasste sie entschlossen am Arm.

»Du weißt es noch nicht.« Seine Miene war düster. »Aber du gehörst *mir.*«

Den Bruchteil einer Sekunde schwankte sie ihm entgegen.

Doch dann schüttelte sie den Kopf. Sie legte die Hände auf ihr Gesicht, um ihn nicht ansehen zu müssen.

Sie fühlte sich gekennzeichnet, und das Verrückte war, dass ihr das nichts ausmachte. Weil sie es ebenfalls wollte.

Was in Bezug auf ihre geistige Gesundheit höchst alarmierend war.

Lieber Gott, sie musste wirklich noch mal in Ruhe die letzten paar Tage Revue passieren lassen. Könnte sie doch nur die letzten 48 Stunden zurückdrehen, bis zu dem Zeitpunkt, wo Dick auf ihrer Schreibtischkante gesessen und sie geifernd angeglotzt hatte.

Zwei Dinge würde sie auf jeden Fall anders machen. Sie würde sich ein Taxi nehmen, statt zu Fuß nach Hause zu gehen, denn dann würde sie Billy Riddle nicht treffen. Und sobald sie in ihrer Wohnung ankäme, würde sie sich ein paar Klamotten zusammenpacken und in ein Motel gehen. Damit dieser Drogen dealende Leder-Don-Juan sie nicht finden könnte.

Sie wollte einfach nur ihr armseliges, langweiliges kleines Leben zurück. Wie lächerlich war das denn? Noch vor kurzem dachte sie, aus genau diesem Leben auszubrechen, wäre ihre einzige Chance.

»Beth.« Seine Stimme klang wieder sanfter. »Sieh mich an.«

Sie schüttelte den Kopf, doch er nahm einfach ihre Hände herunter.

»Alles wird gut werden.«

»Ja, klar. Wahrscheinlich wird gegen mich gerade ein Haftbefehl erlassen. Ich laufe mit einem Killer wie dir durch die Dunkelheit. Und all das nur, weil ich so verzweifelt etwas über meine toten Eltern erfahren will, dass ich mein Leben noch für das kleinste Fitzelchen Information riskieren würde. Ich sag dir mal was, von hier bis ›Alles wird gut‹ ist es ein verflucht weiter Weg.«

Er strich ihr mit der Fingerspitze über die Wange. »Ich werde dir nicht wehtun. Niemand wird dir wehtun, das lasse ich nicht zu.«

Sie rieb sich über die Stirn und fragte sich, ob sie sich wohl jemals wieder normal fühlen würde. »Ich wünschte wirklich, du wärest nie vor meiner Tür aufgetaucht. Ich wünschte, ich hätte dich nie gesehen.«

Er ließ seine Hand fallen.

»Wir sind gleich da«, sagte er knapp.

Butch gab es endgültig auf, senkrecht stehen zu wollen und ließ sich auf den Boden sinken.

Dort blieb er eine Weile sitzen und atmete einfach nur ein und aus. Er konnte sich nicht rühren.

Das lag nicht an seinen Kopfschmerzen, obwohl sein Schädel wirklich wehtat. Und es lag auch nicht daran, dass seine Beine sich bleiern anfühlten, obwohl sie genau das taten.

Er schämte sich.

Sich von einem größeren Mann besiegen zu lassen, war nicht das Problem. Auch wenn sein Ego einen derben Kinnhaken bekommen hatte.

Nein, es war das Wissen, dass er es vermasselt und dadurch das Leben einer jungen Frau in Gefahr gebracht hatte. Als er wegen den Waffen angerufen hatte, hätte er zwei Beamte zum Eingang der Polizeiwache bestellen sollen. Er hatte gewusst, dass der Verdächtige besonders gefährlich war, aber er war sich so sicher gewesen, die Verhaftung allein in den Griff zu bekommen.

Großartig hatte er das geregelt. Er war in die Mangel genommen worden. Und Beth befand sich jetzt in der Gewalt eines Killers.

Gott allein wusste, was mit ihr geschehen würde.

Butch schloss die Augen und legte das Kinn auf die Knie. Sein Hals tat ihm zwar wahnsinnig weh, aber ernsthafte Sorgen machte er sich mehr um seinen Kopf. Das verdammte Ding schien einfach nicht richtig zu funktionieren. Seine Gedanken waren ohne Zusammenhang, die kognitiven Prozesse total im Eimer. Vielleicht war ihm zu lange der Sauerstoff abgeschnitten worden, und sein Gehirn war vertrocknet wie eine Walnuss.

Er versuchte, sich zusammenzureißen, aber er versank immer tiefer im Nebel.

Und dann plötzlich, vielleicht weil seine masochistische Seite ein großartiges Timing hatte, erhob die Vergangenheit ihr dorniges Haupt.

Aus dem ganzen Durcheinander von Bildern in seinem Kopf nahm ein Motiv Gestalt an, das ihm die Tränen in die Augen trieb. Ein junges Mädchen, nicht älter als fünfzehn. Sie stieg in ein fremdes Auto. Winkte ihm durch das Fenster zu, als sie die Straße hinunter verschwand.

Seine ältere Schwester Janie.

Ihre Leiche hatte man am nächsten Morgen im Wald hinter dem Baseballfeld gefunden. Sie war vergewaltigt, geschlagen und erdrosselt worden. Aber nicht in dieser Reihenfolge.

Nach ihrer Entführung hatte Butch aufgehört, nachts durchzuschlafen. Heute, zwei Jahrzehnte später, hatte er sich das immer noch nicht wieder angewöhnt.

Er dachte an Beth, wie sie ihn über die Schulter hinweg anblickte, als sie mit dem Verdächtigen davonlief. Einzig, dass sie mit diesem Mörder verschwunden war, half ihm wieder auf die Füße. Er schleppte seinen zerschlagenen Körper Richtung Wache.

»Yo! O'Neal!« José stampfte über den Weg auf ihn zu. »Was ist mit dir passiert?«

»Wir müssen sofort eine Großfahndung einleiten.« War das etwa seine Stimme? Sie klang heiser, als hätte er bei einem Footballspiel zwei Stunden lang durchgebrüllt. »Weißer Mann, zwei Meter groß, circa hundertzwanzig Kilo. Schwarze Lederkleidung, dunkle Sonnenbrille, schulterlange dunkle Haare.« Butch stützte sich mit einer Hand an der Mauer ab. »Verdächtiger ist nicht bewaffnet. Aber nur, weil ich ihn entwaffnet habe. Hat sicher innerhalb einer Stunde wieder Nachschub geholt.«

Als er einen Schritt nach vorn machte, geriet er ins Schwanken.

»Du lieber Himmel.« José nahm seinen Arm und hielt ihn aufrecht.

Butch versuchte, sich nicht auf den Mann zu lehnen, aber er brauchte Hilfe. Seine Beine wollten ihm einfach nicht gehorchen.

»Und eine weiße Frau.« Seine Stimme versagte. »Eins fünfundsiebzig, lange schwarze Haare. Trägt einen blauen Rock und eine weiße Bluse.« Er hielt kurz inne. »Beth.«

»Ich weiß. Sie hat angerufen.« Josés Miene zeigte seine Besorgnis. »Ich habe nicht nach den Einzelheiten gefragt. Ihrer Stimme nach zu urteilen, wollte sie nichts erzählen.«

Butchs Knie gaben nach.

»Hey, hey, Detective. Immer schön langsam.« José stützte ihn vorsichtig.

Sobald sie durch die Hintertür gegangen waren, fing Butch wieder an zu torkeln. »Ich muss sie suchen.«

»Jetzt ruhst du dich erstmal hier auf der Bank aus.«

»Nein ...«

José lockerte seinen Griff, und Butch ging zu Boden wie ein nasser Sack. Genau als das halbe Revier wie ein aufgescheuchter Bienenschwarm angerannt kam. Beim Anblick der ganzen Meute besorgter Jungs in Dunkelblau und mit Dienstmarke war ihm zum Heulen zumute.

»Mir geht's prima«, fauchte er. Dann musste er den Kopf zwischen die Knie legen.

Wie hatte er das alles zulassen können?

Wenn am nächsten Morgen Beths Leiche auftauchen würde …

»Detective?« José ging in die Hocke und brachte sein Gesicht vor Butchs Augen. »Wir haben einen Krankenwagen gerufen.«

»Brauch ich nicht. Läuft die Fahndung?«

»Ja. Ricky kümmert sich gerade darum.«

Butch hob den Kopf. Ganz langsam.

»Mann, was ist mit Ihrem Kopf passiert?«, fragte José atemlos.

»Er wurde benutzt, um meinen Körper daran hochzuhalten.« Er schluckte vorsichtig ein paar Mal. »Habt ihr die Waffen abgeholt, so wie ich es gesagt habe?«

»Ja. Wir haben sie, und auch das Geld. Wer zum Teufel ist dieser Kerl?«

»Ich habe nicht die leiseste Ahnung.«

17

Wrath ging die Stufen zu Darius' Haus hinauf. Die Tür schwang auf, noch bevor er den Messinggriff berührt hatte. Da stand Fritz. »Herr, ich wusste nicht, dass Ihr –«

Der *Doggen* erstarrte, als er Beth erblickte.

Ja, du weißt, wer sie ist, dachte Wrath. *Aber lass uns bitte cool bleiben.*

Sie war schon nervös genug.

»Fritz, darf ich dir Beth Randall vorstellen?« Der Butler starrte sie immer noch an. »Lässt du uns rein?«

Fritz verbeugte sich tief und senkte den Kopf. »Natürlich, Herr. Miss Randall, es ist mir eine große Ehre, Euch endlich persönlich kennen zu lernen.«

Beth wirkte erstaunt, brachte aber ein Lächeln zusammen, als der *Doggen* sich wieder aufrichtete und aus dem Türrahmen trat.

Als sie ihre Hand ausstreckte, schnappte Fritz nach Luft und bat Wrath mit einem Blick um Erlaubnis.

»Bitte, bitte«, murmelte Wrath und schloss die Tür. Er

hatte die strengen Regeln und Bräuche der *Doggen* nie begreifen können.

Ehrfürchtig nahm Fritz die dargebotene Hand in seine beiden und senkte seinen Kopf auf die ineinander verschränkten Hände. Worte der Alten Sprache wurden in stiller Eile gemurmelt.

Beth war sichtlich verblüfft. Aber woher sollte sie auch wissen, dass sie ihm durch das Reichen ihrer Hand die höchste Ehre erwiesen hatte, die seine Spezies kannte? Als Tochter eines Princeps war sie in dieser Welt eine vornehme Aristokratin.

Fritz würde tagelang vor Stolz glühen.

»Wir gehen in meine Kammer«, sagte Wrath, als die Begrüßung vorbei war.

Der *Doggen* zögerte. »Herr, Rhage ist hier. Er hatte … einen kleinen Unfall.«

Wrath fluchte. »Wo ist er?«

»Unten im Badezimmer.«

»Nadel und Faden?«

»Sind schon dort.«

»Wer ist Rhage?«, wollte Beth wissen, als sie den Flur hinunter liefen.

Wrath blieb neben dem Salon stehen. »Du wartest hier.«

Doch sie folgte ihm einfach, als er weiterging.

Unwirsch wandte er sich um und deutete über seine Schulter. »Das war keine Bitte.«

»Und ich warte nirgendwo.«

»Verdammt noch mal, tu, was ich dir sage.«

»Nein.« Sie sprach das Wort vollkommen gleichmütig aus. Sie trotzte ihm eindeutig, ruhig und entschlossen.

Als wäre er kein größeres Hindernis als eine Fußmatte.

»Herr im Himmel. Bitte schön, es ist dein Abendessen, das du ausspucken wirst.«

Auf dem Weg zum Badezimmer schlug ihm der Blutgeruch schon von weitem entgegen. Das war eine üble Sache, und er wünschte wirklich, Beth wäre nicht so versessen darauf, das Desaster mit eigenen Augen zu sehen.

Er schob die Tür auf, und Rhage blickte auf. Der Arm des Vampirs hing über dem Waschbecken. Überall war Blut, eine dunkle Lache auf dem Boden, eine kleine Pfütze auf dem Waschtisch.

»Rhage, Mann, was ist los?«

»Ich wurde in kleine Häppchen geschnitten. Ein *Lesser* hat mich ordentlich erwischt, direkt durch die Vene, bis auf den Knochen. Ich tropfe wie ein Sieb.«

Schemenhaft erkannte Wrath Rhages Handbewegung, die hoch und wieder herunter fuhr. Herunter auf die Schulter, hoch in die Luft.

»Hast du ihn erwischt?«

»Was denkst du denn?«

»O … mein … Gott«, stammelte Beth. »Du lieber Himmel. Näht er sich –«

»Hey, wer ist die schöne Frau?«, fragte Rhage und hielt kurz in der Aufwärtsbewegung seiner Hand inne.

Ein ersticktes Geräusch erklang, und Wrath verstellte Beth mit seinem Körper den Blick.

»Brauchst du Hilfe?«, fragte er, obwohl sie beide wussten, dass er nicht besonders hilfreich sein würde. Er konnte nicht einmal genug sehen, um seine eigenen Wunden zu nähen, geschweige denn die eines anderen. Dass er bei seinen Verletzungen auf Fritz oder die Brüder angewiesen war, bedeutete für ihn eine Schwäche, die er verabscheute.

»Nein, danke.« Rhage lachte. »Ich bin ein geschicktes kleines Schneiderlein, wie du aus eigener Erfahrung weißt. Also, wer ist deine Freundin?«

»Beth Randall, das ist Rhage. Ein Kollege von mir. Rhage, das ist Beth, und sie hat nichts für Filmstars übrig, verstanden?«

»Laut und deutlich.« Rhage beugte sich zur Seite, um an Wrath vorbeizuschauen. »Freut mich, dich kennen zu lernen, Beth.«

»Bist du sicher, dass du nicht ins Krankenhaus willst?«, fragte sie schwach.

»Ganz sicher. Das sieht nur wild aus. Erst wenn man seinen Dickdarm als Gürtelschlaufe benutzen kann, sollte man zu den Profis gehen.«

Ein krächzender Ton kam aus Beths Mund.

»Ich bringe sie jetzt nach unten«, sagte Wrath.

»O ja, bitte«, murmelte sie. »Ich würde wirklich gerne nach … unten gehen.«

Er legte den Arm um sie. An der Art, wie sie sich an ihn schmiegte, konnte er spüren, wie verunsichert sie war. Es tat so gut, wenn sie sich auf seine Stärke verließ.

Zu gut eigentlich.

»Bei dir ist alles im Lot?«, fragte er seinen Bruder.

»Sicher. Ich haue hier ab, sobald ich fertig bin. Muss noch drei Kanopen einsammeln.«

»Nicht schlecht.«

»Es wären mehr gewesen, wenn dieses kleine Geschenk nicht per Luftpost gekommen wäre. Kein Wunder, dass du so auf diese Sterne stehst.« Rhage drehte seine Hände herum, als mache er einen Knoten. »Du solltest wissen, dass Tohr und die Zwillinge« – er nahm eine Schere vom Waschbecken und schnitt den Faden ab – »da weitermachen, wo wir letzte Nacht aufgehört haben. Sie sollten in ein paar Stunden zurück sein und Bericht erstatten, so wie du es wolltest.«

»Sag ihnen, sie sollen vorher anklopfen.«

Rhage nickte. Er war schlau genug, keinen Kommentar abzugeben.

Als Wrath Beth den Flur hinunterführte, ertappte er sich dabei, ihr über die Schultern zu streicheln. Ihren Rücken.

Dann legte er seine Hand um ihre Taille und drückte seine Finger in ihr zartes Fleisch. Sie passte genau zu seinem Körper, ihr Kopf reichte ihm bis zur Brust und ruhte dort auf seinen Muskeln, während sie eng umschlungen weiterliefen.

Zu angenehm. Zu vertraut, dachte er. Viel zu schön.

Er hielt sie trotzdem fest.

Und selbst jetzt wünschte er, er könnte zurücknehmen, was er vor der Tür zu ihr gesagt hatte. Dass sie ihm gehörte.

Denn das stimmte nicht. Er wollte sie nicht als *Shellan* nehmen. Er war wütend gewesen, eifersüchtig. Noch immer sah er den Bullen vor sich, wie er sie befummelte. War sauer, weil er den Menschen doch nicht getötet hatte. Seine Worte waren ihm einfach so herausgerutscht.

Ach, zur Hölle. Diese Frau stellte etwas mit seinem Gehirn an. Sie schaffte es irgendwie, seine ausgeprägte Selbstkontrolle auszuschalten und den Psychopathen in ihm auf den Plan zu rufen.

Genau das wollte er eigentlich verhindern.

Eigentlich waren solche Anfälle von Wahnsinn doch Rhages Spezialität.

Und die Brüder hatten wirklich keinen Bedarf an noch einem gemeingefährlichen Pulverfass in ihrer Gruppe.

Beth schloss die Augen und lehnte sich an Wrath. Sie versuchte, das Bild der klaffenden Wunde loszuwerden, aber es war, als wollte sie das Sonnenlicht mit den Händen abwehren: Ein Teil des Bildes drang trotzdem durch. All das leuchtend rote, glänzende Blut, der rohe, rosafarbene Muskel, das schockierende Weiß des Knochens. Und diese Nadel. Wie sie durch die Haut stach, das Fleisch bis zu einem gewissen Punkt nach außen zog, bis der schwarze Faden durch die Haut brach –

Sie öffnete die Augen.

Mit offenen Augen war es besser.

Egal, was der Mann sagte, das war nicht nur eine Schramme. Er musste ins Krankenhaus. Und sie hätte ihrer Meinung sicher etwas mehr Nachdruck verliehen, wäre sie nicht so damit beschäftigt gewesen, ihre Portion Thaicurry zum Bleiben zu überreden.

Außerdem schien der Typ verdammt viel Erfahrung damit zu haben, sich selbst zusammenzuflicken.

Und er sah verboten gut aus. Auch wenn das ganze Blut etwas vom Gesamteindruck ablenkte, konnte sie nicht anders, als sein blendendes Aussehen zu bemerken. Kurze blonde Haare, leuchtend blaue Augen, ein Gesicht, das auf die Leinwand gehörte. Er war gekleidet wie Wrath, in schwarze Lederhosen und Stiefel, aber sein Hemd hatte neben ihm gelegen. Die Muskeln seines Oberkörpers waren im Badezimmerlicht deutlich modelliert zu sehen gewesen, eine eindrucksvolle Zurschaustellung von Kraft. Und dieses mehrfarbige Drachen-Tattoo, das seinen ganzen Rücken bedeckte, war einfach irre.

Andererseits war nicht zu erwarten gewesen, dass Wrath mit irgendeinem dürren Buchhalter seine Zeit verbrachte.

Drogendealer. Sie waren eindeutig Drogendealer. Pistolen, Waffen, große Mengen an Bargeld. Wer sonst geriet schon in Messerstechereien und spielte danach selbst den Doktor?

Sie erinnerte sich, dass der Mann die gleiche kreisrunde Narbe auf der Brust gehabt hatte, wie sie auch Wrath trug.

Sie mussten zu einer Gang gehören, dachte sie. Oder zur Mafia.

Plötzlich brauchte sie ein bisschen mehr Platz zum Atmen, und Wrath ließ sie los, als sie in einen zitronenfarbigen Raum kamen. Ihr Schritt verlangsamte sich. Es sah aus wie in einem Museum, wie in einem historischen Bildband. Dicke, blasse Vorhänge umrahmten breite Fenster, üppige Ölgemälde schimmerten an den Wänden, Kunstgegenstände waren sorgfältig arrangiert. Sie blickte auf den Teppich zu ihren Füßen. Das Ding war vermutlich mehr wert als ihre ganze Wohnung.

Vielleicht dealten sie nicht nur mit Crack oder X oder Heroin, dachte sie. Vielleicht waren sie auch auf dem Antiquitäten-Schwarzmarkt aktiv.

Das war mal eine Kombination, über die man nicht so oft stolperte.

»Hübsch hier«, murmelte sie und betastete eine antike Dose. »Sehr hübsch.«

Als keine Reaktion kam, warf sie Wrath einen vorsichtigen Blick zu. Er stand im Raum, die Arme vor der Brust verschränkt, immer auf dem Sprung, obwohl er hier zu Hause war.

Andererseits, wann entspannte er sich überhaupt schon mal?, dachte sie.

»Warst du schon immer Sammler?«, fragte sie, um Zeit zu gewinnen. Sie musste ihren Nerven Gelegenheit geben, sich etwas zu beruhigen. Interessiert ging sie zu einem Bild der Hudson-River-Schule. Du liebe Güte, es war ein echter Thomas Cole. Wahrscheinlich mehrere hunderttausend Dollar wert. »Das ist wunderschön.«

Sie blickte über die Schulter. Er betrachtete sie, ohne sich um das Bild zu kümmern. Und sein Gesicht strahlte keinerlei Besitzerstolz aus.

Was man doch normalerweise erwarten dürfte, wenn die eigenen Sachen bewundert wurden.

»Das ist gar nicht dein Haus.«

»Dein Vater hat hier gelebt.«

Ja, klar.

Aber bitte. Sie war so weit gekommen, dass sie ebenso gut weiter mitspielen konnte.

»Dann hatte er offenbar haufenweise Geld. Was hat er denn beruflich gemacht?«

Wrath schritt quer durch den Raum auf ein grandioses, lebensgroßes Porträt zu, das allem Anschein nach einen König darstellte.

»Komm mit.«

»Was? Ich soll mit dir durch diese Wand –«

Er drückte auf eine Seite des Bildes, es schwenkte herum und gab einen dunklen Korridor frei.

»Oh«, sagte sie.

Er deutete mit seinem Arm hinein. »Nach dir.«

Beth näherte sich vorsichtig. Der Schein der Gaslaterne flackerte auf schwarzem Stein. Sie beugte sich vor, erkannte eine Treppe, die weiter unten um eine Kurve verschwand.

»Was ist da unten?«

»Ein Ort, an dem wir reden können.«

»Warum bleiben wir nicht hier oben?«

»Weil es für dich besser ist, wenn wir ungestört sind. Und meine Brüder werden vermutlich bald hier auftauchen.«

»Deine Brüder?«

»Ja.«

»Wie viele davon gibt es denn?«

»Jetzt fünf. Und du schindest Zeit. Geh schon. Da unten wird dir nichts passieren, ich verspreche es.«

M-hm. Aber sicher doch.

Doch sie schritt dennoch durch den vergoldeten Rahmen und trat in die Dunkelheit.

18

Beth holte tief Luft und legte zögerlich ihre Hände auf die Steinmauern. Die Luft roch gar nicht moderig; keine unheimliche Feuchtigkeit lag auf den Wänden; es war einfach nur sehr, sehr dunkel. Langsam tastete sie sich die Stufen hinunter. Die Laternen wirkten in der Finsternis eher wie Glühwürmchen; sie beleuchteten mehr sich selbst statt den Weg für jemand anderen zu erhellen.

Schließlich kam sie am Fuß der Treppe an. Zu ihrer Rechten lag eine offene Tür, und sie bemerkte den warmen Schein von Kerzen.

Der Raum wirkte genau wie die Passage, die sie dorthin geführt hatte: schwarze Wände, schwach beleuchtet, aber sauber. Die Kerzen, die in den Haltern flackerten, hatten etwas Beruhigendes. Während sie ihre Tasche auf dem niedrigen Tischchen abstellte, überlegte sie, ob Wrath wohl hier schlief.

Das Bett war jedenfalls groß genug für ihn.

Und war das schwarze Satin-Bettwäsche?

Sicher hatte er schon zahllose Frauen mit hierher in seine Höhle gebracht. Und man musste kein Genie sein, um sich auszumalen, was dann hinter verschlossenen Türen weiter geschah.

Sie hörte ein Schloss einschnappen, und ihr Herz machte einen Satz.

»Also noch mal zu meinem Vater«, begann sie betont forsch.

Wrath zog im Vorbeigehen die Jacke aus. Darunter trug er ein ärmelloses T-Shirt; Beth konnte nicht anders, als die Kraft seiner Arme, die ausgeprägten Bizeps und Trizeps zu bestaunen. Als er das leere Halfter über die Schulter zog, blitzten kurz die Tattoos auf, die innen an seinen Unterarmen entlangliefen.

Er ging ins Badezimmer, und sie hörte Wasser plätschern. Als er zurück ins Zimmer kam, trocknete er sich das Gesicht mit einem Handtuch ab. Ohne sie anzusehen, setzte er die Sonnenbrille wieder auf.

»Dein Vater Darius war ein achtbarer Mann.« Beiläufig warf er das Handtuch hinter sich ins Badezimmer und ging zur Couch herüber. Er setzte sich auf die Kante, Ellbogen auf die Knie gestützt. »Er war ein Aristokrat aus dem alten Land, bevor er ein Krieger wurde. Er ist … er *war* mein Freund. Und unsere Arbeit machte ihn zu meinem Bruder.«

Bruder. Schon wieder dieses Wort.

Wrath lächelte leicht, als erinnerte er sich an etwas Schönes. »D hatte viele Fähigkeiten. Er konnte sehr schnell laufen, war höllisch klug, gut mit dem Messer. Aber er war auch kultiviert. Ein Gentleman. Er konnte acht Sprachen. Interessierte sich für alles, von Weltreligionen bis hin zu Kunstgeschichte und Philosophie. Er konnte ewig über die Wall Street reden und dann im selben Atemzug erklären, warum die Decken der Sixtinischen Kapelle in Wirklichkeit nicht aus der Renaissance stammen, sondern dem Manierismus zuzurechnen sind.«

Wrath lehnte sich zurück und strich mit seinem kräftigen Arm über die Sofalehne. Seine Knie öffneten sich.

Er sah verdammt entspannt aus, als er sich das lange schwarze Haar zurückstrich.

Und wahnsinnig sexy.

»Darius verlor nie die Beherrschung, egal wie schlimm es stand. Er zog einfach die Sache durch, die er gerade tun musste. Bis zum bitteren Ende. Seine Brüder respektierten ihn uneingeschränkt.«

Wrath schien ihren Vater wirklich zu vermissen. Oder wen auch immer er ihr vorstellte, um …

Was genau sollte das hier alles eigentlich?, fragte sie sich. Was konnte es ihm bringen, hier dieses Theater zu veranstalten?

Na ja, immerhin war sie mit in sein Schlafzimmer gekommen, oder etwa nicht?

»Und Fritz hat mir erzählt, dass er dich von Herzen geliebt hat.«

Beth schürzte die Lippen. »Selbst mal angenommen, ich würde dir das alles abkaufen, muss ich mich doch sehr wundern. Wenn ich meinem Vater so wichtig war, warum hat er sich dann nicht mal die Mühe gemacht, mich kennen zu lernen?«

»Das ist kompliziert.«

»Ja, es ist wirklich hart, zu seiner Tochter zu gehen, seine Hand auszustrecken und seinen Namen zu sagen. Ganz schön kompliziert.« Sie lief durch den Raum und fand sich plötzlich neben dem Bett wieder. Schnell ging sie weiter. »Und was soll diese martialische Rhetorik? Gehörte er auch zur Mafia?«

»Mafia? Wir sind doch nicht die Mafia, Beth.«

»Ach so, dann seid ihr einfach nur freischaffende Killer

und Drogendealer? Hm … Eigentlich habt ihr recht. Man sollte sich nicht zu sehr spezialisieren, das ist besser fürs Geschäft. Man braucht ja auch eine Stange Geld, um so ein Haus hier zu unterhalten. Und es mit Gegenständen zu füllen, die eigentlich ins Museum gehören.«

»Darius hat sein Geld geerbt, und er hatte ein Händchen dafür, es gut zu verwalten.« Wrath ließ den Kopf in den Nacken fallen, als ob er etwas an der Decke betrachten wollte. »Da du seine Tochter bist, gehört nun alles dir.«

Sie verengte die Augen. »Was?«

Er nickte.

Was für ein Blödsinn, dachte sie.

»Wo ist denn das Testament? Wo ist der Notar, der mich die Papiere unterschreiben lässt? Warte mal, lass mich raten, das Anwesen untersteht einem Nachlassverwalter. Seit dreißig Jahren.« Sie rieb sich die schmerzenden Augen. »Weißt du, Wrath, du musst mich nicht belügen, um mich ins Bett zu bekommen. So sehr ich mich dafür schäme, aber du müsstest einfach nur fragen.«

Sie holte tief und traurig Luft. Bis zu diesem Moment war ihr nicht bewusst gewesen, dass ein kleiner Teil von ihr tatsächlich auf Antworten gehofft hatte. Nach all der Zeit.

Die Verzweiflung konnte eben jeden zum Narren halten.

»Hör mal, ich haue jetzt ab. Das war einfach –«

Wrath stand schneller vor ihr, als sie blinzeln konnte. »Ich kann dich nicht gehen lassen.«

Furcht stieg in ihr auf, doch sie ließ sich nichts anmerken. »Du kannst mich nicht *zwingen* zu bleiben.«

Er legte seine Hände um ihr Gesicht. Sie zuckte zurück, doch er ließ nicht los.

Mit dem Daumen streichelte er ihre Wange. Immer, wenn er ihr zu nahe kam, war sie wie gebannt. Sie spürte wieder, wie ihr Körper magnetisch von ihm angezogen wurde.

»Ich lüge dich nicht an«, sagte er. »Dein Vater hat mich zu dir geschickt, weil du meine Hilfe brauchen wirst. Vertrau mir.«

Sie zuckte zurück. »Ich will dieses Wort nicht mehr von deinen Lippen hören.«

Er, ein Krimineller, der beinahe vor ihren Augen einen Polizisten getötet hatte, erwartete allen Ernstes von ihr, diesen Unsinn zu glauben? Von dem sie wusste, dass er nicht stimmen konnte?

Während er gleichzeitig ihr Gesicht streichelte wie ein Liebhaber.

Er musste sie für vollkommen schwachsinnig halten.

»Ich habe meine Akten eingesehen.« Ihre Stimme klang fest. »Auf meiner Geburtsurkunde steht *Vater unbekannt,* aber es gab eine Notiz. Meine Mutter hatte der Krankenschwester im Kreißsaal erzählt, dass er tot sei. Sie konnte keinen Namen mehr nennen, weil sie kurze Zeit später durch den Blutverlust einen Schock erlitt und selbst starb.«

»Das tut mir leid, aber so war es nicht.«

»Es tut dir leid. Natürlich.«

»Ich spiele keine Spielchen –«

»Verflucht noch mal! Mein Gott, wie konnte ich auch nur eine Sekunde lang glauben, ich könnte über einen von Ihnen etwas erfahren – wenn auch aus zweiter Hand …« Sie sah ihn angeekelt an. »Du bist so grausam.«

Er fluchte frustriert. »Ich weiß nicht, wie ich dich überzeugen soll.«

»Gib dir keine Mühe. Du bist überhaupt nicht glaubwürdig.« Sie schnappte sich ihre Tasche. »Verdammt, es ist vermutlich besser so. Mir wäre fast lieber, dass er längst tot ist, als dass er ein Krimineller war. Oder dass wir unser gesamtes Leben in ein und derselben Stadt verbracht haben, aber er mich nie besucht hat, nicht einmal neugierig war, wie ich wohl aussehe.«

»Er wusste, wie du aussiehst.« Wraths Stimme war wieder ganz nah. »Er kannte dich.«

Sie wirbelte herum. Er stand so nah vor ihr, dass seine schiere Größe sie überwältigte.

Beth sprang zur Seite. »Hör sofort damit auf.«

»Er kannte dich.«

»Hör auf, das zu sagen!«

»Dein Vater kannte dich«, brüllte Wrath.

»Warum wollte er mich dann nicht treffen?«, schrie sie zurück.

Wrath zuckte zusammen. »Er wollte dich ja treffen. Er hat auf dich aufgepasst. Dein ganzes Leben lang war er immer in deiner Nähe.«

Sie schloss die Augen und schlang die Arme um sich. Es war nicht zu fassen, sie stand schon wieder kurz davor, auf ihn hereinzufallen.

»Beth, sieh mich an. Bitte.«

Widerstrebend hob sie die Lider.

»Gib mir deine Hand. Gib sie mir.«

Als sie nicht reagierte, nahm er ihre Hand und legte sie sich auf seine Brust, auf sein Herz.

»Bei meiner Ehre. Ich habe dich nicht angelogen.«

Regungslos stand er da, als wolle er ihr Gelegenheit geben, jede Nuance seines Gesichts und seines Körpers zu studieren.

Konnte das wahr sein?

»Er hat dich geliebt, Beth.«

Glaub ihm nicht. Glaub ihm nicht. Glaub–

»Warum hat er mich dann nicht zu sich geholt?«, flüsterte sie.

»Er hoffte, du würdest ihn niemals kennen lernen müssen. Dass dir das Leben erspart bliebe, das er führen musste.« Wrath starrte auf sie herab. »Und dann lief ihm die Zeit davon.«

Ein langes Schweigen folgte seinen Worten.

»Wer war mein Vater?«, fragte sie schließlich kaum hörbar.

»Er war, was auch ich bin.«

Und dann öffnete Wrath seinen Mund.

Fangzähne. Er hatte Fangzähne.

Ihre Haut zog sich vor Schreck zusammen. Sie schob ihn von sich weg. »Du Dreckskerl!«

»Beth, hör mir zu –«

»Du willst mir erzählen, dass mein Vater ein Vampir war?« Sie stürzte sich auf ihn und trommelte mit den Fäusten auf seine Brust ein. »Du kranker Mistkerl! Du abartiges … *Arschloch!* Wenn du deine perversen Fantasien ausleben willst, such dir eine andere Frau!«

»Dein Vater –«

Sie schlug ihn, mit aller Kraft. Mitten ins Gesicht.

»Tu das nicht. Wag es nicht.« Ihre Hand schmerzte, und sie legte sie auf ihren Bauch. Am liebsten hätte sie geweint. Weil es wehtat. Weil sie ihm auch hatte wehtun wollen, aber er völlig unberührt davon schien, dass sie ihn geohrfeigt hatte.

»Du hattest mich fast so weit, wirklich«, stöhnte sie. »Aber dann musstest du einen Schritt zu weit gehen und diese falschen Zähne zeigen.«

»Sie sind echt. Schau genau hin.«

Mehr Kerzen flackerten auf, ohne dass sie jemand angezündet hätte.

Sie rang nach Luft. Urplötzlich hatte sie das Gefühl, dass nichts so war, wie es schien. Die Regeln, die sie kannte, waren außer Kraft gesetzt. Die Realität zog sich in andere Sphären zurück.

Sie rannte quer durch das Zimmer. An der Tür holte er sie ein, und sie kauerte sich zusammen, als könnte sie ihn durch ein Stoßgebet von sich fernhalten.

»Komm mir nicht zu nahe.« Sie tastete nach dem Türgriff. Warf ihr ganzes Gewicht gegen die Tür. Sie rührte sich keinen Millimeter.

Panik floss durch ihre Adern wie brennendes Benzin.

»Beth –«

»Lass mich gehen!« Der Türgriff schnitt in ihre Handfläche, als sie immer weiter daran riss.

Als seine Hand sich auf ihre Schulter senkte, schrie sie. »Fass mich nicht an!«

Sie machte einen Satz, um von ihm wegzukommen. Rannte panisch durch das Zimmer. Er schnitt ihr den Weg ab, und kam langsam, unaufhaltsam auf sie zu.

»Ich will dir helfen.«

»Lass mich in Ruhe!« Sie schlug einen Haken um ihn herum und stürzte zur Tür. Dieses Mal ging sie auf, ohne dass Beth überhaupt den Türgriff berührt hatte.

Als hätte er sie durch seinen bloßen Willen geöffnet.

Sie starrte ihn entgeistert an. »Das hier ist nicht real.«

Sie stürmte die Treppe hinauf, und stolperte dabei nur einmal. Als sie versuchte, den Riegel an der Rückseite des Gemäldes zu öffnen, brach sie sich einen Nagel ab, aber irgendwann gelang es ihr, ihn zurück zu schieben. Sie rannte durch den Salon. Stürzte aus dem Haus und –

Wrath stand vor ihr auf dem Rasen.

Beth blieb taumelnd stehen.

Blanker Horror brandete über sie hinweg, Furcht und Ungläubigkeit pressten ihr das Herz zusammen. Ihr Verstand setzte aus.

»Nein!« Sie rannte los, irgendwohin, einfach nur weg.

Er lief ihr nach, das spürte sie. Immer schneller flogen ihre Beine, sie rannte, bis sie keine Luft mehr bekam, bis ihre Sicht vor Erschöpfung verschwamm, und ihre Oberschenkel vor Schmerz schrien. Sie konnte nicht mehr, und immer noch war er ihr auf den Fersen.

Endlich ließ sie sich auf den Rasen sinken und schluchzte auf.

Sie rollte sich zusammen, als wollte sie sich vor Schlägen schützen, und weinte.

Als er sie aufhob, wehrte sie sich nicht.

Was half es schon? Wenn das ein Traum war, würde sie irgendwann aufwachen. Und wenn nicht …

Dann würde er ihr einiges mehr erklären müssen, als nur das Leben ihres Vaters.

Als Wrath Beth zurück in sein Zimmer trug, konnte er die Angst, Verwirrung und Verzweiflung in ihr fühlen. Er legte sie auf das Bett zog das Laken heraus, um sie darin einwickeln zu können. Dann ging er zum Sofa und setzte sich hin. Sicher brauchte sie jetzt ein bisschen Zeit für sich.

Endlich drehte sie sich um, und er fühlte ihren Blick auf sich ruhen.

»Ich warte darauf, endlich aufzuwachen. Dass der Wecker klingelt«, sagte sie heiser. »Aber das wird nicht passieren, oder?«

Er schüttelte den Kopf.

»Wie kann das sein? Wie …« Sie räusperte sich. »Vampire?«

»Wir sind einfach nur eine andere Spezies.«

»Blutsauger. Mörder.«

»Wie wär's mit *verfolgter Minderheit?* Weshalb dein Vater hoffte, du würdest die Wandlung nicht erleben müssen.«

»Wandlung?«

Er nickte grimmig.

»O Gott.« Sie schlug sich die Hände vor den Mund, als müsste sie sich gleich übergeben. »Sag nicht, dass ich …«

Eine neuerliche Welle der Panik stieg in ihr auf und verursachte eine Luftbewegung im Raum, die ihn kühl und heftig traf. Er konnte ihre Qual nicht ertragen und wollte ihr die Situation irgendwie erleichtern. Leider war das Zeigen von Mitgefühl nicht gerade seine starke Seite.

Wenn es doch nur etwas gäbe, wogegen er für sie kämpfen könnte.

Aber da gab es im Moment nichts. Absolut nichts. Die Wahrheit konnte er nicht aus dem Weg räumen. Und sie war auch nicht Beths Feind, obwohl sie schmerzte. Sie … war einfach da.

»Was wird mit mir geschehen?«, murmelte sie.

Die Verzweiflung in ihrer Stimme klang, als würde sie zu Gott sprechen, nicht mit ihm. Aber er antwortete trotzdem.

»Deine Wandlung steht kurz bevor. Sie trifft jeden von uns ungefähr an seinem fünfundzwanzigsten Geburtstag. Ich werde dir beibringen, wie du auf dich aufpasst. Ich zeige dir, was du tun musst, um zu überleben.«

»Lieber Gott …«

»Wenn du alles überstanden hast, wirst du trinken müssen.«

Sie keuchte und setzte sich aufrecht im Bett auf. »Ich werde niemanden töten!«

»Das musst du auch nicht. Du brauchst das Blut eines männlichen Vampirs. Mehr nicht.«

»Mehr nicht«, wiederholte sie tonlos.

»Wir jagen keine Menschen. Das ist ein Ammenmärchen.«

»Du hast nie einen Menschen genommen?«

»Nicht, um zu trinken«, sagte er ausweichend. »Es gibt Vampire, die das tun, aber die Kraft hält nicht lange vor. Um gesund zu bleiben, müssen wir uns von unserer eigenen Spezies ernähren.«

»Bei dir klingt das alles so normal.«

»Das ist es auch.«

Sie wurde still. Und dann, als wäre ihr das eben erst klar geworden, sagte sie: »Du wirst mich …«

»Du wirst von mir trinken. Wenn es Zeit ist.«

Sie stieß ein ersticktes Geräusch aus, als hätte sie aufschreien wollen, aber ihr Würgereflex hätte eingesetzt.

»Beth, ich weiß, dass es nicht leicht für dich ist …«

»Das weißt du nicht.«

»… weil ich das auch durchstehen musste.«

Sie sah ihn an. »Hast du auch aus heiterem Himmel erfahren, dass du ein Vampir bist?«

Das war nicht als Vorwurf gemeint. Sie sagte es eher in der Hoffnung, sie hätte etwas mit jemandem gemein. Mit irgendjemandem.

»Ich wusste, wer meine Eltern waren. Aber sie waren schon tot, als meine Transition kam. Ich war allein. Ich wusste nicht, was ich zu erwarten hatte. Deshalb weiß ich, wie verwirrt du sein musst.«

Sie sank wieder in die Kissen zurück. »War meine Mutter auch ein Vampir?«

»Soweit Darius mir erzählt hat, war sie ein Mensch. Vampire haben sich schon immer mit Menschen gepaart, aber die Kinder solcher Beziehungen überleben nur selten.«

»Kann ich diese Wandlung aufhalten? Kann ich verhindern, dass es passiert?«

Er schüttelte den Kopf.

»Tut es weh?«

»Du wirst dich fühlen, als …«

»Nicht mir. Wird es dir wehtun?«

Wrath schluckte seine Überraschung herunter. Niemand machte sich Sorgen um ihn. Vampire wie Menschen fürchteten ihn. Seine Rasse verehrte ihn. Aber niemand sorgte sich je um ihn. Er wusste nicht, wie er mit dieser Empfindung umgehen sollte.

»Nein. Es wird mir nicht wehtun.«

»Könnte ich dich umbringen?«

»Das werde ich nicht zulassen.«

»Versprochen?«, fragte sie eindringlich, setzte sich wieder auf und ergriff seinen Arm.

Er konnte nicht fassen, dass er einen Eid leistete, sich selbst zu schützen. Weil sie ihn darum bat.

»Ich verspreche es.« Er wollte seine Hand auf ihre legen, hielt jedoch inne, bevor er sie berührte.

»Wann ist es so weit?«

»Das kann ich nicht mit Sicherheit sagen. Aber bald.«

Sie ließ ihn los und lehnte sich wieder gegen das Kissen. Dann drehte sie sich von ihm weg und rollte sich auf der Seite zusammen.

»Vielleicht wache ich ja auf«, murmelte sie. »Vielleicht wache ich ja noch auf.«

19

Butch trank seinen ersten Scotch in einem Zug. Großer Fehler. Seine Kehle war wund, es fühlte sich an, als hätte er mit Batteriesäure gegurgelt. Sobald er fertig gehustet hatte, bestellte er bei Abby den nächsten Drink.

»Wir finden sie sicher«, sagte José und stellte sein Bier ab.

Er blieb bei den leichteren Sachen, aber er musste ja auch noch nach Hause zu seiner Familie. Butch hingegen konnte den Abend ausklingen lassen, wie er wollte.

José spielte an seinem Bierkrug herum, drehte ihn im Kreis auf der Theke herum. »Du solltest dir keine Vorwürfe machen.«

Butch lachte und kippte Glas Nummer zwei. »Ja, da waren noch haufenweise andere Leute mit mir und dem Verdächtigen im Auto.« Er hob die Hand, um Abbys Aufmerksamkeit zu erregen. »Ich sitze schon wieder auf dem Trockenen.«

»Nicht lange.« Schon kam sie mit der Single-Malt-Flasche herbeigeschwebt. Sie lächelte ihn an, während sie ihm nachschenkte.

José rutschte und zappelte auf dem Stuhl herum, als könne er Butchs Trinktempo nicht gutheißen und müsste sich mühsam einen Kommentar verkneifen.

Als Abby zu einem anderen Gast ging, warf Butch einen Seitenblick zu José.

»Ich werde mich heute Abend ganz unappetitlich besaufen. Du musst dir das nicht unbedingt ansehen.«

José warf sich ein paar Erdnüsse in den Mund. »Ich lasse dich hier nicht allein.«

»Ich nehme mir ein Taxi nach Hause.«

»O nein. Ich bleibe hier, bis du fertig bist. Und dann schleife ich dich in deine Wohnung. Sehe mir eine Stunde lang an, wie du kotzt. Hieve dich ins Bett. Und bevor ich gehe, bereite ich die Kaffeemaschine vor. Die Aspirin liegen dann neben dem Zuckertopf.«

»Ich hab gar keinen Zuckertopf.«

»Dann eben neben der Tüte.«

Butch grinste. »Du wärst eine super Ehefrau geworden, José.«

»Das sagt meine Lady mir auch immer.«

Sie schwiegen, bis Abby die vierte Runde einschenkte.

»Die Wurfsterne, die ich diesem Kerl abgeknöpft habe«, begann Butch. »Was haben wir da?«

»Sind dieselben wie die, die wir bei der Autobombe und in der Nähe von Cherrys Leiche gefunden haben. Marke Typhoon. 87,88g, vier-vierziger Stahl. Zehn Zentimeter Durchmesser. Herausnehmbares Gewicht in der Mitte. Kann man im Internet für circa 12 Dollar das Stück bestellen, oder über Kampfkunststudios beziehen. Und nein, es sind keine Fingerabdrücke drauf.«

»Die anderen Waffen?«

»Schicke Messerchen. Den Jungs im Labor ist fast einer

abgegangen, als sie die Dinger untersucht haben. Verbundmetall, hart wie Diamant, wunderbare Handarbeit. Kein Hersteller erkennbar. Die Pistole ist eine ganz gewöhnliche Neun-Millimeter Beretta, Modell 92G-SD. Sehr gut gewartet, und natürlich wurde die Seriennummer weggeätzt. Das Irre daran sind die Kugeln. So was hab ich noch nie gesehen. Innen hohl und mit Flüssigkeit gefüllt. Die Jungs glauben, es sei nur Wasser. Aber wer macht denn so was?«

»Du verarschst mich.«

»Nein.«

»Und keine Abdrücke.«

»Exakt.«

»Nirgendwo.«

»Genau.«

José machte das Erdnussschälchen leer und gestikulierte zu Abby, um Nachschub zu ordern. »Dein Verdächtiger ist aalglatt. Blank wie ein Babypopo. Ein echter Profi. Wetten, er kommt aus dem Big Apple hier nach Norden? Klingt für mich nicht nach einem Caldwell-Gewächs.«

»Bitte sag mir, dass ihr schon bei der New Yorker Polizei angefragt habt, während ich meine Zeit mit diesen Rettungssanitätern vergeudet habe.«

Abby kam mit mehr Scotch und mehr Nüssen.

»Die Ballistiker nehmen sich gerade die Waffe vor, um festzustellen, ob sie ungewöhnliche Merkmale hat«, berichtete José gelassen. »Wir prüfen, ob das Geld heiß ist. Gleich morgen früh kriegen die Jungs in New York alles, was wir haben. Aber viel wird es nicht sein.«

Butch fluchte, als er zusah, wie die Schale neu gefüllt wurde.

»Wenn Beth irgendwas zustößt …« Er ließ den Satz in der Luft hängen.

»Wir finden sie.« José machte eine kurze Pause. »Und Gnade ihm Gott, wenn er ihr etwas antut.«

O ja, dann würde Butch sich den Typen persönlich vorknöpfen.

»Gnade ihm Gott«, gelobte er und hielt Abby auffordernd sein Glas hin.

Wrath war völlig erschöpft, als er sich auf die Couch setzte und darauf wartete, dass Beth wieder etwas sagte. Sein Körper fühlte sich an, als würde er in sich selbst versinken, seine Knochen beugten sich der Last von Fleisch und Muskeln.

Während er die Szene hinter der Polizeiwache im Geiste noch einmal durchspielte, fiel ihm ein, dass er die Erinnerung des Cops nicht gelöscht hatte. Was bedeutete, dass die Bullen mit einer genauen Beschreibung nach ihm suchen würden.

Verdammt. Er war so verstrickt in das ganze Drama gewesen, dass er tatsächlich vergessen hatte, sich zu schützen.

Er wurde nachlässig. Und Nachlässigkeit war gefährlich.

»Woher wusstest du das mit den Orgasmen?«, fragte Beth unvermittelt.

Er versteifte sich, und ebenso sein Schwanz, allein beim Klang des Wortes auf ihren Lippen.

Er rutschte herum, um etwas Platz in seiner Hose zu machen und überlegte, wie er ihrer Frage ausweichen konnte. Im Moment wollte er gerade wirklich nicht über Sex mit ihr sprechen. Nicht, wenn sie in diesem Bett lag. Nur Zentimeter von ihm entfernt.

Er dachte an ihre Haut. Weich. Seidig. Warm.

»Woher wusstest du das?«, bohrte sie weiter.

»Es stimmt doch, oder?«

»Ja«, flüsterte sie. »War es anders mit dir, weil du kein … weil du ein … Scheiße, ich kann noch nicht mal das Wort aussprechen.«

»Kann sein.« Er legte seine Handflächen aufeinander

und verschränkte die Finger ineinander. »Ich weiß es nicht.«

Denn für ihn war es auch anders gewesen. Obwohl sie theoretisch noch ein Mensch war.

»Er ist nicht mein Liebhaber. Butch. Der Polizist.«

Wrath atmete erleichtert auf. »Das freut mich.«

»Wenn du ihn also das nächste Mal siehst, bring ihn nicht um.«

»In Ordnung.«

Lange Stille. Dann hörte er, wie sie sich im Bett herumdrehte. Die Satin-Bettwäsche machte leise Geräusche.

Er stellte sich vor, wie ihre Oberschenkel sich aneinander rieben, und wie er sie mit den Händen öffnen würde. Mit dem Kopf weiter auseinander schieben würde. Einen Pfad zu dem Punkt küssen würde, nach dem er sich so verzweifelt sehnte.

Er schluckte, während die Erregung seine Haut brennen ließ.

»Wrath?«

»Ja.«

»Du wolltest letzte Nacht eigentlich gar nicht mit mir schlafen, stimmt's?«

Verschwommene Bilder von ihr ließen ihn die Augen schließen. »Nein, ich wollte es nicht.«

»Warum hast du es dann getan?«

Wie hätte ich es denn nicht tun sollen?, dachte er mit zusammengebissenen Zähnen. Er hatte es nicht über sich gebracht, sie allein zu lassen.

»Wrath?«

»Weil ich musste«, gab er zurück. Er streckte die Arme aus, versuchte, sich locker zu machen. Sein Herz donnerte in der Brust, seine Instinkte erwachten zum Leben, als wäre er in einer Schlacht. Er konnte hören, wie der Atem über ihre Lippen strich, wie ihr Herz pochte, wie ihr Blut floss.

»Warum?«, wisperte sie.
Er sollte jetzt gehen. Er sollte sie allein lassen.
»Sag mir, warum.«
»Du hast mir gezeigt, wie kalt ich bin.«
Mehr Bewegung auf dem Bett.
»Ich habe dich gern gewärmt«, sagte sie heiser. »Ich habe dich gern gespürt.«
Ein dunkles Begehren füllte ihn aus, verkrampfte seine Magengegend.
Wrath hörte auf zu atmen. Wartete, ob es vielleicht von allein vorbeiginge. Das nagende Gefühl wurde stärker.
Scheiße, dieses sündige Verlangen war nicht nur auf Sex ausgerichtet.
Es ging um Blut.
Ihr Blut.
Schnell stand er auf und brachte mehr Distanz zwischen sie und ihn. Er musste hier weg. Auf die Straße. Musste kämpfen.
Und er musste trinken.
»Hör mal, ich muss los. Aber ich möchte, dass du hier schläfst.«
»Geh nicht weg.«
»Ich muss.«
»Warum?«
Sein Mund öffnete sich, die Fänge pochten, als sie sich verlängerten.
Und seine Zähne waren nicht die Einzigen, die danach schrien, sich in sie zu versenken. Seine Erektion schmerzte, bohrte sich hart gegen den Reißverschluss. Er war hin- und hergerissen zwischen den beiden Bedürfnissen. Sex. Blut.
Beides von ihr.
»Läufst du weg?«, flüsterte sie. Es war hauptsächlich eine Frage, die nur ein kleines bisschen Spott enthielt.
»Sei vorsichtig, Beth.«

»Warum?«

»Lange kann ich mich nicht mehr zusammenreißen.«

Sie stand vom Bett auf, kam zu ihm herüber und legte ihm die Hand auf die Brust, direkt über dem Herzen. Die andere schlang sie ihm um die Taille.

Er fauchte, als sie ihn berührte.

Doch wenigstens überlagerte das sexuelle Verlangen die andere Begierde.

»Willst du mich abweisen?«, fragte sie.

»Ich will dich nicht ausnutzen«, sagte er durch zusammengebissene Zähne. »Du hast heute Nacht viel durchmachen müssen.«

Sie griff nach seinen Schultern. »Ich bin wütend. Ängstlich. Verwirrt. Ich will, dass du mich liebst, bis ich nichts mehr fühle, bis ich taub bin. Wenn überhaupt, würde ich dich ausnutzen.« Sie sah auf den Boden. »O Gott, das klingt furchtbar.«

Und wie. Er war mehr als bereit, sich so von ihr benutzen zu lassen.

Er hob ihr Kinn mit dem Zeigefinger an. Auch wenn ihr üppiger Duft ihm ganz genau sagte, was ihr Körper von ihm brauchte, wollte er ihr Gesicht gut sehen können.

»Geh nicht«, flüsterte sie.

Er wollte nicht, doch sein Blutdurst brachte sie in Gefahr. Sie brauchte ihre Kraft für die Wandlung. Und er war so durstig, er könnte sie vollständig leer trinken.

Ihre Hand ließ seine Taille los. Und fand seine Erektion.

Sein Körper zuckte wild, Sauerstoff pumpte in seine Lungen. Sein Keuchen erschütterte die Stille im Raum.

»Du willst mich«, sagte sie. »Und ich will, dass du mich nimmst.«

Sie rieb ihre Handfläche über sein Geschlecht, das Gefühl durchdrang seine Lederhose mit schmerzlicher Deutlichkeit.

Nur Sex. Er könnte es tun. Er konnte das andere Bedürfnis zurückhalten. Er konnte es.

Doch wollte er wirklich ihr Leben von seiner Selbstbeherrschung abhängig machen?

»Sag nicht nein, Wrath.«

Und dann stellte sie sich auf die Zehenspitzen und legte ihre Lippen auf seine.

Game over, dachte er und drückte sie machtvoll an sich.

Gierig suchte seine Zunge sich den Weg in ihren Mund, während er ihre Hüften packte und sich in ihre Hand presste. Ihr befriedigtes Stöhnen machte ihn noch wilder, er genoss die Stiche, die ihre Nägel in seinem Rücken verursachten, weil das bedeutete, dass sie genauso hungrig war wie er selbst.

In einer einzigen Bewegung hatte er sie unter sich aufs Bett geworfen. Er schob den Rock hoch, riss ihr ungeduldig den Slip vom Leib. Der Bluse und dem BH erging es nicht besser. Genießen konnten sie später noch. Jetzt ging es um rauen, gierigen Sex.

Während er ihre Brüste mit seinem Mund bearbeitete, zog sie ihm mit fahrigen Händen das Shirt von der Brust. Er gab ihr gerade genug Zeit, um seine Hose zu öffnen und seine Erektion zu befreien, dann schlang er seinen Unterarm um eines ihrer Knie, bog das Bein hoch und versenkte sich in ihren Körper.

Er hörte sie keuchen, als er machtvoll in sie eindrang, und ihre feuchte Hitze umfing ihn, pulsierte, als sie kam. Er erstarrte, sog die Empfindung ihrer Erlösung in sich auf, spürte, wie ihr Innerstes ihn streichelte.

Ein überwältigender, Besitz ergreifender Instinkt durchfuhr ihn.

Zu seinem Schrecken wurde ihm klar, dass er sie besitzen wollte. Als sein Eigentum kennzeichnen. Er wollte, dass sie diesen speziellen Duft ausstrahlte, damit kein anderer Mann sich ihr näherte. Damit alle wüssten, wem sie gehörte. Damit alle Angst davor hatten, sie selbst besitzen zu wollen.

Aber er wusste, dass er kein Recht dazu hatte. Sie gehörte ihm nicht.

Er spürte, wie ihr Körper unter ihm regungslos wurde, und sah sie an.

»Wrath?«, flüsterte sie. »Wrath, was ist los?«

Er machte einen Versuch, sich aus ihr herauszuziehen, doch sie nahm sein Gesicht zwischen ihre Hände.

»Ist alles in Ordnung mit dir?«

Die Sorge in ihrer Stimme war schuld.

In einer beängstigenden Aufwallung löste sich sein Körper vom Einflussbereich seines Verstandes. Bevor er noch weiter nachdenken konnte, stützte er sich auf seine Arme und stieß in sie hinein, nahm sie hart, durchbohrte sie. Das Kopfteil des Bettes knallte gegen die Wand, sie hielt sich an seinen Handgelenken fest, um sich unter ihm festzuhalten.

Ein tiefes Geräusch rollte durch den Raum, wurde lauter und lauter, bis ihr bewusst wurde, dass das Knurren von ihm kam. Eine fiebrige Hitze stieg ihm aus allen Poren.

Er konnte sich nicht zurückhalten.

Seine Lippen entblößten die Zähne, während seine Muskeln wirbelten und seine Hüften gegen ihre schlugen. Er war in Schweiß gebadet, in seinem Kopf drehte sich alles, er war atemlos, nahm alles, was sie ihm anbot. Nahm es und verlangte mehr, wurde zum Tier wie sie auch, bis sie beide nur noch Wildheit waren.

Er kam heftig, erfüllte sie ganz, entlud sich schaudernd in sie. Sein Orgasmus dauerte an und an und an, bis ihm bewusst wurde, dass sie mit ihm gemeinsam auf dem Höhepunkt ritt. Sie klammerten sich aneinander, gegen die übermächtigen Wogen der Leidenschaft, als ginge es um ihr Leben.

Es war die vollkommenste Vereinigung, die er je erlebt hatte.

Und plötzlich wurde es zum Albtraum.

Noch während der letzte Schauer seinen Körper verließ und in ihren überging, in genau dem Augenblick, als er sich restlos verausgabt hatte, kippte das Gleichgewicht seiner Begierden. Die Blutlust brach sich wild und heimtückisch Bahn, so mächtig, wie es davor das sexuelle Verlangen gewesen war.

Er fletschte seine Zähne und beugte sich über ihren Hals, über die Vene, die so köstlich nah unter der Oberfläche ihrer blassen Haut pochte. Seine Fänge wollten sich schon in sie versenken, sein Hals war trocken vor Durst nach ihr, seine Eingeweide verkrampften sich in einem Hunger, der in seine Seele schnitt. Im letzten Moment riss er sich zurück, entsetzt über das, was er beinahe getan hätte.

Er schob sich von ihr weg, kroch hektisch über das Bett, bis er schließlich ohne jede Eleganz zu Boden fiel.

»Wrath?« Beunruhigt beugte sie sich über ihn.

»Nein!«

Der Hunger nach ihrem Blut war zu stark, der Trieb übermächtig. Wenn sie ihm zu nahe käme …

Er stöhnte auf, versuchte zu schlucken. Sein Hals war wie Schmirgelpapier. Wieder brach ihm der Schweiß aus, doch dieses Mal dank einer Übelkeit erregenden Hitze.

»Was ist passiert? Was habe ich getan?«

Wrath kroch rückwärts, sein Körper schmerzte, die Haut brannte wie Feuer. Ihr Geruch auf ihm war wie ein Peitschenhieb auf seine Selbstbeherrschung.

»Beth, bitte lass mich allein. Ich muss …«

Doch immer noch wollte sie zu ihm. Er stieß heftig gegen die Couch.

»Zum Teufel, bleib zurück!« Er entblößte seine Fänge

und zischte laut. »Wenn du noch näher kommst, beiße ich dich, kapiert?«

Wie angewurzelt blieb sie stehen. Entsetzen trübte die Luft zwischen ihnen, doch sie schüttelte den Kopf.

»Es würde mir nicht wehtun«, sagte sie mit einer Überzeugung, die ihm gefährlich naiv erschien.

Mühsam sprach er. »Zieh dich an. Geh hoch. Bitte Fritz, dich nach Hause zu bringen. Ich schicke jemanden, der auf dich aufpasst.«

Er keuchte jetzt nur noch, der Schmerz zerrte an seinem Magen, beinahe so stark wie damals in der Nacht seiner Transition. Nie hatte er Marissa so sehr gebraucht.

O Gott. Was passierte mit ihm?

»Ich will nicht gehen.«

»Du musst. Ich schicke jemanden vorbei, der dich beschützt, bis ich wieder zu dir kommen kann.«

Seine Oberschenkel zitterten, die Muskeln waren bis zum Äußersten angespannt. Sein Geist und seine körperlichen Bedürfnisse hatten einander den Krieg erklärt, waren mit gezogenem Schwert aufs Schlachtfeld gezogen. Und er wusste, wer siegen würde, wenn sie sich nicht vor ihm in Sicherheit brachte.

»Beth, *bitte.* Es tut weh. Und ich weiß nicht, wie lange ich mich noch zurückhalten kann.«

Sie zögerte noch. Dann warf sie sich ihre Kleider über.

An der Tür warf sie noch einmal einen Blick zurück.

»Geh.«

Sie gehorchte.

20

Es war kurz nach neun, als Mr X bei McDrive ankam. »Schön, dass euch beiden der Film gefallen hat. Und ich habe heute Nacht noch etwas anderes vor, aber wir müssen uns ein bisschen beeilen. Einer von euch muss um elf zu Hause sein.«

Billy fluchte leise, als sie vor der beleuchteten Speisekarte hielten. Er bestellte doppelt so viel wie Loser. Der bot an, für sein Essen zu bezahlen.

»Das geht schon in Ordnung, ich lade euch ein«, sagte Mr X. »Aber macht mir keine Sauerei im Wagen.«

Während Billy aß, und Loser mit seinem Essen spielte, fuhr Mr X sie hinüber ins *War Zone.* Das war ein Laserdrom, *die* Aufreißzentrale der unter Achtzehnjährigen. Die trübe beleuchte Halle war ideal, um sowohl Akne als auch armselige jugendliche Sehnsüchte zu bemänteln. An diesem Abend brummte der weitläufige Flachbau, angefüllt mit zappeligen, halbwüchsigen Jungen und gelangweilten, aufgedonnerten Mädchen, denen sie zu imponieren versuchten.

Mr X besorgte drei Infrarotpistolen und Zielhalfter und gab sie den Jungs. Billy war in weniger als einer Minute startklar, die Waffe lag so zwanglos in seiner Hand, als sei sie eine Verlängerung seines Arms.

Mr X sah zu Loser hinüber, der immer noch mit dem Halfter kämpfte. Der Bursche sah jämmerlich aus, seine Unterlippe hing schlaff herunter, während die Finger ungeschickt an den Plastikhaken herum fummelten. Billy beobachtete ihn ebenfalls. Als wäre er Futter.

»Ich dachte mir, wir veranstalten einen kleinen freundschaftlichen Wettbewerb«, sagte Mr X, als sie schließlich durch die Drehkreuze gingen. »Mal sehen, wer von euch den anderen öfter trifft.«

Beim Betreten der Kampfarena passten sich Mr Xs Augen blitzschnell an die samtschwarze Dunkelheit und die Neonblitze der anderen Spieler an. Der Raum war groß genug für die etwa dreißig Kämpfer, die um die Hindernisse herumtanzten, lachten und kreischten und ihre Lichtstrahlen abfeuerten.

»Wir trennen uns«, sagte Mr X.

Während Loser noch kurzsichtig blinzelte, zog Billy schon los. Er bewegte sich mit der Geschmeidigkeit eines Raubtiers. Eine Sekunde später meldete der Sensor mitten auf Losers Brust einen Treffer. Der Junge sah an sich hinunter, als wüsste er nicht, was passiert war.

Billy zog sich in die Dunkelheit zurück.

»Du gehst besser in Deckung, Junge«, murmelte Mr X.

Er hielt sich abseits und ließ die beiden nicht aus den Augen. Billy traf Loser immer und immer wieder, aus zahllosen Winkeln, er verschwand zwischen den Hindernissen, tauchte wieder auf, näherte sich schnell, dann wieder langsam, dann schoss er aus der Ferne. Losers Verwirrung und Bestürzung nahmen mit jedem Lichtblitz auf seiner Brust weiter zu. Die Verzweiflung machte ihn unbeholfen wie ein

Kind. Er ließ die Laserpistole fallen. Stolperte über seine eigenen Füße. Rannte mit der Schulter in eine Absperrung.

Billy dagegen hielt sich glänzend. Obwohl sein Gegner nachließ, immer schwächer wurde, zeigte er keine Gnade. Selbst als Loser seine Waffe hängen ließ und sich erschöpft an eine Wand lehnte, schoss er wieder auf ihn.

Und verschwand sofort wieder im Schatten.

Dieses Mal heftete sich Mr X an Billys Fersen, aber nicht um seine Leistung zu beobachten. Riddle war schnell, er tänzelte um die Schaumstoffhindernisse herum, schlich sich zurück zu Loser, um ihn von hinten zu überfallen.

Mr X sah seine Bewegungen voraus. Mit einem schnellen Schritt nach rechts stellte er sich ihm in den Weg.

Und erschoss ihn aus nächster Nähe.

Billy sah fassungslos auf seine Brust. Es war das erste Mal, dass sich sein Rezeptor gemeldet hatte.

»Das hast du gut gemacht«, sagte Mr X. »Du hast das Spiel wirklich gut gespielt, mein Junge. Bis jetzt gerade.«

Billy hob den Blick zu seinem Lehrer empor, seine Hand legte sich auf den blinkenden Sensor. Auf sein Herz.

»Sensei.« Er sprach das Wort mit der Ehrfurcht und Bewunderung eines Liebenden aus.

Beth wollte den Butler nicht bitten, sie nach Hause zu bringen, sie war zu aufgelöst, um mit irgendjemandem höflich Konversation zu machen. Sie ging die Straße hinunter und wählte gerade die Nummer eines Taxiunternehmens auf ihrem Handy, als das Schnurren eines Motors sie aufschreckte.

Der Butler stieg aus dem Mercedes und neigte den Kopf. »Der Herr rief mich. Er möchte, dass ich Euch nach Hause bringe, Herrin. Und ich … ich würde Euch gern fahren.«

Er klang so ernsthaft und hoffnungsvoll, als würde sie ihm einen Gefallen tun, wenn er sich um sie kümmern dürfte. Aber sie brauchte Ruhe. Nach allem, was passiert war, geisterte ihr zu viel im Kopf herum.

»Vielen Dank, das ist nicht nötig.« Sie zwang sich zu einem Lächeln. »Ich werde einfach …«

Die Miene des Mannes zeigte deutlich seine Enttäuschung. Er sah aus wie ein getretener Hund.

Wenn sie schon ihre Manieren im Stich ließen, setzte nun doch wenigstens ihr Mitgefühl ein.

»Na gut.«

Bevor er um den Wagen herumkommen konnte, öffnete sie die Tür und setzte sich auf den Beifahrersitz. Der Butler wirkte durch ihre Initiative etwas aus dem Konzept gebracht, doch er fasste sich schnell wieder, und das leuchtende Lächeln kehrte auf sein zerknittertes Gesicht zurück.

Als er sich ans Steuer setzte und den Gang einlegte, sagte sie: »Ich wohne in …«

»O, ich weiß, wo Ihr lebt. Wir wussten die ganze Zeit, wo Ihr wart. Erst im St. Francis Hospital auf der Säuglings-Intensivstation. Dann bei der Kinderkrankenschwester. Wir hatten gehofft, sie würde Euch behalten, doch das Krankenhaus zwang sie dazu, Euch wieder abzugeben. Dann kamt ihr in staatliche Fürsorge. Das gefiel uns gar nicht. Erst wurdet Ihr den McWilliams auf der Elmwood Avenue zugeteilt, doch Ihr wurdet krank und musstet mit Lungenentzündung wieder ins Krankenhaus.«

Er setzte den Blinker und bog an einem Stoppschild links ab.

Sie vergaß beinahe zu atmen, so angestrengt hörte sie zu.

»Danach wurdet Ihr zu den Ryans geschickt, aber dort waren einfach zu viele Kinder. Und dann kamt ihr zu den Goldrichs, die in diesem modernen Bungalow in der Raleigh Street wohnten. Wir dachten, dort würdet Ihr nun bleiben, aber dann wurde Mrs Goldrichs schwanger.

Schließlich kamt Ihr in das Waisenhaus. Das war schlimm für uns, denn dort ließ man Euch nicht an die frische Luft zum Spielen.«

»Sie sagen immer ›wir‹«, flüsterte Beth. Sie fürchtete sich vor der Antwort und hoffte gleichzeitig inständig auf sie.

»Ja. Euer Vater und ich.«

Sie legte den Handrücken auf den Mund und betrachtete angestrengt das Profil des Butlers.

»Er kannte mich?«

»O ja, Herrin. Von Anfang an. Kindergarten, Grundschule, Highschool.« Ihre Blicke trafen sich. »Wir waren so stolz auf Euch, als Ihr dieses Stipendium fürs College bekamt. Ich war bei Eurer Abschlussfeier. Ich habe für Euren Vater Fotos gemacht.«

»Er kannte mich.« Sie sprach die Worte probeweise aus, es fühlte sich an, als spräche sie von den Eltern einer anderen Frau.

Der Butler lächelte ihr zu. »Wir haben jeden Artikel aufgehoben, den Ihr jemals geschrieben habt. Selbst die von der Highschool und dem College. Als Ihr beim *Caldwell Courier Journal* angefangen habt, weigerte sich Euer Vater morgens schlafen zu gehen, bevor ich ihm nicht die Zeitung gebracht hatte. Egal wie hart die Nacht gewesen war, er ging erst zu Bett, wenn er alles gelesen hatte, was Ihr geschrieben hattet. Er war so stolz auf Euch.«

Sie wühlte in ihrer Tasche nach einem Taschentuch und schnäuzte sich, so geziert sie konnte.

»Herrin, Ihr müsst wissen, dass es unfassbar schwer für ihn war, Euch fernzubleiben. Aber er wusste, wie gefährlich es war, Euch zu nahe zu kommen. Die Familien der Krieger müssen sorgfältig bewacht werden, und Ihr wart doch ohne Schutz, weil Ihr von Menschen aufgezogen wurdet. Er hatte auch gehofft, dass Euch die Transition erspart bliebe.«

»Kannten Sie meine Mutter?«

»Nicht gut. Sie waren nicht lange zusammen. Sie verschwand bald, nachdem sie sich kennen gelernt hatten, weil sie herausgefunden hatte, dass er kein Mensch war. Von der Schwangerschaft erzählte sie ihm nichts, erst kurz vor der Geburt wandte sie sich wieder an ihn. Ich glaube, sie hatte Angst vor dem Wesen, das sie auf die Welt bringen würde. Unglücklicherweise begannen die Wehen, bevor wir sie erreichen konnten, und sie wurde in ein Krankenhaus der Menschen gebracht. Aber Ihr solltet wissen, dass er sie geliebt hat. Von ganzem Herzen.«

Beth saugte diese Informationen auf wie ein Schwamm und füllte damit die Löcher in ihrem Inneren aus.

»Mein Vater und Wrath, standen sie sich nahe?«

Der Butler zögerte. »Euer Vater liebte Wrath. Wir alle tun das. Er ist unser Herr. Unser König. Deshalb schickte Euer Vater ihn zu Euch. Und Ihr braucht ihn nicht zu fürchten. Er würde Euch niemals wehtun.«

»Das weiß ich.«

Als ihr Haus in Sicht kam, bedauerte sie, nicht noch mehr Zeit mit dem Butler verbringen zu können.

»Da wären wir«, sagte er. »Elf Achtundachtzig Redd Avenue, Apartment 1B. Wobei ich bemerken muss, dass weder Euer Vater noch ich es gutheißen konnten, das Ihr in einer Erdgeschosswohnung lebt.«

Der Wagen hielt, aber sie wollte nicht aussteigen.

»Darf ich Ihnen noch mehr Fragen stellen? Später?«, sagte sie.

»Aber ja, Herrin. Bitte. Es gibt so vieles, was ich Euch erzählen möchte.« Er stieg aus dem Auto, doch sie schlug schon die Tür zu, als er bei ihr ankam.

Sie überlegte, ob sie ihm die Hand geben und sich förmlich bedanken sollte.

Stattdessen schlang sie die Arme um den kleinen alten Mann und drückte ihn an sich.

Nachdem Beth seine Kammer verlassen hatte, schrie Wraths Blutdurst nach ihr, schmerzlich, weil er selbst sie weggeschickt hatte.

Er zog sich die Hose hoch und schleppte sich ans Telefon. Zuerst rief er Fritz an, dann Tohrment. Seine Stimme versagte immer wieder, er hatte Mühe, sich verständlich zu machen.

Nach dem Telefonat mit Tohr drehte sich sein Magen plötzlich um. Er taumelte ins Badezimmer und rief still nach Marissa. Er beugte sich über die Toilette, doch es gab nicht viel, das er hätte ausspucken können.

Er hatte zu lange gewartet, dachte er. Die Signale ignoriert, die sein Körper schon seit geraumer Zeit ausgesandt hatte.

Dann war Beth gekommen, und seine Psyche hatte eine ganze Reihe von Schlägen hinnehmen müssen. Kein Wunder, dass er völlig durcheinander war.

Marissas Duft wehte aus dem Zimmer herüber.

»Mein Herr?«, rief sie.

»Ich brauche ...«

Beth, dachte er, halluzinierend. Er sah sie vor sich, hörte ihre Stimme in seinem Kopf. Streckte die Hand aus. Sie ging ins Leere.

»Herr? Soll ich zu dir kommen?«, fragte Marissa aus dem Nebenzimmer.

Wrath wischte sich den Schweiß vom Gesicht und kam heraus, schwankend wie ein Betrunkener. Blind tastete er in der Luft herum, fiel vornüber.

»Wrath!« Marissa eilte zu ihm.

Schwerfällig fiel er auf das Bett und zog sie mit hinunter.

Er glaubte, Beths Körper neben sich zu spüren.

Und sein Gesicht landete auf dem Laken, in dem noch immer Beths Duft hing. Als er tief Luft holte, um die Benommenheit zu vertreiben, roch er überall nur Beth.

»Herr, du musst trinken.« Marissas Stimme schien aus weiter Ferne zu kommen, als stünde sie draußen auf der Treppe.

Er hob den Kopf bei dem Geräusch, sah aber nichts. Er war nun völlig blind.

Marissas Stimme wurde seltsam hart. »Wrath, hier. Nimm mein Handgelenk. Sofort.«

Warme Haut lag in seiner Handfläche. Er öffnete den Mund, konnte aber seine Arme nicht richtig kontrollieren. Er streckte die Hand aus, berührte eine Schulter, ein Schlüsselbein, einen Hals.

Beth.

Der Hunger überwältigte ihn, und er bäumte sich über den weiblichen Körper neben ihm auf. Mit einem Grollen versenkte er seine Zähne in das zarte Fleisch über einer Arterie. In tiefen Zügen trank er, hatte Visionen von der dunkelhaarigen Frau, die ihm gehörte, sah vor sich, wie sie sich ihm hingab, stellte sich vor, dass sie es war, die in seinen Armen lag.

Marissa rang nach Atem.

Wraths Arme zerbrachen sie beinahe, sein riesiger Körper war wie ein Käfig um sie herum, während er trank. Zum ersten Mal spürte sie jede der harten Konturen seines Körpers.

Einschließlich einer, die eine Erektion sein musste, wie ihr klar wurde. Noch nie war sie auch nur in der Nähe davon gewesen.

Die Möglichkeiten, die es verhieß, waren aufregend. Und Furcht erregend.

Sie lehnte sich zurück und versuchte, zu atmen. Das war es, was sie sich immer von ihm gewünscht hatte, auch wenn seine Leidenschaft schockierend war. Aber was konnte sie schon erwarten? Er war mehr als ein Mann, er war ein Krieger.

Und er hatte endlich begriffen, dass er sie brauchte.

Befriedigung nahm die Stelle des Unbehagens ein, vorsichtig strich sie ihm mit den Händen über die breiten, nackten Schultern – eine Freiheit, die sie sich nie zuvor erlaubt hatte. Ein kehliges Geräusch entrang sich ihm, als wolle er, dass sie weitermachte. Genussvoll vergrub sie die Hände in seinen Haaren. Es war so weich. Wer hätte das gedacht? So ein harter Mann, aber ach so weich waren die dunklen Wellen seiner Haare. Wie ihre Seidenkleider.

Marissa wollte in seinen Geist blicken, ein Eingriff, den sie nie zuvor gewagt hatte, aus Furcht, ihn zu verärgern. Aber jetzt war alles anders. Vielleicht würde er sie sogar küssen, wenn er fertig war. Sie lieben. Vielleicht konnte sie jetzt bei ihm bleiben. Sie würde gerne mit ihm in Darius' Haus wohnen. Oder wo auch immer. Es spielte keine Rolle.

Sie schloss die Augen und suchte seine Gedanken.

Nur um dort die Frau zu finden, an die er in Wirklichkeit dachte. Die *menschliche* Frau.

Es war eine dunkelhaarige Schönheit mit halb geschlossenen Augen. Sie lag auf dem Rücken, die Brüste entblößt. Seine Finger liebkosten die festen rosa Nippel, während er eine Spur von Küssen von ihrem flachen Bauch abwärts zog.

Marissa ließ das Bild fallen wie ein gesprungenes Glas.

Wrath war gar nicht bei ihr. Es war nicht ihr Hals, aus dem er trank. Es war nicht ihr Körper, den er so fest an sich presste.

Und diese Erektion hatte nichts mit ihr zu tun.

War nicht für sie.

Während er an ihrem Hals saugte, sie mit seinen kräftigen Armen an sich drückte, schrie Marissa auf vor Zorn über diese Ungerechtigkeit.

Schrie wegen ihrer zerstörten Hoffnungen. Ihrer enttäuschten Liebe.

Wie passend, dass er sie völlig aussaugte. Und wie sie sich wünschte, er würde es zu Ende bringen. Sie bis auf den letzten Tropfen austrinken. Sie sterben lassen.

Sie hatte Jahre um Jahre gebraucht, Äonen, um die Wahrheit zu erkennen.

Er hatte nie ihr gehört. Und er würde auch niemals ihr gehören.

O Gott, jetzt wo ihr der Traum genommen war, was blieb ihr noch übrig?

21

Beth legte ihre Handtasche auf das Tischchen im Flur, begrüßte Boo und ging ins Badezimmer. Kurz liebäugelte sie mit der Dusche, entschied sich dann aber dagegen, obwohl das heiße Wasser ihrem steifen Körper sicher gut getan hätte.

Aber sie liebte Wraths Duft auf ihrer Haut, ein herrliches, exotisches Parfüm mit einer dunklen Note. Nie zuvor war ihr so etwas bisher begegnet, und sie würde seinen Duft niemals vergessen können.

Sie drehte den Wasserhahn auf und wusch sich. Die Gegend zwischen ihren Beinen war immer noch köstlich empfindlich und mehr als nur ein bisschen gereizt. Nicht, dass sie etwas auf den Schmerz gegeben hätte. Wrath durfte ihr das jederzeit wieder antun, wann immer ihm der Sinn danach stand.

Er war …

Ihr fehlten die Worte. Sie sah nur ein Bild vor sich, wie er sich in sie ergoss, seine gewaltigen Schultern, die Schweiß bedeckte Brust, die sich aufbäumte, als er endlich losließ. Als er ihr sein Zeichen aufdrückte.

Denn genau so hatte es sich angefühlt. Als wäre sie von dem Mann gezeichnet worden.

Und sie wollte das wieder erleben. Am liebsten jetzt und sofort.

Aber sie schüttelte den Kopf. Dieser ungeschützte Sex musste aufhören. Schlimm genug, dass es bereits zweimal passiert war. Das nächste Mal würde sie aufpassen.

Auf dem Weg in ihr Zimmer blieb ihr Blick am Spiegel hängen, und sie blieb stehen. Sie beugte sich vor und brachte ihr Gesicht näher an das Glas.

Sie sah noch genauso aus wie heute Morgen. Aber sie fühlte sich wie eine Fremde.

Sie öffnete den Mund und untersuchte ihre Zähne. Als sie gegen ihre Eckzähne drückte, spürte sie, dass sie tatsächlich ein bisschen empfindlich waren.

Lieber Gott, wer war sie? *Was* war sie?

Sie dachte an Wrath, nachdem sie zusammen gewesen waren. Wie er sich von ihr weg gerollt hatte, sein halb-nackter Körper aufs Äußerste angespannt. Als er seine Zähne gefletscht hatte, waren die Fänge länger gewesen als sonst. Als wären sie plötzlich gewachsen.

Sein wunderschönes Gesicht war qualvoll verzerrt gewesen.

War es das, was sie erwartete?

Ein Klopfgeräusch kam aus dem Zimmer, als pochte jemand an ein Fenster. Sie hörte Boo freudig miauen.

Vorsichtig steckte Beth den Kopf um den Türpfosten.

Da war jemand an der Schiebetür. Jemand, der sehr groß war.

»Wrath?« Sie eilte zur Tür und öffnete sie, ohne vorher genau hinzusehen.

Das war nicht Wrath, obwohl der Mann ihm ein bisschen

ähnlich sah. Schwarzes Haar, aber kurz geschnitten. Ein strenges Gesicht mit leuchtend dunkelblauen Augen. Und massenweise Leder.

Seine Nasenflügel bebten, als nehme er eine Witterung auf, und er runzelte die Stirn, als er sie intensiv musterte. Doch dann schien er sich wieder zu beruhigen.

»Beth?« Seine Stimme war tief, aber freundlich. Und als der Mann lächelte, entblößte er seine Fänge.

Sie erschrak noch nicht einmal.

Verdammt, sie hatte sich schon an den Irrsinn gewöhnt.

»Ich bin Tohrment, ein Freund von Wrath.« Der Typ streckte ihr die Hand entgegen. »Du kannst mich Tohr nennen.«

Sie nahm die Hand, unsicher, was sie sagen sollte.

»Ich werde mich hier ein bisschen umsehen. Wenn du was brauchst, ich bin vor der Tür.«

Der Mann … Vampir – Verflucht, was auch immer er war – wandte sich ab und ging zum Gartentisch.

»Warte«, sagte sie. »Warum willst du nicht … Bitte, komm doch herein.«

Er zuckte die Achseln. »Okay.«

Als er durch die Glastür trat, miaute Boo laut und pochte mit der Pfote an die schweren Stiefel des Mannes. Die beiden begrüßten sich wie alte Freunde, und als der Vampir sich wieder aufrichtete, fiel die Lederjacke vorne auseinander. Dolche. Genau wie die von Wrath. Und sie hatte so ein Gefühl, dass die anderen Waffensorten, die Butch Wrath abgenommen hatte, sich ebenfalls in seinen Taschen befanden.

»Möchtest du etwas trinken?« Sie zuckte zusammen. *Kein Blut. Bitte sag nicht Blut.*

Er grinste sie an, als könne er ihre Gedanken lesen. »Hast du vielleicht ein Bier?«

Bier? Er trank Bier?

»Ähm, ja. Ich glaube schon.« Sie verschwand in der Küche. Brachte zwei Flaschen mit. Sie konnte jetzt wirklich auch einen Schluck vertragen.

Immerhin hatte sie einen Vampir zu Gast. Und ihr Vater war ebenfalls ein Vampir gewesen.

Ihr Liebhaber war ein Vampir.

Sie legte den Kopf in den Nacken und nahm einen tiefen Zug.

Tohrment lachte leise. »Eine lange Nacht gehabt?«

»Du machst dir keine Vorstellung«, entgegnete sie und wischte sich den Mund ab.

»Vielleicht doch.« Der Vampir setzte sich in ihren Sessel. Unter seinem riesigen Körper sah er aus wie ein Spielzeugmöbel. »Freut mich, dich endlich kennen zu lernen. Dein Vater hat viel von dir gesprochen.«

»Ehrlich?«

»Er war so verdammt stolz auf dich. Und du musst wissen – er hat sich von dir ferngehalten, um dich zu schützen. Nicht, weil er dich nicht geliebt hat.«

»Das hat Fritz auch gesagt. Und Wrath.«

»Wie kommst du mit ihm klar?«

»Mit Wrath?«

»Ja.«

Sie spürte, wie ihre Wangen sich röteten und floh in die Küche, damit er ihre Reaktion nicht mitbekam. Gedankenlos nahm sie eine Schachtel Kekse vom Kühlschrank und legte ein paar auf einen Teller.

»Er ist … er ist … Wie soll ich das sagen?« Sie suchte nach einer guten Antwort.

»Ich glaube, ich verstehe schon.«

Sie kam zurück und hielt ihm den Teller hin. »Möchtest du einen?«

»Haferkekse mit Rosinen«, sagte er und nahm drei. »Meine Lieblingssorte.«

»Weißt du, ich dachte immer, Vampire würden nur Blut trinken.«

»Stimmt nicht. Sind lebensnotwendige Nährstoffe drin, aber wir brauchen auch normales Essen.«

»Wie steht's mit Knoblauch?«

»Immer her damit.« Er lehnte sich im Sessel zurück und kaute zufrieden. »Ich liebe das Zeug, am besten angebraten in ein bisschen Olivenöl.«

Junge, Junge. Der Typ war ja fast entspannt, dachte sie.

Nein, das stimmte nicht. Ununterbrochen überwachten seine scharfen Augen die Fenster und die Glastür, sondierten die Umgebung. Sie wusste zweifelsfrei, dass er bei der geringsten Auffälligkeit im Bruchteil einer Sekunde aus dem Sessel springen würde. Und zwar nicht, um das Schloss zu überprüfen. Sondern um anzugreifen.

Er steckte sich noch einen Keks in den Mund.

Aber wenigstens bot er angenehme Gesellschaft.

»Du bist ganz anders als Wrath«, platzte sie heraus.

»Niemand ist wie Wrath.«

»Ja.« Sie biss ebenfalls in einen Keks und setzte sich auf den Futon.

»Er ist eine Naturgewalt«, sagte Tohr und kippte sein Bier herunter. »Und er ist tödlich, das steht außer Frage. Aber niemand kann besser auf einen anderen aufpassen, vorausgesetzt, er entscheidet sich dafür. Was er bei dir getan hat.«

»Woher willst du das wissen?«, flüsterte sie. Was hatte Wrath ihm wohl über sie erzählt?

Tohr räusperte sich, und ein Anflug von Röte überzog seine Wangen. »Er hat dich gekennzeichnet.«

Sie runzelte die Stirn und sah an sich hinunter.

»Ich kann es riechen«, erklärte Tohr. »Die Warnung umhüllt dich von Kopf bis Fuß.«

»Warnung?«

»Als wärst du seine *Shellan.*«

»Seine was?«

»Seine Partnerin. Der Duft auf deiner Haut sendet kraftvolle Botschaften an andere Männer aus.«

Also hatte sie Recht gehabt. Was den Sex zwischen ihnen betraf, und was er bedeutet hatte.

Das dürfte mir eigentlich nicht so gut gefallen, dachte sie.

»Es stört dich doch nicht, oder?«, fragte Tohr. »Dass du ihm gehörst.«

Sie wollte darauf nicht antworten. Einerseits wollte sie Wrath gehören. Andererseits fühlte sie sich viel sicherer so, wie sie früher war. Auf sich allein gestellt.

»Hast du jemanden?«, fragte sie. »Eine Partnerin?«

Das Gesicht des Vampirs leuchtete voller Hingabe. »Sie heißt Wellsie. Wir wurden einander schon vor der Transition versprochen. Es war einfach nur Glück, dass wir uns ineinander verliebt haben. Die Wahrheit ist, wenn ich ihr auf der Straße begegnet wäre, hätte ich sie ausgewählt. So was nennt man wohl Schicksal.«

»Hin und wieder funktioniert das wohl«, murmelte sie.

»Ja. Manche männlichen Vampire nehmen sich mehr als eine *Shellan.* Aber ich kann mir nicht vorstellen, jemals mit einer anderen Frau zusammen zu sein. Was offenbar der Grund ist, warum Wrath mich gerufen hat.«

Sie zog eine Augenbraue hoch. »Wie bitte?«

»Die anderen Brüder haben zwar Frauen, von denen sie trinken, aber sie sind emotional nicht gebunden. Nichts würde sie davon abhalten –« Er hielt inne und biss in einen Keks. »Na ja, immerhin bist du ...«

»Was bin ich?« Sie hatte das Gefühl, sich selbst kaum zu kennen. Und inzwischen nahm sie bereitwillig Tipps zu dem Thema entgegen, selbst von Fremden.

»Schön. Wrath hätte nicht gewollt, dass einer der anderen auf dich aufpasst. Denn wenn einer von denen sich hinreißen lassen würde, gäbe es ernsthaften Ärger.« Tohr zuckte die Achseln. »Und einige der Brüder sind schlichtweg gefährlich. Die würde man mit keiner Frau allein lassen wollen, zumindest mit keiner, die einem wichtig ist.«

Sie war nicht sicher, ob sie die anderen Brüder kennen lernen wollte.

Moment mal, dachte sie plötzlich.

»Hat Wrath schon eine *Shellan?«,* wollte sie wissen.

Tohr leerte sein Bier. »Darüber solltest du am besten mit ihm selbst sprechen.«

Das war alles andere als ein *Nein.*

Ein furchtbares Gefühl der Enttäuschung machte sich in ihrer Brust breit. Sie ging wieder in die Küche.

Verdammt. Sie entwickelte ernsthaft Gefühle für Wrath. Sie hatten zweimal Sex gehabt, und schon war sie völlig aus dem Häuschen.

Dieses Mal wird es wirklich wehtun, dachte sie, als sie noch ein Bier aufmachte. Wenn das zwischen ihnen auseinander ging, würde es höllisch wehtun.

Mal ganz abgesehen von dieser ganzen Ich-werde-zum-Vampir-Geschichte.

O Gott.

»Noch was zu knabbern?«, rief sie.

»Das wäre super.«

»Bier?«

»Nein danke.«

Sie brachte die Schachtel aus der Küche mit und sie schwiegen, während er alle Kekse bis zum letzten Krümel wegputzte.

»Hast du noch irgendwas zu Essen hier?«, fragte er.

Sie stand auf, ihr Magen knurrte ebenfalls. »Ich sehe mal, was ich auftreiben kann.«

»Hast du Kabel?« Er deutete mit dem Kopf auf den Fernseher.

Sie warf ihm die Fernbedienung zu. »Klar. Und wenn ich das richtig im Kopf habe, ist heute Godzilla-Nacht auf TBS.«

»Wie *niedlich«,* sagte der Vampir und trat mit den Beinen in die Luft. »Ich bin immer für das Ungeheuer.«

Sie lächelte ihn an. »Ich auch.«

22

Butch wachte auf, weil ihm jemand mit schweren Hammerschlägen einen langen Nagel in den Kopf trieb.

Vorsichtig hob er ein Augenlid.

Nein, das war das Telefon.

Er nahm den Hörer ab und hielt ihn sich in die Nähe des Ohrs. »Hallo?«

»Guten Morgen, Sonnenschein.« Josés Stimme brachte den Nagel zurück.

»Spät?«

»Elf Uhr. Ich dachte, es würde dich interessieren, dass Beth gerade hier angerufen und sich nach dir erkundigt hat. Sie klang okay.«

Butch seufzte vor Erleichterung. »Der Typ?«

»Den hat sie nicht erwähnt. Aber sie sagte, sie möchte heute irgendwann mit dir sprechen. Ich hab die Fahndung nach ihr abgeblasen, weil sie von zu Hause aus angerufen hat.«

Butch setzte sich auf.

Und legte sich ganz schnell wieder hin.

So bald würde er nirgendwo hingehen.

»Ich fühl mich nicht so gut«, nuschelte er.

»Das hab ich mir schon gedacht. Weshalb ich ihr gesagt habe, du wärest bis zum Nachmittag beschäftigt. Nur damit du Bescheid weißt, ich war bis sieben Uhr heute Morgen in deiner Wohnung.«

Verflixt.

Butch versuchte es noch mal mit der Vertikalen und zwang sich, in der Position zu verharren. Das ganze Zimmer drehte sich. Er war immer noch sternhagelvoll. Und er hatte einen Kater von kolossalen Ausmaßen.

So viel zu Männern und ihrer Multitaskingfähigkeit.

»Ich komme gleich mal vorbei.«

»Lass das mal lieber sein. Der Chef ist nicht gerade gut auf dich zu sprechen. Das Innenministerium hat jemanden vorbeigeschickt, der sich nach dir und Billy Riddle erkundigt hat.«

»Nach Riddle? Warum?«

»Ach, komm schon.«

Ja, er wusste warum.

»Hör mal, du bist nicht in der Verfassung, dem Chef in die Arme zu laufen.« Josés Stimme war sachlich und unaufgeregt. »Werd erst mal nüchtern. Komm wieder auf die Beine, und lass dich später hier blicken. Ich werde dich decken.«

»Danke.«

»Die Aspirin hab ich übrigens neben das Telefon gelegt. Dachte mir, du schaffst es wahrscheinlich nicht bis zur Kaffeemaschine. Nimm drei Tabletten, stell das Telefon ab und leg dich schlafen. Wenn was Aufregendes passiert, komm ich vorbei und hole dich.«

»Ich liebe dich, Schatzi.«

»Dann kauf mir einen Nerz und ein hübsches Paar Ohrringe zu unserem Hochzeitstag.«

»Sollst du haben.«

Nach zwei Versuchen schaffte er es, aufzulegen und schloss die Augen. Aspirin, und noch ein bisschen schlafen. Dann würde er sich vielleicht wieder wie ein Mensch fühlen.

Beth kritzelte ihre letzten Änderungen in einen Artikel über eine Welle von identischen Diebstählen. Der Text sah aus, als würde er bluten, so viele rote Korrekturen waren es. Das wurde langsam zur Gewohnheit. Dicks große Jungs wurden immer schlampiger, weil sie sich auf sie verließen. Und das waren nicht nur sachliche Fehler. Inzwischen machten sie auch so viele Grammatik- und Satzbaufehler, als hätten sie noch nie von der Chicagoer Stilfibel gehört.

Es machte ihr nichts aus, Korrektur zu lesen, wenn sie mit jemandem zusammenarbeitete. Solange dieser jemand sich wenigstens ein bisschen Mühe gab.

Beth legte den fertigen Artikel in ihren Postausgangskorb und konzentrierte sich auf den Computerbildschirm. Sie rief eine Datei auf, an der sie schon den ganzen Tag arbeitete.

Gut, also was wollte sie noch wissen?

Sie überflog ihren Fragenkatalog.

Werde ich tagsüber noch aus dem Haus gehen können? Wie oft muss ich trinken? Wie lange werde ich leben?

Ihre Finger flogen über die Tastatur.

Gegen wen kämpft ihr?

Und dann: *Hast du eine …*

Wie war das Wort noch mal? *Shellan?*

Stattdessen tippte sie *Ehefrau.*

O Gott, ihr Magen krampfte sich zusammen. Was würde Wrath antworten? Und selbst wenn er keine Frau hatte, von wem trank er dann? Und wie würde es sich anfühlen? Wenn er seinem Hunger nachgab?

Sie wusste instinktiv, es würde genauso sein wie der Sex. Halb-animalisch. Überwältigend. Danach wäre sie wahrscheinlich erschöpft und ausgelaugt.

Und vollkommen selig.

»Ganz bei der Arbeit, Randall?«, ertönte Dicks schleppende Stimme hinter ihr.

Schnell klickte sie die Liste weg und rief ihren Mail-Account auf. »Wie immer.«

»Ich habe da so ein Gerücht über dich gehört.«

»Ach ja?«

»Ja. Habe gehört, du bist mit diesem Mordkommissar ausgegangen, mit diesem O'Neal. Zweimal schon.«

»Na und?«

Dick beugte sich über ihren Schreibtisch. Heute trug sie einen hohen runden Ausschnitt, also gab es für ihn nicht viel zu sehen. Er richtete sich wieder auf.

»Nichts *und*. Gut gemacht. Verdreh ihm ein bisschen den Kopf. Sieh zu, was du von ihm kriegen kannst. Wir könnten eine Titelgeschichte über Polizeibrutalität gebrauchen, mit ihm als Aushängeschild. Weiter so, Randall. Ich könnte glatt noch auf die Idee kommen, dich zu befördern.«

Dick verschwand hoch erhobenen Hauptes, offenbar genoss er seine Rolle als Gönner.

Was für ein Arsch.

Ihr Telefon klingelte, und sie bellte ihren Namen in den Hörer.

Kleine Pause. »Herrin? Geht es Euch gut?« Der Butler.

»Entschuldigen Sie – ja, es geht mir gut.« Sie stützte den Kopf in die freie Hand. Nach der Begegnung mit Wrath und Tohr wirkte Dicks Version männlicher Überheblichkeit völlig aberwitzig.

»Wenn ich irgendetwas tun kann …«

»Nein, nein, alles in Ordnung.« Sie lachte. »Nichts, mit dem ich nicht schon früher fertig geworden wäre.«

»Ich sollte wahrscheinlich gar nicht anrufen«, die Stimme des Butlers wurde zum Flüstern. »Aber ich wollte nicht, dass Ihr unvorbereitet seid. Der Herr hat für heute Abend ein besonderes Abendessen bestellt. Ich dachte, ich könnte Euch vielleicht abholen, und wir finden ein Kleid für Euch.«

»Ein Kleid?«

Für eine Verabredung mit Wrath?

Die Idee war großartig, aber dann erinnerte sie sich daran, dass sie lieber vorsichtig mit ihren romantischen Interpretationen sein sollte. Sie wusste eigentlich überhaupt nicht, was in seiner Umgebung geschah.

Oder mit wem sonst da etwas geschah, um genau zu sein.

»Herrin, ich weiß, das ist vermessen von mir. Er wird Euch selbst benachrichtigen –«

In diesem Moment klopfte die zweite Leitung an ihrem Telefon an.

»Ich wollte nur, dass Ihr für heute Abend bereit seid.«

Die Nummer des Anrufers erschien auf dem Display. Wrath hatte sie die Ziffernfolge auswendig lernen lassen. Sie grinste wie ein Kind am Weihnachtsabend.

»Ich würde liebend gerne ein Kleid aussuchen. Das wäre wunderbar.«

»Gut. Ich kenne mehrere geschmackvolle Boutiquen, die wir aufsuchen können. Der Herr hat ebenfalls um Kleidung gebeten. Ich glaube, er möchte für Euch so gut wie möglich aussehen.«

Als sie auflegte, blieb das Grinsen auf ihrem Gesicht wie festgeklebt.

Wrath hinterließ eine Nachricht auf Beths Mailbox und drehte sich im Bett um. Er tastete nach seiner Blindenuhr. Drei Uhr nachmittags. Er hatte etwa sechs Stunden geschlafen, mehr als üblich, aber er brauchte immer Ruhe, wenn er getrunken hatte.

Gott, er wünschte sie wäre hier.

Tohr hatte ihm bei Tagesanbruch Bericht erstattet. Die beiden waren die ganze Nacht wach geblieben und hatten Godzilla-Filme geschaut. Der Stimme des Kriegers nach zu urteilen, war er halb in sie verliebt.

Was Wrath gleichzeitig gut verstehen konnte und kaum aushielt.

Aber immerhin hatte er sich richtig entschieden, als er Tohr zu ihr geschickt hatte. Rhage hätte definitiv versucht, bei ihr zu landen. Und dann hätte Wrath etwas zerbrechen müssen. Einen seiner Arme. Oder ein Bein. Oder beides. Vishous hatte zwar nicht Mr Hollywoods umwerfend gutes Aussehen, aber trotzdem strotzte er vor Anziehungskraft. Und Phurys Zölibatschwur war stark, aber warum ihn in Versuchung führen?

Zsadist?

Diese Option hatte er nicht einmal in Betracht gezogen. Die Narbe auf dem Gesicht des Bruders hätte sie zu Tode erschreckt. Scheiße, nicht mal Wrath konnte sich das Wundmal anschauen. Und Todesangst war Zs bevorzugtes Aphrodisiakum. Dabei ging ihm einer ab wie anderen Männern bei den Dessous von Victoria's Secret.

Nein, Tohr würde wieder Wache schieben müssen, wenn es noch mal nötig wurde.

Wrath reckte sich. Das Gefühl der Satinbettwäsche auf seiner nackten Haut weckte die Sehnsucht nach Beth. Jetzt, wo er getrunken hatte, fühlte sich sein Körper stärker als je zuvor an. Als wären seine Knochen aus Granit und seine Muskeln Stahlseile. Er war wieder er selbst, und sein ganzes Ich brannte darauf, wieder in Aktion zu treten.

Nur bereute er bitterlich, was mit Marissa geschehen war.

Er dachte an die vergangene Nacht zurück. Sobald er seinen Kopf von ihrem Hals gehoben hatte, wusste er, dass er sie beinahe getötet hätte. Und nicht, weil er so viel getrunken hatte.

Sie hatte sich von ihm weggedrückt, ihr Körper zitterte vor Kummer, als sie vom Bett aufstand.

»Marissa –«

»Herr, ich entlasse dich. Aus deinem Eid. Du bist frei von mir.«

Er hatte geflucht und sich hundeelend gefühlt für das, was er ihr angetan hatte.

»Ich verstehe deine Wut nicht«, hatte sie schwach gesagt. »Das war es, was du immer wolltest, und ich gewähre es dir jetzt.«

»Ich wollte nie –«

»Mich«, hatte sie geflüstert. »Ich weiß.«

»Marissa –«

»Bitte sag es nicht. ich könnte es nicht ertragen, die Wahrheit von deinen Lippen zu hören, auch wenn ich sie sehr gut kenne. Du hast dich immer geschämt, an mich gekettet zu sein.«

»Wovon redest du überhaupt?«

»Ich widere dich an.«

»Was?«

»Glaubst du, ich hätte das nicht bemerkt? Du konntest es nicht erwarten, endlich frei zu sein. Ich trinke und dann verkrampfst du dich, als müsstest du dich zwingen, meine Anwesenheit zu ertragen.« Sie hatte zu schluchzen begonnen. »Ich habe immer versucht, sauber zu sein, wenn ich zu dir kam. Stundenlang habe ich mich in der Badewanne eingeweicht und mich gewaschen. Aber ich kann den Schmutz nicht finden, den du an mir siehst.«

»Marissa, hör auf. Hör einfach auf. Es liegt nicht an dir.«

»Ja, ich weiß. Ich habe die Frau gesehen. In deinen Gedanken.« Sie erschauderte.

»Es tut mir leid«, hatte er gesagt. »Und du hast mich nie angewidert. Du bist wunderschön –«

»Sag das nicht. Nicht jetzt.« Marissas Stimme war hart geworden. »Wenn überhaupt, dann sollte es dir leid tun, dass ich so lange gebraucht habe, um die Wahrheit zu erkennen.«

»Ich werde dich trotzdem beschützen«, hatte er geschworen.

»Nein, das wirst du nicht. Ich gehe dich nichts mehr an. Nicht, dass ich das jemals getan hätte.«

Und dann war sie gegangen. Kurz hing noch eine salzige Brise in der Luft, bevor sie sich auflöste.

Wrath rieb sich die Augen. Er war entschlossen, es irgendwie wieder gutzumachen. Noch war er sich nicht sicher, wie er das anstellen würde. Nach allem, was sie seinetwegen durchgemacht hatte. Aber er würde nicht zulassen, dass sie einst in den Äther entschwand und glaubte, sie hätte ihm nichts bedeutet. Oder dass er sie in irgendeiner Weise als unrein empfunden hatte.

Nun, da sie ihn verlassen hatte, würde ihr jegliche weitere Schmach erspart bleiben. Und er hatte so ein Gefühl, dass niemand überrascht wäre, wenn es sich herumsprach.

Seltsam, er hatte nie darüber nachgedacht, wie er und Marissa einmal auseinander gehen würden. Vielleicht hatte er nach all diesen Jahrhunderten geglaubt, sie würden sich niemals trennen. Mit Sicherheit hatte er nicht damit gerechnet, dass er den Grund dafür liefern würde, weil er Gefühle für eine andere Frau entwickelte.

Genau das geschah aber gerade. Mit Beth. Nachdem er sie vergangene Nacht gekennzeichnet hatte, konnte er nicht mehr so tun, als wäre sie ihm gleichgültig.

Er fluchte laut. Er wusste genug über männliches Vampirverhalten und Psychologie, um klar und deutlich zu sehen, wie tief er schon in dieser Sache steckte.

Ein Mann, der sich gebunden hatte, war ein gefährlicher Mann.

Besonders, wenn er seine Frau verlassen musste.

Um sie in die Hände eines anderen zu geben.

Er versuchte, den Gedanken zu verscheuchen und griff nach dem Telefon. Er brauchte etwas zu essen. Als Fritz nicht abhob, nahm er an, er müsse in den Supermarkt gefahren sein.

Gut. Wrath hatte die Brüder gebeten, später am Abend vorbeizukommen, und sie aßen gern viel. Es wurde Zeit, weitere Erkundungen einzuholen und ihre Ermittlungen voranzutreiben.

Das Verlangen, Darius zu rächen, loderte in ihm.

Und je näher Wrath Beth kam, desto heißer brannte das Feuer.

23

Butch kam aus dem Büro des Captains. Sein Halfter war zu leicht ohne die Waffe, und die Brieftasche ohne die Dienstmarke viel zu flach. Er fühlte sich nackt.

»Was ist passiert?«, fragte José.

»Ich mache Urlaub.«

»Was zum Teufel soll das bedeuten?«

Butch ging an ihm vorbei. »Haben die Kollegen aus New York irgendwelche Infos über diesen Flüchtigen?«

José packte ihn am Arm und zog ihn in ein Vernehmungszimmer. »Was ist los?«

»Ich bin mit sofortiger Wirkung vom Dienst suspendiert, bis die interne Untersuchung abgeschlossen ist. Die, wie wir beide wissen, zu dem Ergebnis kommen wird, dass ich mit unangemessener Härte reagiert habe.«

José vergrub die Hände in den Haaren. »Ich hab dir gesagt, du sollst die Finger von den Kerlen lassen.«

»Dieser Riddle hätte noch viel Schlimmeres verdient.«

»Darum geht es nicht.«

»Komisch, genau das hat der Captain auch gesagt.«

Butch ging zu der Beobachtungsscheibe und betrachtete sich im Spiegel. Gott, er wurde wirklich alt. Oder vielleicht hatte er auch nur den einzigen Beruf, für den er sich je interessiert hatte, satt.

Polizeibrutalität. Scheiß doch drauf. Er war der Beschützer der Unschuldigen, kein egomanischer Schläger, den es anmachte, wenn ihn alle für einen harten Typen hielten. Das Problem war, dass es viel zu viele Regeln zugunsten der Verbrecher gab. Wenn man die Opfer, deren Leben durch die Gewalt zerstört wurde, doch nur halb so gut schützen würde.

»Ich gehöre hier sowieso nicht her«, sagte er leise.

»Was?«

Es gab einfach keinen Platz mehr in der Welt für Männer wie ihn, dachte er.

Butch drehte sich um. »Also. Die New Yorker Kollegen. Was hast du herausbekommen?«

José sah ihn lange an. »Vom Dienst suspendiert, was?«

»Zumindest, bis sie mich offiziell feuern.«

José stützte die Hände in die Hüften und sah auf den Boden. Er schüttelte den Kopf, als sei er mit seinen Schuhen unzufrieden. Als er antwortete, klang seine Stimme grimmig.

»*Nada.* Als wäre er aus dem Nichts gekommen.«

Butch fluchte. »Diese Wurfsterne. Ich weiß, dass man sie im Internet bestellen kann, aber man kann sie doch auch so kaufen, oder?«

»Ja. In Kampfkunststudios zum Beispiel.«

»Hier in der Stadt gibt es doch auch welche?«

José nickte langsam.

Butch nahm die Schlüssel aus der Tasche. »Bis demnächst.«

»Warte mal – wir haben schon jemanden losgeschickt, um

sich umzuhören. Beide Schulen gaben an, sie könnten sich an niemanden erinnern, auf den die Beschreibung passt.«

»Vielen Dank für den Hinweis.« Butch ging zur Tür.

»Butch. Hey, *O'Neal.*« José hielt Butch am Arm fest. »Verflucht noch mal, wartest du gefälligst mal eine Minute?«

Butch sah ihn über die Schulter an. »Kommt jetzt die Stelle, wo du mir rätst, mich aus den laufenden Ermittlungen heraus zu halten? Dann kannst du dir nämlich den Atem sparen.«

»Himmel, Butch, ich bin nicht dein Feind.« Josés dunkelbraune Augen blickten ihn durchdringend an. »Die Jungs und ich stehen hinter dir. So wie wir das sehen, tust du, was du tun musst, und du hattest immer Recht damit. Jeder, dem du ein paar verpasst hast, hatte es auch verdient. Aber vielleicht hattest du bisher einfach nur Glück? Was wenn du jemanden verletzt, der nicht –«

»Du kannst mit der Predigt aufhören. Sie interessiert mich nicht.« Er umfasste den Türgriff.

José drückte seinen Arm. »Du bist nicht mehr im Dienst, O'Neal. Und dich kopflos in Ermittlungen zu stürzen, von denen du abgezogen wurdest, wird Janie auch nicht wieder lebendig machen.«

Butch stieß geräuschvoll den Atem aus, als hätte ihm jemand in den Bauch geboxt. »Willst du noch mal nachtreten oder was?«

José ließ seinen Arm los und zog ein Gesicht, als würde er das Handtuch werfen. »Tut mir leid. Aber dir muss klar sein, dass du einzig und allein dir selbst schadest, wenn du dich noch weiter da reinsteigerst. Deiner Schwester wirst du damit jedenfalls nicht helfen.«

Butch schüttelte langsam den Kopf. »Verdammter Mist. Das weiß ich doch.«

»Bist du sicher?«

Ja, das war er. Es hatte ihm wirklich Spaß gemacht, Billy

Riddle wehzutun, aber das war Rache gewesen für das, was er Beth angetan hatte. Es hatte nichts mit seiner Schwester zu tun. Janie war tot. Sie war schon sehr, sehr lange tot.

Trotzdem, Josés trauriger Blick gab ihm das Gefühl, unheilbar krank zu sein.

»Alles wird gut«, hörte er sich sagen. Obwohl er nicht daran glaubte.

»Lass es nicht darauf ankommen, okay?«

Butch riss die Tür auf. »Was anderes hab ich nicht gelernt, José.«

Mr X lehnte sich in seinem Bürostuhl zurück und dachte an die bevorstehende Nacht. Er war bereit für einen neuen Versuch, auch wenn die Innenstadt momentan ein heißes Pflaster war. Erst die Autobombe, dann die Entdeckung der toten Hure. In der Nähe des *Screamer's* Vampire zu jagen, war riskant, aber das Risiko machte die Herausforderung umso größer.

Auf den Punkt gebracht: Wenn man einen Hai fangen wollte, durfte man nicht im Süßwasser fischen. Er musste dahin gehen, wo sich die Vampire aufhielten.

Er konnte es kaum erwarten.

In letzter Zeit hatte er seine Foltertechniken verbessert. Und heute Morgen noch, bevor er sich auf den Weg zur Academy machte, hatte er seinen Arbeitsplatz im Schuppen inspiziert. Seine Werkzeuge waren auf Hochglanz poliert und ordentlich aufgereiht: Ein Zahnarztbohrerset; Messer in unterschiedlichen Größen; ein Kugelhammer und ein Meißel; ein Fuchsschwanz.

Und ein Eisportionierer. Für die Augen.

Der Trick lag natürlich darin, auf dem feinen Grat zwischen Schmerz und Tod zu wandeln. Schmerz konnte sich stundenlang hinziehen, tagelang. Tod war der ultimative Ausschalter.

Es klopfte an der Tür.

»Herein.«

Es war die Empfangsdame, eine aufgepumpte Frau mit Armen wie Schraubzwingen, Beinen wie Baumstämmen und keinerlei erkennbarer Oberweite. Ihre Widersprüchlichkeit erstaunte ihn immer wieder aufs Neue. Obwohl sie ganz offensichtlich unter rasendem Penisneid litt, weswegen sie Steroide schluckte und Gewichte stemmte wie ein russischer Bodyguard, legte sie viel Wert auf Schminke. Und auf ihre Haare. In ihrem üblichen abgeschnittenen T-Shirt und den Leggings sah sie aus wie eine schlecht gestylte Transe.

Man sollte immer wissen, wer man ist, dachte er. *Und wer man nicht ist.*

»Da will sie jemand sprechen.« Ihre Stimme war ungefähr eineinhalb Oktaven zu tief. »O'Neal war der Name, glaube ich. Benimmt sich wie ein Bulle, hat aber keine Marke gezeigt.«

»Sagen Sie ihm, ich komme gleich.« *Du Missgeburt,* fügte er im Geist hinzu. *Freak.*

Trotzdem musste Mr X lachen, als sie die Tür hinter sich schloss. Er. Was auch immer.

Ausgerechnet er, ein Mann ohne Seele, der von Berufs wegen Vampire tötete, nannte sie einen *Freak?*

Zumindest hatte er ein Ziel im Leben. Und einen Plan.

Sie würde heute Abend einfach nur wieder in Gold's Fitnessstudio gehen. Um fünf Uhr, direkt von der Arbeit aus.

Als Havers Schritte vor dem Esszimmer hörte, sah er stirnrunzelnd von seinem Teller auf. Er hatte gehofft, seine Mahlzeit ohne Unterbrechung beenden zu können.

Aber es war keiner der *Doggen,* die ihn zu einem neuen Patienten rufen wollten.

»Marissa!« Er stand auf.

Sie rang sich für ihn ein Lächeln ab. »Ich dachte, ich

komme mal herunter. Ich bin es leid, so viel Zeit in meinem Zimmer zu verbringen.«

»Ich bin hocherfreut über deine Gesellschaft.«

Als sie zum Tisch kam, zog er den Stuhl für sie heran. Jetzt war er froh, dass er immer darauf bestand, für sie mit decken zu lassen. Selbst nachdem er jede Hoffnung aufgegeben hatte, dass sie sich zu ihm gesellen würde. Und heute Abend schien es ihr um mehr zu gehen als nur um das Essen. Sie trug ein wunderschönes Kleid aus schwarzer Seide und eine dazu passende Jacke mit Stehkragen. Ihr Haar hing lose über die Schultern. Im Schein der Kerzen sah es aus wie schimmerndes, gesponnenes Gold. Sie war bezaubernd, und er verspürte einen Anflug von Feindseligkeit. Es war einfach eine Beleidigung, dass Wrath nicht zu schätzen wusste, was sie zu bieten hatte. Dass diese schöne Frau von edlem Blut nicht gut genug für ihn war.

Außer als Futtertrog.

»Wie geht es mit deiner Arbeit?«, fragte sie, während ein Doggen ihr Wein einschenkte. Eine weitere Dienerin servierte einen Teller mit Essen. »Danke Phillip. Karolyn, das sieht köstlich aus.«

Sie nahm die Gabel auf und stocherte sanft in ihrem Roastbeef.

Ich fasse es nicht, dachte Havers. Das war ja beinahe normales Verhalten.

»Meine Arbeit läuft gut. Eigentlich sogar mehr als gut. Wie erwähnt, hatte ich eine Art Durchbruch. Das Trinken von Blut könnte schon bald der Vergangenheit angehören.« Er hob sein Glas und nahm einen Schluck. Der Burgunder hätte eigentlich perfekt zum Rindfleisch passen müssen, aber für ihn schmeckte er etwas säuerlich. Das Essen auf seinem Teller lag ihm ebenfalls schwer auf der Zunge. »Ich habe mir heute Nachmittag selbst eine Bluttransfusion verabreicht und fühle mich bestens.«

Das war eine leichte Übertreibung. Er fühlte sich zwar nicht krank, aber etwas war nicht in Ordnung. Der übliche Kraftschub war bisher ausgeblieben.

»O, Havers«, sagte sie leise. »Du vermisst Evangeline immer noch, oder?«

»Schmerzlich. Und das Trinken ist mir einfach ... unangenehm.«

Nein, er würde auf keinen Fall auf die altmodische Art weiterleben. Von nun an wäre Blut eine rein sachliche Angelegenheit. Eine sterilisierte Nadel im Arm, an der eine Infusion hing.

»Es tut mir so leid«, sagte Marissa.

Havers streckte die Hand aus und legte sie mit der Handfläche nach oben auf den Tisch. »Ich danke dir.«

Sie legte ihre Hand in seine. »Und es tut mir leid, dass ich so mit mir selbst beschäftigt war. Aber ab jetzt wird alles besser werden.«

»Ja«, entgegnete er eindringlich. Wrath war genau die Art von Barbar, der weiterhin aus der Vene trinken wollen würde, aber wenigstens könnte man Marissa die demütigende Prozedur so ersparen. »Du könntest die Transfusion auch probieren. Sie würde auch dich befreien.«

Sie zog ihre Hand zurück und griff nach dem Weinglas. Als sie den Burgunder an die Lippen hob, vergoss sie etwas auf ihrer Jacke.

Sie fluchte unterdrückt und wischte den Wein von der Seide. »Ich bin furchtbar ungeschickt.«

Sie zog die Jacke aus und legte sie auf den leeren Stuhl neben sich.

»Weißt du, Havers, ich würde es gerne probieren. Das Trinken behagt mir auch nicht mehr.«

Erleichterung strömte durch ihn hindurch, ungeahnte Möglichkeiten schienen sich zu eröffnen. Diese Empfindung fühlte sich gänzlich ungewohnt an, weil er sie so lange nicht gespürt hatte. Der Gedanke, dass sich etwas zum Besseren wenden könnte, war ihm völlig fremd geworden.

»Ehrlich?«, flüsterte er.

Sie nickte und warf sich das Haar über die Schulter, dann nahm sie ihre Gabel wieder auf. »Ja, ehrlich.«

Und dann entdeckte er die Punkte an ihrem Hals.

Zwei entzündete Einstichwunden. Ein roter Fleck, wo an ihr gesaugt worden war. Lilafarbene Prellungen auf dem Schlüsselbein, wo eine schwere Hand sie gepackt hatte.

Der Schreck verdarb ihm den Appetit, ließ seinen Blick verschwimmen.

»Wie kann er es wagen, dich so grob zu behandeln?«, stieß Havers aus.

Marissas Hand tastete nach ihrem Hals, bevor sie rasch ihre Haare darüber ausbreitete. »Das ist nichts. Wirklich, es ist … überhaupt nichts.«

Er starrte weiterhin unverwandt auf ihren Hals, er konnte immer noch deutlich sehen, was sie vor ihm versteckte.

»Havers, ich bitte dich. Lass uns einfach essen.« Demonstrativ spießte sie Fleisch mit der Gabel auf, als wollte sie ihm vorführen, wie man das machte. »Komm jetzt. Iss mit mir.«

»Ich kann nicht!« Er warf sein Besteck hin.

»Doch. Weil es vorbei ist.«

»Was ist vorbei?«

»Ich habe den Bund mit Wrath gelöst. Ich bin nicht länger seine *Shellan*. Ich werde ihn nicht mehr wiedersehen.«

Einen Augenblick lang konnte Havers sie nur anstarren. »Warum? Was hat sich geändert?«

»Er hat eine Frau gefunden, die er will.«

Wut schoss durch Havers' Körper. »Und wen zieht er dir vor?«

»Du kennst sie nicht.«

»Ich kenne alle Frauen unserer Klasse. Wer ist es?«

»Sie entstammt nicht unserer Klasse.«

»Dann ist sie eine der Auserwählten der Jungfrau der Schrift?« In der sozialen Hierarchie der Vampire waren das die einzigen Frauen, die über den Adligen standen.

»Nein. Sie ist ein Mensch. Oder zumindest zur Hälfte, soweit ich das in seinen Gedanken erkennen konnte.«

Havers erstarrte zu Stein. Ein Mensch. Ein *Mensch?*

Marissa war im Stich gelassen worden … für eine Homo sapiens?

»Wurde schon Kontakt mit der Jungfrau der Schrift aufgenommen?«

»Das ist seine Aufgabe, nicht meine. Aber täusch dich nicht, er wird zu ihr gehen. Es ist … vorbei.«

Marissa steckte sich ein winziges Stückchen Fleisch in den Mund. Sie kaute sorgfältig, als müsse sie sich daran erinnern, wie das ging. Oder vielleicht machte ihr die Erniedrigung, die sie ganz augenscheinlich empfand, das Schlucken schwer.

Havers klammerte sich an den Armlehnen fest. Seine Schwester, seine wunderschöne, reine Schwester war abgewiesen worden. Benutzt worden. Misshandelt worden.

Und das Einzige, was aus der Verbindung mit ihrem König blieb, war die Schande, für eine menschliche Frau fallen gelassen worden zu sein.

Ihre Liebe hatte Wrath nie etwas bedeutet. Und auch nicht ihr Körper und ihre makellose Blutlinie.

Und nun hatte der Krieger auch noch ihre Ehre zerstört.

Verflucht, nichts war vorbei.

24

Wrath zog sein neues Jackett an. Es spannte ein bisschen um die Schultern, aber es war auch nicht leicht, für ihn etwas Passendes zu finden. Deshalb hatte er Fritz gegenüber nichts davon erwähnt. Außerdem würde er sich selbst dann eingezwängt fühlen, wenn die verfluchte Jacke maßgeschneidert wäre. Er fühlte sich einfach in Leder viel wohler als in diesem feinen Zwirn.

Er ging ins Badezimmer und blinzelte sein Spiegelbild an. Der Anzug war schwarz. Das Hemd auch. Mehr konnte er nicht erkennen.

Liebe Güte, er sah wahrscheinlich aus wie ein Anwalt.

Er zog das Jackett wieder aus und legte es auf die Marmorplatte. Ungeduldig strich er seine Haare nach hinten und band ein Lederband darum.

Wo war Fritz? Der *Doggen* war vor fast einer Stunde losgefahren, um Beth abzuholen. Die beiden hätten längst zurück sein müssen, aber das Haus fühlte sich immer noch leer an.

Zur Hölle. Selbst wenn der Butler erst vor eineinhalb Minuten aufgebrochen wäre, hätte Wrath keine Ruhe gehabt. Er konnte es nicht erwarten, Beth zu sehen, er war ungeduldig und zerstreut. Alles, woran er denken konnte, war, sein Gesicht in ihrem Haar zu vergraben, während er den härtesten Teil seines Körpers tief in ihren Körper trieb.

Gott, diese Laute, wenn sie für ihn kam.

Er blickte erneut zu seinem Spiegelbild. Zog das Jackett wieder an.

Aber der Sex war nicht alles. Er wollte sie nicht nur auf den Rücken werfen. Sie hatte sich seinen Respekt verdient. Er wollte es langsamer angehen lassen. Mit ihr essen. Mit ihr reden. Verdammt, er wollte ihr geben, was Frauen mochten: Zartfühlende Romantik.

Er probierte ein Lächeln. Breiter. Seine Wangen fühlten sich an, als wollten sie reißen.

Na gut, er war vielleicht nicht unbedingt Familienalbenmaterial. Aber er konnte auch romantisch sein. Verdammt noch mal.

Er rieb sich das Kinn. Was wusste er denn schon von Romantik?

Plötzlich fühlte er sich wie ein Idiot.

Nein, noch schlimmer. Der schicke neue Anzug stellte ihn bloß, und die Wahrheit, die darunter zum Vorschein kam, war vernichtend.

Er versuchte, sich für eine Frau zu verändern. Einzig und allein, um ihr zu gefallen.

Das war quasi ein Verhältnis am Arbeitsplatz, dachte er. Genau aus diesem Grund hätte er sie niemals kennzeichnen dürfen. Hätte er ihr nie, niemals so nahe kommen dürfen.

Wieder erinnerte er sich selbst daran, dass es enden musste, wenn sie die Transition überstanden hätte. Er würde zu seinem Leben zurückkehren. Und sie würde …

Gott, warum fühlte sich das an, als hätte ihm jemand in die Brust geschossen?

»Wrath, Mann?« Tohrments Stimme dröhnte durch das Zimmer.

Der Bariton seines Bruders war eine Wohltat, er brachte Wrath wieder auf den Boden zurück.

Er trat aus dem Badezimmer und zog ein finsteres Gesicht, als er den leisen Pfiff des Kriegers hörte.

»Seht euch das an«, sagte Tohrment und musterte Wrath von allen Seiten.

»Beiß mich.«

»Nein, danke. Ich bevorzuge Frauen.« Die Brüder lachten. »Obwohl ich sagen muss, dass du prächtig aussiehst.«

Wrath verschränkte die Arme vor der Brust, aber das Jackett spannte. Er hatte Angst, es würde am Rücken reißen. Also ließ er die Arme wieder sinken.

»Warum bist du hier?«

»Ich habe dich auf dem Handy angerufen, aber du hast dich nicht gemeldet. Du wolltest uns alle heute Nacht hier treffen. Wann?«

»Ich bin bis eins beschäftigt.«

»Ein Uhr?«, wiederholte Tohrment.

Wrath stützte die Hände auf die Hüften. Ein unbehagliches Gefühl beschlich ihn, als wäre jemand in sein Heim eingebrochen und hätte sich unbemerkt an ihn angeschlichen.

Das war so falsch, dachte er. Die Verabredung mit Beth.

Aber jetzt war es zu spät, um abzusagen.

»Sagen wir Mitternacht«, korrigierte er sich.

»Ich gebe den Brüdern Bescheid, sie sollen sich um zwölf bereithalten.«

Wrath wurde das Gefühl nicht los, dass Tohrment ein leichtes Grinsen auf dem Gesicht hatte, aber die Stimme des Vampirs verriet nichts darüber. Eine kleine Pause entstand.

»Hey, Wrath.«

»Was.«

»Sie ist genau so schön, wie du glaubst. Ich dachte, das würde dich vielleicht interessieren.«

Jedem anderen Mann hätte Wrath jetzt die Nase gebrochen. Und selbst bei Tohrment stand er kurz davor. Er wurde nicht gern daran erinnert, wie unwiderstehlich sie war. Dann musste er nur wieder an den anderen Mann denken, mit dem sie ihr Leben verbringen würde.

»Willst du auf etwas Bestimmtes hinaus oder quatscht du nur so vor dich hin?«

Das war nicht gerade eine Aufforderung, episch zu werden, aber Tohr marschierte trotzdem direkt durch das offene Scheunentor. »Du magst sie sehr.«

Er hätte einfach bei einem gepflegten »Leck mich« als Antwort bleiben sollen, dachte Wrath.

»Und ich glaube, ihr geht es genau so«, legte Tohr noch munter nach.

Großartig. Jetzt fühlte er sich viel besser. Als würde er ihr am Ende noch das Herz brechen oder dergleichen.

Mann, diese Verabredung war wirklich eine schlechte Idee. Wohin sollte dieser ganze Herz-und-Blumen-Scheiß denn führen?

Wrath entblößte die Fänge. »Ich kümmere mich nur so lange um sie, bis sie die Transition hinter sich hat. Das ist alles.«

»Ja, klar.« Als Wrath tief im Hals knurrte, zuckte der andere Vampir die Achseln. »Ich habe bloß noch nie erlebt, dass du dir solche Mühe mit deinem Aussehen gibst.«

»Sie ist Darius' Tochter. Soll ich mich lieber wie Zsadist mit seinen Huren benehmen?«

»Lieber Gott, nein. Und verflucht, ich wünschte, er

würde das sein lassen. Aber was ich bei dir und Beth sehe, gefällt mir. Du warst viel zu lange allein.«

»Das ist deine Meinung.«

»Und die von anderen.«

Wrath konnte Schweißtropfen auf seiner Stirn fühlen.

Er fühlte sich durch Tohrs Ehrlichkeit in die Ecke gedrängt. Und durch sein eigenes Verhalten: Eigentlich sollte er Beth lediglich beschützen. Stattdessen war er auf dem besten Weg, ihr zu zeigen, dass sie ihm mehr bedeutete, als das wirklich der Fall sein konnte.

»Hast du nicht irgendwas Wichtiges zu erledigen?«, murmelte er.

»Nein.«

»Mein Pech.«

Er brauchte unbedingt etwas Bewegung und ging zur Couch. Seine Motorradjacke musste neu mit Waffen bestückt werden, und da Tohr es überhaupt nicht eilig zu haben schien, seinen Hintern hier wegzubewegen, lenkte er sich besser ab. Sonst würde er anfangen zu brüllen.

»In der Nacht als Darius starb«, sagte Tohr, »erzählte er mir, du hättest abgelehnt, dich um sie zu kümmern.«

Wrath öffnete den Schrank und wühlte in einer Kiste voller Wurfsterne, Dolche und Ketten. »Und?«

»Warum hast du deine Meinung geändert?«

Wrath biss die Zähne so fest zusammen, dass sie knirschten. Noch ein Wort, und er würde ausrasten.

»Er ist tot. Ich bin es ihm schuldig.«

»Du warst es ihm auch schon schuldig, als er noch gelebt hat.«

Wrath wirbelte herum. »Sonst noch was? Wenn nicht, solltest du dich jetzt verpissen.«

Tohr hob begütigend die Hände. »Immer locker, Bruder.«

»Zur Hölle damit. Ich spreche weder mit dir noch mit

sonst jemandem über sie. Kapiert? Und kein Wort zu den anderen Brüdern.«

»Ist ja gut.« Tohr trat den Rückzug zur Tür an. »Aber tu dir selbst einen Gefallen. Mach dir klar, was du von dieser Frau willst. Eine uneingestandene Schwäche kann leicht tödlich enden.«

Wrath knurrte und nahm seine Angriffsposition ein, mit nach vorn gebeugtem Oberkörper. »Schwäche? Dieses Wort von einem Mann, der dumm genug ist, seine eigene *Shellan* zu lieben? Du machst Witze.«

Schweigen.

Und dann sagte Tohr leise: »Ich hatte das Glück, die Liebe zu finden. Jeden Tag danke ich der Jungfrau der Schrift, dass Wellsie ein Teil meines Lebens ist.«

Wrath riss endgültig der Geduldfaden. Dabei wusste er nicht einmal genau, warum er so wütend war. »Du bist doch *erbärmlich.«*

Tohr zischte. »Und du bist seit hunderten von Jahren tot. Du bist einfach nur zu verderbt, um dir ein Grab zu suchen und dich hineinzulegen.«

Wrath warf die Lederjacke zu Boden. »Wenigstens stehe ich nicht total unterm Pantoffel.«

»Echt schicker Anzug, übrigens.«

Mit zwei Sätzen war Wrath bei ihm, und der andere Vampir stellte sich ihm Kopf voran entgegen. Tohrment war groß, seine Schultern waren massig, die Arme lang und kräftig. Aggression ließ die Luft zwischen ihnen flimmern.

Dann grinste Wrath kalt, und seine Fänge verlängerten sich. »Wenn du nur halb so viel Zeit in die Verteidigung unserer Rasse investieren würdest, wie du damit verbringst, deiner Frau nachzulaufen, hätten wir Darius vielleicht nicht verloren. Schon mal daran gedacht?«

Kummer brach aus seinem Bruder hervor wie Blut aus einer Wunde, weißglühender Schmerz lag in der Luft. Wrath sog den Duft ein, nahm das Brennen der Trauer tief in seine Lungen auf, und in seine Seele. Er verachtete sich dafür, dass er einen mutigen und ehrenhaften Mann mit einem solchen Tiefschlag zu Boden geschickt hatte. Und noch während er auf Tohrs Angriff wartete, begrüßte er den Selbsthass wie einen alten Freund.

»Ich kann nicht fassen, dass du das gerade gesagt hast.« Tohrs Stimme bebte. »Du musst –«

»Ich lege keinen Wert auf deine nutzlosen Ratschläge.«

»Leck mich.« Tohr versetzte ihm einen kräftigen Stoß gegen die Schulter. »Du bekommst trotzdem einen. Du solltest besser kapieren, wer wirklich dein Feind ist, du arrogantes Arschloch. Bevor du endgültig ganz allein dastehst.«

Wrath hörte kaum, wie die Tür zugeschlagen wurde. Die Stimme in seinem Kopf, die ihn als kaputten Dreckskerl beschimpfte, übertönte alles andere.

Er holte tief Luft und leerte seine Lungen dann mit einem grimmigen Schrei. Das Geräusch hallte im Raum wieder, rüttelte an der Tür, den Waffen, dem Spiegel im Badezimmer. Die Kerzen flackerten wild, ihre Flammen leckten die Wände empor, trachteten gierig danach, sich aus ihren Dochten zu befreien und zu zerstören, was sie erreichen konnten. Er brüllte, bis sein Hals zu zerreißen drohte, bis seine Brust brannte.

Als er endlich den Mund wieder schloss, spürte er keine Erleichterung. Nur Reue.

Er ging zum Schrank und nahm eine Neun-Millimeter Beretta heraus. Er lud sie durch und steckte sie sich hinten in den Bund seiner Anzughose. Dann verließ er das Zimmer und ging die Treppe hinauf, immer zwei Stufen auf einmal nehmend.

J. R. Wards
BLACK DAGGER
wird fortgesetzt in:

BLUTOPFER

Leseprobe

Beth wurde wach und vergrub sich tief in ihr Kissen.

Irgendetwas stimmte hier nicht.

Sie öffnete die Augen genau in dem Moment, als eine tiefe männliche Stimme die Stille durchbrach. »Was zum Teufel haben wir denn hier?«

Wie von der Tarantel gestochen, setzte sie sich auf. Sah sich panisch nach dem Besitzer der Stimme um.

Der Mann, der da über sie gebeugt stand, hatte ein hartes Gesicht mit einer auffälligen gezackten Narbe. Sein Haar war fast bis auf die Kopfhaut geschoren, und seine schwarzen Augen schienen sie durchbohren zu wollen. Und er bleckte lange weiße Fänge.

Sie schrie.

Er lächelte. »Mein absolutes Lieblingsgeräusch.«

Entsetzt schlug sie sich die Hände vor den Mund.

Gott, diese Narbe. Sie verlief über Stirn und Nase, über die Wange und in einem Bogen zurück zu seinem Mund. Das Ende der S-förmigen Linie verzerrte seine Oberlippe, zog sie auf der einen Seite zu einem ewigen höhnischen Grinsen nach oben.

»Bewunderst du mein Kunstwerk?«, fragte er. »Du solltest mal den Rest von mir sehen.«

Ihr Blick flog zu seiner breiten Brust. Er trug ein hautenges, langärmeliges schwarzes T-Shirt. Auf beiden Seiten drückten sich kleine Ringe durch den Stoff, als seien seine Brustwarzen gepierct. Um den Hals hatte er ein schwarzes Band tätowiert, und im linken Ohrläppchen trug er einen Pflock.

»Bin ich nicht hübsch?« Sein kalter Blick war der Stoff, aus dem Albträume gewoben werden, von dunklen Orten ohne Hoffnung, von der Hölle selbst.

Vergiss die Narbe, dachte sie. Die Augen waren das Schrecklichste an ihm.

Und eben diese Augen sahen sie unverwandt an, als wolle er sie töten. Oder bespringen.

Sie robbte sich von ihm weg. Ließ ihren Blick auf der Suche nach möglichen Waffen schweifen.

»Was, gefalle ich dir etwa nicht?«

Beth ließ ihren Blick vorsichtig zur Tür wandern, und er lachte.

»Glaubst du, du könntest schnell genug laufen?« Er zog das Shirt aus der Lederhose. Seine Hände wanderten zu seinem Reißverschluss. »Ich bin mir ziemlich sicher, dass du das nicht kannst.«

»Lass sie in Ruhe, Zsadist.«

Wraths Stimme klang wie Engelsmusik in ihren Ohren. Bis sie sah, dass er kein Hemd trug, und einer seiner Arme in einer Schlinge steckte.

Er sah sie nicht an. »Zeit zu gehen, Z.«

Zsadist lächelte kalt. »Willst du die Frau nicht teilen?«

»Du magst es doch nur, wenn du dafür bezahlst.«

»Dann kriegt sie eben ein paar Scheinchen dafür. Vorausgesetzt, sie überlebt es.«

Unaufhaltsam kam Wrath auf den anderen Vampir zu, bis ihre Gesichter sich beinahe berührten. Die Luft um sie herum knisterte, aufgeladen von ihren Emotionen.

»Du fasst sie nicht an, Z. Du siehst sie nicht mal an. Du sagst jetzt *Gute Nacht* und verpisst dich dann ganz friedlich.« Vorsorglich zog Wrath den Arm aus der Schlinge, so dass Beth den Verband um seinen Bizeps sehen konnte. In der Mitte breitete sich ein roter Fleck aus, als blute er. Aber er wirkte mehr als bereit, es mit dem anderen Mann aufzunehmen.

»Du musst ja wirklich sauer gewesen sein, dass du ausgerechnet heute Nacht eine Mitfahrgelegenheit gebraucht hast«, sagte Zsadist. »Und dass ich in der Nähe war.«

»Ich hoffe, ich muss das nicht noch bereuen.«

Zsadist machte einen Schritt nach links, und Wrath ging mit der Bewegung mit, sein Körper ein Schutzschild zwischen Beth und dem Vampir.

Ein belustigtes Geräusch, mehr ein tiefes, böses Grollen als ein Kichern, kam aus Zsadists Brust. »Du willst wirklich für einen Menschen kämpfen?«

»Sie ist Darius' Tochter.«

Zsadist legte den Kopf auf die Seite, und musterte mit seinen unergründlichen schwarzen Augen Beth Gesichtszüge. Einen Moment später wurde seine brutale Miene kaum merklich weicher, und das höhnische Grinsen verschwand. Betont langsam steckte er das Shirt wieder in die Hose, gleichzeitig sah er ihr in die Augen, fast als wolle er sich entschuldigen.

Doch Wrath wich nicht von der Stelle.

»Wie heißt du?«, fragte Zsadist sie.

»Ihr Name ist Beth.« Wrath blockierte Zsadist noch immer die Sicht. »Und du gehst jetzt.«

Eine lange Stille entstand.

»Ja. Klar. Was auch immer.«

Zsadist bewegte sich mit derselben tödlichen Ruhe zur Tür wie Wrath. Bevor er verschwand, sah er sich noch einmal um.

Er musste einmal wirklich gut ausgesehen haben, dachte Beth. Auch wenn es nicht die Narbe war, die ihn so abstoßend machte. Es war das Höllenfeuer in ihm.

»Schön, dich kennen zu lernen, Beth.«

Sie stieß hörbar den Atem aus, als die Tür zufiel und das Schloss einrastete.

»Alles in Ordnung?«, fragte Wrath. Sie spürte, wie sein Blick über ihren Körper wanderte, dann legte er sanft seine Hände auf ihre. »Er hat dich nicht … er hat dich nicht angefasst, oder? Ich hab dich schreien gehört.«

»Nein. Nein, er hat mich nur erschreckt. Ich bin aufgewacht, und er war im Zimmer.«

Wrath setzte sich zu ihr auf das Bett, immer noch strichen seine Hände sanft über ihre Arme, als könnte er nicht glauben, dass es ihr gut ging. Als er sich endlich hinreichend davon überzeugt hatte, schob er sein Haar in den Nacken. Seine Hände zitterten.

»Du bist verletzt«, sagte sie. »Was ist passiert?«

Er legte den gesunden Arm um sie und zog sie an seine Brust. »Nichts.«

»Warum brauchst du dann einen Verband und eine Schlinge? Und warum blutest du immer noch?«

»Sch-sch.« Er legte sein Kinn auf ihren Kopf. Immer noch konnte sie fühlen, wie er zitterte.

»Bist du krank?«, fragte sie.

»Ich muss dich einfach nur eine Minute festhalten. Okay?«

»Natürlich.«

Sobald er sich beruhigt hatte, entzog sie sich seinem Griff. »Was ist passiert?«

Er nahm ihr Gesicht in seine Hände. Presste seine Lippen auf ihre. »Ich hätte es nicht ertragen, wenn er … wenn er dich mir weggenommen hätte.«

»Dieser Typ? Keine Sorge, mit dem gehe ich nirgendwo hin.« Und dann wurde ihr klar, dass Wrath nicht von einem Date gesprochen hatte. »Meinst du, er wollte mich töten?«

Nicht, dass ihr das so unmöglich erschienen wäre. So kalt. Die schwarzen Augen waren so kalt gewesen.

Statt einer Antwort näherten sich Wraths Lippen ihrem Mund. Mit einer Handbewegung hielt sie ihn zurück.

»Wer ist er? Und was ist mit ihm passiert?«

»Ich will dich nie wieder in Zs Nähe sehen. Niemals.«

Lesen Sie weiter in:
J. R. Ward: BLUTOPFER